RUTH RENDELL

Phantom in Rot

Buch

Gegen den Widerstand der Anwohner findet in einem privaten Park ein Pop-Festival statt. Natürlich ist auch die Polizei mit von der Partie, in Gestalt von Chief Inspector Wexford und Detective Inspector Burden. Amüsiert verfolgen sie, wie die begeisterte Menge den großen Star Zeno Vedast feiert. Doch dann entdeckt ein junges Pärchen die Leiche einer jungen Frau im nahe gelegenen Steinbruch, und Wexford macht sich auf die Suche nach dem Mörder. Schnell findet er heraus, daß die Frau bereits einige Tage vor dem Konzert ermordet wurde, und anscheinend war sie kurz vor ihrem Tod mit jemandem verabredet gewesen – aber mit wem? Erst die Großmutter kann aufklären, wer der ominöse Jemand ist: Harold Goodbody, ein alter Schulfreund der Toten, der den Sprung aus der Armut in die Welt des Glitter und Glamour geschafft hat. Denn Harold Goodbody ist Zeno Vedast – doch der hat ein hieb- und stichfestes Alibi.

Autorin

Ruth Rendell wurde 1930 in South Woodford/London als Tochter eines Lehrerehepaares geboren. Sie arbeitete zunächst als Journalistin, bevor sie sich ganz dem Schreiben widmete. Seitdem hat sie an die 30 Romane veröffentlicht. Dreimal schon hat sie den Edgar-Allan-Poe-Preis erhalten; außerdem wurde sie zweifach mit dem Golden Dagger Award ausgezeichnet. Ruth Rendell lebt in einem Farmhaus aus dem 16. Jahrhundert in Suffolk. Sie ist verheiratet und Mutter eines Sohnes.

Von Ruth Rendell außerdem im Goldmann Verlag erschienen:

Flucht ist kein Entkommen. Roman (43815/44761) · Die Herzensgabe. Roman (44363) · Der Herr des Moors. Roman (44566) · Die Tote im falschen Grab. Roman (43580/44769) · Alles Liebe vom Tod. Roman (43813/44760) · Das geheime Haus des Todes. Roman (42582) · Der Krokodilwächter. Roman (43201) · Der Liebe böser Engel. Roman (42454/44763) · Die Werbung. Roman (42015) · Mord ist ein schweres Erbe. Roman (42583/44765) · Der Kuß der Schlange. Roman (43717/44762) · Der Mord am Polterabend. Roman (42581) · Der Tod fällt aus dem Rahmen. Roman (43814/44768) · Die Besucherin. Roman (43962) · Die Brautjungfer. Roman (41240) · Die Verblendeten. Roman (43812/44771) · Eine entwaffnende Frau. Roman (42805) · Mord ist des Rätsels Lösung. Roman (43718/44764) · Phantom in Rot. Roman (43610/44766) · Schuld verjährt nicht. Roman (43482/44767) · Urteil in Stein. Roman (44225/44770) · Das Haus der geheimen Wünsche/Die Sünden des Fleisches. Zwei Romane in einem Band (41169) · Lizzies Liebhaber. Stories (43308) · Stirb glücklich! Stories (41294)

Ruth Rendell

Phantom in Rot

Roman

Aus dem Englischen
von Ute Tanner

GOLDMANN

Die englische Originalausgabe erschien 1973 unter dem Titel
»Some Lie and Some Die« bei Hutchinson & Co. Ltd., London

Meinem Sohn Simon Rendell, der auf Festivals geht,
und meinem Vetter Michael Richards,
der den Song schrieb,
ist dieses Buch in Liebe und Dankbarkeit zugeeignet.

Umwelthinweis:
Alle bedruckten Materialien dieses Taschenbuches
sind chlorfrei und umweltschonend.

Der Goldmann Verlag
ist ein Unternehmen der Verlagsgruppe Bertelsmann

Geburtstagsausgabe 2000

Umschlaggestaltung: Design Team München
Umschlagmotiv: W. R. Sickert, »Das Old Bedford-Theater«, 1895
Satz: IBV Satz- und Datentechnik GmbH, Berlin
Druck: Elsnerdruck, Berlin
Verlagsnummer: 44766
KR · Herstellung: Schröder
Made in Germany
ISBN 3-442-44766-6

1 3 5 7 9 10 8 6 4 2

Wunschtraumbild

Ihr Haar im Wind, ihr Lächeln kann ich missen,
Fernsein und Warten stören mich nicht mehr,
Doch ach, der Wind hat Lippen nicht zum Küssen
Ihr Kuß war heiß ...
Ich will sie, ich brauch sie so sehr.

Sei mir nah, komm zu mir
Und erklär mir, wofür
Die einen
Nur weinen,
Indes andren beschieden
Die Lüge, die Not,
Das Sterben, der Tod.

Denk doch, mein Liebling, an mein leeres Leben,
Das Licht nicht mehr, das Blüten nicht erfüllt.
Kann es für uns ein Wir denn nicht mehr geben?
O komm, web mit an meinem Wunschtraumbild.

Sei mir nah, komm zu mir ...

Fast ist's das Haus, das wir einst hatten,
Dem Liebe sie und Blumen schenkt.
Gemeinsam sitzen wir im Schatten,
Bis sanft mein Traum die Nacht umfängt.

Sei mir nah, komm zu mir ...

Der harsche Morgen hat sie fortgenommen,
Die Nacht mag nichts verraten, füg dich drein,
Mir blieb das Warten, Hoffen auf ihr Kommen
Und ihren Wunsch, erneut ganz mein zu sein.

Sei mir nah, komm zu mir ...

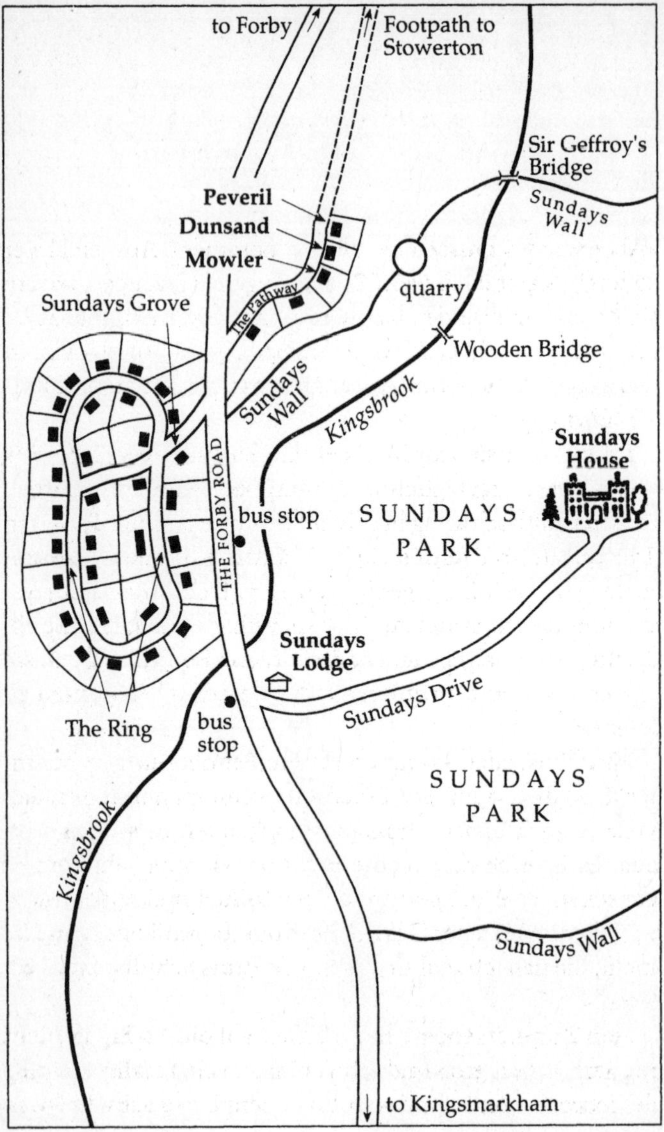
to Forby
Footpath to Stowerton
Sir Geffroy's Bridge
Sundays Wall
Peveril
Dunsand
Mowler
quarry
The Pathway
Sundays Grove
Wooden Bridge
Sundays Wall
Kingsbrook
Sundays House
THE FORBY ROAD
bus stop
SUNDAYS PARK
Sundays Lodge
Sundays Drive
The Ring
bus stop
SUNDAYS PARK
Kingsbrook
Sundays Wall
to Kingsmarkham

I

»Aber warum müssen sie zu uns kommen? Ausgerechnet zu uns? Es gibt doch weiß Gott genügend Gegenden, wo sie sich zusammenfinden können, ohne eine Menschenseele zu stören. Im schottischen Hochland zum Beispiel. Oder in Dartmoor. Wieso es ausgerechnet uns trifft, ist mir ein Rätsel. Ehrlich.«

Detective Inspector Michael Burden äußerte sich bereits seit Monaten tagtäglich in diesem oder ähnlichem Sinne. Diesmal aber schwang in seiner Stimme ein neuer Ton – ein Ton verbitterter Ratlosigkeit. Sich das Kommende auszumalen, war schlimm genug gewesen. Doch was sich jetzt zehn Meter unter ihm auf Kingsmarkhams Hauptstraße abspielte, war Realität, und er machte das Fenster auf, um sie besser – oder in deprimierenderen Details – beobachten zu können.

»Zu Tausenden kommen sie die Bahnhofsstraße herunter. Und das ist nur ein Bruchteil, wenn man bedenkt, daß viele ja auch andere Transportmöglichkeiten nutzen werden. Es ist eine regelrechte Invasion. Herrgott, da kommt der schwarze Riese persönlich. Sie sollten mal seinen Mantel sehen. Wie in der Geschichte vom Rattenfänger von Hameln, die hab ich mal in einem von Pams Schulbüchern gelesen.«

Sein Zimmergenosse hatte bisher auf diesen Erguß nicht reagiert. Er war groß und schwer und zwanzig Jahre älter als der Inspector und stand somit in einem Lebensabschnitt, in dem man nur noch zögernd von einem ›Mann mittleren Alters‹ spricht, weil einem die Bezeichnung ›älterer Herr‹ soviel passender erscheint. Ausgesprochen gut hatte er nie ausgesehen. Mit zunehmendem Alter und nachdem er fast alle Haare verloren hatte, war das Gesicht mit den Hängebacken nicht schöner geworden, aber sein Ausdruck, der nicht so sehr Gutmütigkeit als vielmehr Toleranz allem, nur nicht der Intoleranz gegenüber verriet, machte diese Äußerlichkeiten wieder wett und verlieh seinen Zügen etwas durchaus Anziehendes. Er saß an seinem Rosenholzschreibtisch und versuchte, eine Richtlinie über die Verhütung von Straftaten zu Papier zu bringen. Jetzt schüttelte er ungeduldig den Kopf und legte den Stift aus der Hand.

»Uneingeweihte«, sagte Chief Inspector Wexford, »könnten auf den Gedanken kommen, daß Sie von einer Rattenplage reden.« Er schob seinen Sessel zurück und stand auf. »Müssen Sie alles so eng sehen? Es sind junge Leute, die ein bißchen Spaß haben wollen, nicht mehr und nicht weniger.«

»Warten Sie nur ab, bis die ersten Autos in Flammen stehen, die Ladendiebstähle sich häufen, anständige Bürger zusammengeschlagen werden und … und die Hell's Angels anrücken. Dann sprechen wir uns wieder.«

»Vielleicht. Kommt Zeit, kommt Rat. Lassen Sie mich auch mal ran.«

Burden verlegte widerwillig seinen Beobachtungsposten und machte ein paar Zentimeter Fenster für Wexford frei. Man schrieb den 10. Juni, es war der frühe Nachmittag eines herrlichen Sommertages. Die High Street war belebt, wie stets am Freitag, Autos fuhren Parkplätze an und entfernten sich wieder, Frauen schoben Kinderwagen, gestreifte Markisen an den Ladenfronten schützten die Passanten vor einer fast südlichen Sonne, und auf den Bänken vor dem *Dragon* saßen Arbeiter und tranken Bier. Doch nicht diese Leute hatten Burdens Aufmerksamkeit erregt, sie verfolgten den Ansturm ebenso gespannt und manche ebenso feindselig wie er. Es war eine wahre Flut von Jugendlichen mit geschulterten Rucksäcken und schlenkernden Transistorradios in der Hand, die über die Straße zu der Bushaltestelle an der Baptistenkirche schwappte. Die am Zebrastreifen wartenden Wagen hupten protestierend, aber sie vermochten ebensowenig gegen den stetigen Strom, wie die Wellen des Roten Meers gegen die Kinder Israels. Es waren immer mehr, vielleicht nicht Tausende, aber ein paar Hundert, die lachend, drängelnd, singend näher kamen. Ein Junge, auf dessen T-Shirt ein aufgedruckter Che-Guevara-Kopf prangte, streckte einem zornigen Autofahrer die Zunge heraus und hob zwei Finger.

Jeans beherrschten das Bild. Die meisten dieser jungen Leute hatten ihre Schulzeit noch nicht lange hinter sich, manche gingen auch noch zur Schule, und Auflehnung gegen die Schuluniform gehörte bei ihnen gewissermaßen zum guten Ton. Hier aber präsentierten sie sich doch wieder in Uniform, allerdings in einer selbstgewählten: Blaue Baumwollhosen und Hemdblusen, langes Haar, nackte Füße. Hier und da aber gab es Versuche, sich völlig von konventionellen Bekleidungsnormen frei zu machen, wie bei dem Mädchen in dem roten Bikinioberteil und dem schmutzigen knöchellangen Satinrock und ihrem Begleiter, der schwitzend, aber glücklich, in schwarzem Leder herumlief. Sie alle überragte der junge Mann, der Burden vorhin aufgefallen war, ein gut gebauter, hochgewachsener Neger mit glänzendschwarzem Haarschopf, dessen bronzefarbener Körper vom Hals bis zu den Knöcheln in einen schwarz-weißen Mantel aus kurzgeschorenem Fell eingehüllt war.

»Und das ist erst der Anfang«, sagte Burden, als Wexford

seiner Meinung nach Zeit genug gehabt hatte, die Lage zu überschauen. »So geht es die ganze Nacht durch und morgen auch noch. Was machen Sie denn für ein Gesicht? Als ob... ja, als ob Sie was verloren hätten.«

»Hab ich auch. Meine Jugend. Ich würde gern zu denen da unten gehören und mit zum Popfestival ziehen. Sie nicht?«

»Nein, ehrlich nicht. Mein Fall wäre das nie gewesen. Diese jungen Leute werden eine Menge Ärger und einen Mordskrach machen und den Ärmsten, die das Pech haben, in der Sundays-Siedlung zu wohnen, das Wochenende verderben. Mehr will ich dazu gar nicht sagen.« Wie so mancher, der sich dieser Floskel bedient, sagte Burden noch sehr viel mehr dazu. »Meine Eltern haben mich gelehrt, Rücksicht auf meine Mitmenschen zu nehmen, und dafür bin ich ihnen sehr dankbar. Mal eine Tanzerei am Wochenende und ein paar Bierchen, dazu habe ich früher nicht nein gesagt, aber einen riesigen Park besetzen, bloß um sich auf Kosten anderer zu amüsieren – nein, das hätte ich nicht gewollt. Ich hätte mir immer gedacht, daß ich mir so was gar nicht verdient habe.«

Wexford schnaufte leicht gereizt. »Von dieser penetranten Tugendhaftigkeit wird die Welt auch nicht lustiger. Dann lassen Sie Ihren Jungen wohl auch nicht auf die Fete, was?«

»Morgen abend kann er zwei Stunden hingehen, um sich diesen Zeno Vedast anzuhören, aber bis elf muß er wieder zu Hause sein. Daß er im Park kampiert, kommt überhaupt nicht in Frage. Er ist schließlich erst fünfzehn. Zeno Vedast! Möchte wetten, daß ihm *den* Namen seine Paten bei der Taufe nicht gegeben haben. Wahrscheinlich heißt er Jim Bloggs oder so. Er soll hier aus der Gegend stammen. Ein Glück, daß wir ihn los sind. Diese Popmusikmode ist mir unbegreiflich. Warum kann John keine klassische Musik hören?«

»Wie sein Alter, der zu Hause sitzt und auf Gustav Mahler abfährt? Machen Sie's halblang, Mike.«

»Ich steh nun mal nicht auf Popmusik«, sagte Burden verdrossen. »Die ganze Richtung paßt mir nicht.«

»Macht mich nicht an, Mike. Bleiben wir im Jargon. Wenn wir für unsere Jugend schon die Bullen sind, brauchen wir nicht auch noch kleinkariert daherzureden. Jedenfalls habe ich es satt, nur den Zuschauer zu spielen. Wollen wir uns die Sache nicht mal aus der Nähe ansehen?«

»Jetzt gleich? Morgen, wenn sie anfangen zu raufen und zu zündeln, müssen wir doch sowieso antreten.«

»Ich fahr jedenfalls hin. Sie können das natürlich halten, wie Sie wollen, aber vielleicht lassen Sie sich das Wort eines Mannes durch den Kopf gehen, der auch Puritaner war: ›Bedenket in eurem Herzen, liebe Christenbrüder, daß ihr auch irren könnt.‹«

Dort, wo sich jetzt das Herrenhaus aus der Regency-Zeit erhebt, stand schon seit der normannischen Eroberung ein Haus, das sich Sundays nannte. Woher der Name kommt, weiß kein Mensch. Wahrscheinlich hat er nichts mit dem Tag des Herrn zu tun, sondern geht auf den ersten Bauherrn zurück, der Sir Geffroy Beauvoir de Saint Dieu hieß.

Früher erstreckten sich die Sundays-Ländereien von Kingsmarkham bis nach Forby und darüber hinaus, nach und nach aber wurden immer mehr Wald und Ackerland verkauft, bis nur noch ein kleiner Garten und ein mehrere Morgen großer Park übrigblieben. Nach Ansicht der Umweltschützer ist Sundays ein für allemal verschandelt. Die hohen Zedern und die Hainbuchenallee sind zwar noch da, der überwucherte Steinbruch ist bisher unberührt, aber der italienische Garten ist verschwunden, in der Orangerie hat

Martin Silk, der jetzige Besitzer, eine Champignonzucht angelegt, und die kürzlich entstandene Sundays-Siedlung verstellt den früher so herrlich weiten Blick.

Die Forbyer Straße zieht sich am Parkrand entlang und schneidet die Siedlung in zwei Teile. Viermal am Tag rollt über diese Straße der Bus nach Forby und hält vor dem Parktor von Sundays, wo sich eine Bedarfshaltestelle befindet. Wexford und Burden stellten den Wagen in einer Parkbucht ab und sahen zu, wie die ersten jungen Pilger aus dem Vierzehn-Uhr-dreißig-Bus kletterten und ihr Gepäck zu dem offenstehenden Tor hinüberschleppten. Am Pförtnerhaus standen Martin Silk und fünf, sechs Helfer, um die Eintrittskarten zu kontrollieren. Wexford stieg aus und las das Plakat, das an einem der Torflügel klebte: »Sundays-Scene, 11. und 12. Juni, Zeno Vedast, Betti Ho, The Verb to Be, Greatheart, The Acid, Emmanuel Ellerman.« Als die Busladung junger Leute in der Hainbuchenallee verschwunden war, trat er an Silk heran.

»Läuft alles, Mr. Silk?«

Silk, ein ziemlich kleingeratener Mann mittleren Alters, hatte schulterlanges graues Haar und – wenn man nicht so genau hinsah oder ihn nicht beim Gehen beobachtete – die Figur eines Zwanzigjährigen. Er war reich und exzentrisch und gehörte zu den Menschen, die sich einfach nicht von ihrer Jugend trennen können. »Natürlich läuft alles«, sagte er brüsk. Mit Gleichaltrigen konnte er nicht viel anfangen. »Es kann überhaupt nichts passieren, sofern Sie uns in Ruhe lassen.«

Er trat zur Seite und setzte ein breites Lächeln auf, während er die Eintrittskarten von fünf, sechs jungen Leuten entgegennahm, deren mit rosa-, orange- und purpurfarbenen Slogans geziertes Wohnmobil am Pförtnerhaus angehalten hatte.

»Willkommen auf Sundays, Freunde. Zelten könnt ihr, wo ihr wollt. Wer zuerst kommt, mahlt zuerst. Den Wagen stellt ihr am besten vor dem Haus ab.«

Burden, der inzwischen dazugekommen war, sah dem Wohnmobil nach, das heftig schwankend die Allee hinaufschaukelte. Aus den Fenstern dröhnte laute Musik.

»Hoffentlich wissen Sie, worauf Sie sich da einlassen«, sagte er brummig. »Können Sie mir mal verraten, wieso Sie das überhaupt machen?«

»Weil ich die Jugend liebe, Inspector. Die Jugend und ihre Musik. Von der Insel Wight hat man sie vertrieben, niemand will sie haben. Nur ich. Dieses Festival wird Tausende verschlingen, und den größten Teil des Geldes werde ich aus meiner eigenen Tasche zahlen. Um die ganze Sache finanzieren zu können, mußte ich noch ein Stück Land verkaufen, aber was soll's? Ich laß die Leute reden...«

»Die werden dazu wohl auch einiges zu sagen haben, besonders die Umweltschützer«, ereiferte sich Burden. »Die hiesige Bevölkerung ist in der Mehrzahl gegen Ihre Neubauten. Baugenehmigungen können auch rückgängig gemacht werden, so was soll's schon gegeben haben.«

Wexford sah, daß Silk vor Wut rot angelaufen war, und griff rasch ein.

»Wir hoffen alle, daß das Festival ein Erfolg wird, ich jedenfalls wünsche es Ihnen von Herzen. Ich habe gehört, daß Betti Ho morgen nachmittag im eigenen Hubschrauber einschweben soll. Stimmt das?« Silk nickte einigermaßen besänftigt, und Wexford fuhr fort: »Wichtig ist, daß die Hell's Angels nicht hereinkommen und daß es möglichst wenig Ärger gibt. Vor allem wollen wir keine Gewalttätigkeiten, verbrannte Fahrräder und dergleichen, wie wir es damals in Weely erlebt haben. Ich würde gern vor dem Konzert ein paar Worte an die Besucher richten, von Ihrer Bühne aus. Sagen wir morgen abend um sechs?«

»Meinetwegen, aber passen Sie auf, daß die Leute nicht sauer werden.« Strahlend begrüßte Silk eine Gruppe junger Mädchen, die Gitarren über der Schulter und knöchellange Oma-Kleider trugen, und machte ihnen Komplimente. Die Mädchen kicherten. Sie lachen ihn aus und nicht an, dachte Wexford bei sich, aber die kleine Szene hatte Silks Laune verbessert. Als die Mädchen im Park verschwunden waren, fragte er gnädig: »Möchten Sie sich mal ein bißchen umsehen?«

»Ja, gern«, sagte Wexford.

Das Gelände links von der Allee, wo sonst unter Linden und Zedern eine kleine Herde Schwarzbunter graste, war als Lagerplatz vorgesehen. Das Vieh hatte man auf eine Weide hinter dem Haus getrieben, und die ersten Zelte standen schon. Mitten im Park war eine von Bogenlampen umstandene Bühne aufgebaut worden. Wexford, der sonst eine ausgesprochene Abneigung gegen Zäune und befestigte Abgrenzungen hatte, war froh, daß den Park von Sundays eine stachelbewehrte Mauer umgab, die »unerwünschte Elemente«, wie Burden sich ausdrückte, abschrecken würde. Nur an einer Stelle war die Abgrenzung unterbrochen, nämlich am Steinbruch, der sich halbkreisförmig tief in die Kalksteinfelsen an der Forbyer Straße eingegraben hatte. Die beiden Polizeibeamten gingen zum Haus und peilten von der Terrasse aus die Lage.

Ein ambulanter Händler, bei dem man alkoholfreie Getränke, Kartoffelchips und Süßigkeiten erstehen konnte, hatte sich bereits auf der Allee postiert, und die hungrige Jugend stand bei ihm Schlange. Andere, denen es gelungen war, diesen Verlockungen zu widerstehen, steckten an reizvollen Stellen ihre Claims ab und klopften Zeltpflöcke fest. Ein dünner, aber stetiger Strom von Autos und Motorrädern passierte das Tor. Wexford nickte zum Steinbruch hinüber und setzte sich in Bewegung. Burden folgte ihm.

Wer das Glück gehabt hatte, sich einen Tag Urlaub nehmen oder eine Vorlesung schwänzen zu können, war schon frühmorgens angekommen und hatte sich im Park bereits häuslich eingerichtet. Ein junger Mann in marokkanischem Burnus briet Würste über einem Propangaskocher, seine Freunde saßen im Schneidersitz daneben und unterhielten ihn mit Witzen, Gesängen und einer Gitarre. Der Kingsbrook fließt durch den Park von Sundays, unterquert die Forbyer Straße und schlängelt sich dann dicht an der Mauer durch Weiden- und Erlengrund. Der seichte Flußlauf bot sich zum Baden förmlich an. Mehrere junge Leute planschten im Wasser herum, die Mädchen in BH und Höschen, die Jungen in den knapp bemessenen schwarzen Slips, die sich ebensogut als Unterhosen wie als Badebekleidung nutzen lassen. Als sie die kleine Holzbrücke überquerten, sah Burden so konsequent in die andere Richtung, daß er um ein Haar über ein Pärchen gefallen wäre, das engumschlungen im hohen Gras lag. Wexford lachte.

»O gib sie hin, die schwarzen Zelte deines Stammes, und zieh ins rote Lusthaus meines Herzens ein...« zitierte er. »So was bekommen wir in der nächsten Zeit hier häufiger zu sehen, Mike, daran müssen Sie sich schon gewöhnen. Letts wird zwei seiner Leute an den Steinbruch stellen müssen, damit wir keine uneingeladenen Gäste bekommen.«

»Meinen Sie wirklich?« fragte Burden. »Mit dem Motorrad kommt man da nicht durch. Im übrigen«, setzte er bösartig hinzu, »ist es mir völlig egal, wer sich gratis auf Silks dämlichem Festival vergnügt. Hauptsache, uns machen sie keinen Ärger.«

An der Seite des Sundays-Grundstücks war der Hang ungeschützt, auf der anderen Seite stand eine recht gebrechliche Einfriedung aus Latten und Stacheldraht. Jenseits des Stacheldrahts, hinter einem schmalen Grasstreifen, lagen die Gärten von drei Häusern einer kleinen Durchgangsstraße, die sich Pathway nannte. Jedes Grundstück hatte einen hohen Zaun und ein eigenes Gartentor. Wexford sah in den Steinbruch hinein. Er war etwa sieben Meter tief, die Hänge waren mit Brombeerbüschen, Geißblatt und Kletterrosen bewachsen. Die Rosen standen in voller Blüte, zu Tausenden leuchteten sie in sanftem Muschelrosa vor den dunklen Ranken und dem goldlodernden Ginster. Hier und da erhoben sich schlanke, silbrige Birkenstämme. Am Grund des Steinbruchs breitete sich eine kleine Rasenfläche aus, auf der Glockenblumen wippten. Als Wexford hinunterblickte, schien sich eine von ihnen in die Lüfte zu erheben, doch dann erkannte er, daß es keine Blume war, sondern ein Schmetterling, ein Geißklee-Bläuling, glockenblumenblau mit himmelblauen Schwingen.

»Schade, daß sie die Häuser da hingestellt haben. Schön sieht das wahrhaftig nicht aus.«

Burden nickte. »Eigentlich müßte man heutzutage ständig mit halbgeschlossenen Augen durch die Gegend laufen oder sich eine Genickstarre holen.«

»Abends ist es trotzdem hübsch hier, besonders wenn der Mond scheint. Ich freue mich auf Betti Ho. In ihren Liedern tritt sie für den Schutz der Umwelt ein, und wenn wir uns über eins einig sind, Mike, dann doch bestimmt darüber, daß die Umweltverschmutzung aufhören muß. Betti Ho wird Ihnen gefallen. Und ich muß zugeben, daß ich auch auf die Songs von diesem Zeno Vedast gespannt bin.«

»Den hör ich schon zu Hause mehr als genug«, sagte Burden grämlich. »Tag und Nacht dudelt John seine schnulzigen Liebeslieder.«

Sie machten kehrt und gingen unter den Weiden zurück. Einer der Badenden spritzte Wexfords Hosenbeine naß, und Burden brüllte ihn wütend an, aber Wexford lachte nur.

2

»Alles in allem benehmen sie sich ja sehr manierlich«, befand Inspector Burden im Ton ungläubigen Erstaunens, als er mit Wexford von einer kleinen Hügelkuppe aus die *jeunesse dorée* zu seinen Füßen betrachtete. Es war Samstag nacht oder vielmehr später Abend, der Himmel hing, einer umgestülpten purpurnen Schüssel gleich, über ihnen, in die, wie in eine Perle, der Mond eingelassen war, umgeben von funkelnden Galaxien. Die Sterne schienen hell, und doch reichte ihr Licht nicht aus, so daß man die Bühne, auf der Sterne anderer Art sich produzierten, mit Bogenlampen, Monden aus Menschenhand, angestrahlt hatte.

Die Zelte standen leer, denn ihre Bewohner saßen oder lagen in dem blauschimmernden, taubeperlten Gras, und ihre bizarrbunten Gewänder wirkten in dem natürlichen und künstlichen Mondlicht eher düster, saphir- und rauchfarben. Die Haare schimmerten silbern, nicht von der Zeit, sondern vom Licht der Nacht gebleicht. Die Propangasbrenner waren nicht mehr in Betrieb, aber hier und da brannte ein Feuerchen, von dem spiralförmig dünne blaue Fäden aufstiegen, die sich im Himmelsblau verloren. Der ganze Lagerplatz war in Blautöne getaucht, hier leuchtete es azurfarben, dort, wo Park und Himmel aneinanderstießen, schimmerte es jadeblau, an anderen Stellen wie Eisvogelgefieder, dazwischen erkannte man als dunkelblaue Schatten die hingelagerten *aficionados.*

»Wie viele mögen es sein, was schätzen Sie?« fragte Wexford.

»Siebzig-, achtzigtausend. Sehr laut sind sie ja nicht.«

»Der Taube Gurren in den alten Ulmen
und ungezählter Bienen Flüsterweisen...«
zitierte Wexford.

»Ja, vielleicht hätte ich sie nicht mit Ratten vergleichen sollen. Sie sind mehr wie Bienen, ein riesiger Bienenschwarm.«

Das Stimmengesumm hatte eingesetzt, nachdem Betti Ho von der Bühne gegangen war. Einzelne Worte ließen sich nicht unterscheiden, aber die konzentrierte, gespannte Atmosphäre, das Gefühl völliger Einmütigkeit und stiller Empörung, sagten Wexford, daß von den Liedern die Rede war, die sie gerade gehört hatten und mit deren Gesinnung sie einiggingen.

Die zierliche Chinesin, die so schön und zart und frisch war wie eine Blume, hatte von Schmutz- und Giftströmen, von einer Flut heranbrandenden Verderbens gesungen. Seltsam hatte ihn das berührt, da es von solchen Lippen kam, seltsam in dieser klaren, reinen Nacht, und doch wußte er – wußten sie alle –, daß es diesen Schmutz, dieses Gift gab, die häßlichen Müllberge, die schlimme Gleichgültigkeit. Der Applaus hatte die Sängerin zurückgerufen, und noch einmal hatte sie das Lieblingslied der Menge singen müssen, die Ballade von den sterbenden Schmetterlingen. Sacht war der Holzrauch aufgestiegen, und der Kingsbrook hatte eine leise Begleitmusik geplätschert.

Zu den Liedern hatte Burden in nachdrücklicher Zustimmung genickt, jetzt aber sah er sich unruhig in der murmelnden Menge der Lagernden um. Endlich entdeckte er seinen Sohn in einer Gruppe von Mitschülern und atmete sichtlich auf. Er sagte nichts, aber Wexford hatte bemerkt, daß John und seine Freunde gewisse Konzessionen in ihrer Kleidung gemacht und ein kleines Zelt aufgestellt hatten, um sich der Menge anzupassen, um nicht als Hinterwäldler und Außenseiter abgestempelt zu werden.

Burden schlug nach einer Schnake, die sich auf seinem Handgelenk niedergelassen hatte, und sah dabei auf die Armbanduhr. »Jetzt müßte Vedast bald dran sein«, sagte er. »Sobald er fertig ist, schnappe ich mir John und schicke ihn nach Hause.«

»Spielverderber.«

Der Inspector hatte wohl schon eine passende Antwort auf der Zunge, aber da steigerte sich plötzlich das Summen, wurde zu einem erregt-erwartungsvollen Brausen. Immer mehr Leute standen auf, sahen zur Bühne hinüber oder rückten noch ein Stück näher an sie heran. Jäh lag Spannung in der Luft.

»Da kommt er«, sagte Wexford.

Zeno Vedast wurde von dem Disc-Jockey, der als Conferencier des Popfestivals fungierte, als ein Star angekündigt, bei dem sich jede Vorstellung erübrigt, und als er aus dem Schatten auf die Bühne trat, erhob sich von den Lippen der Zuhörer ein einstimmiger Jubelschrei. Das war allerdings etwas anderes, dachte Wexford bekümmert, als das Gebrüll, mit dem die jungen Leute auf seine sorgsam vorbereitete Rede reagiert hatten. Er war stolz auf diese Rede gewesen, sie war, so fand er, getragen von Toleranz und Entgegenkommen. Es sei nicht daran gedacht, ihre Freiheit zu beschneiden, sofern sie nicht über die Stränge schlugen, hatte er gesagt, die Polizei wolle ihnen nicht ihr Fest verderben, hatte er versichert und einen kleinen Scherz eingeflochten, die Fans sollten sich wohl fühlen, zusammenhalten und weder den Anwohnern noch sich gegenseitig das Leben schwermachen. Aber sein Appell war nicht gut angekommen. Er war Polizist, und damit hatte er schon verloren. »Runter von der Bühne«, hatten sie gebrüllt und »Bullen raus!« Angst hatte er keinen Augenblick gehabt, aber er hatte sich doch gefragt, was als nächstes kommen würde. Aber es kam nichts. Brav und friedlich saßen sie da und machten ihr eigenes Ding, lauschten ihrer eigenen Musik in dieser blauen, opalisierenden Nacht.

Jetzt schrien sie nach Vedast, schrien ihm entgegen. Der Laut ihrer Stimmen, der rhythmisch klatschenden Hände, der trommelnden Füße schlug zu dem Künstler hoch und schien über ihn hinwegzuschwappen wie eine Flutwelle. Er stand ganz still in dem weißen Licht, mit gesenktem Kopf nahm er die Huldigung entgegen, das helle Haar verdeckte zur Hälfte sein Gesicht wie eine Kapuze aus Silberstoff.

Dann warf er plötzlich den Kopf zurück und hob eine Hand. Das Brausen verebbte, zerrann in Stille. Aus dem Schweigen erhob sich eine Mädchenstimme: »Zeno, wir lieben dich.« Er lächelte. Man reichte ihm ein wulstiges Saiteninstrument auf die Bühne. Er schlug einen einzigen leise schwingenden Ton an, einen Ton, der für die Menge eine geheime Bedeutung hatte, denn ein vielstimmiger Seufzer, ein zufriedenes Raunen wurde laut. Sie wußten, was er zuerst singen würde, dieser eine Ton hatte es ihnen verraten. Ein Glücksschauer schien über die achtzigtausend hinzugehen, und dann rückten sie sich zurecht, um sich anzuhören, was dieser eine Ton ihnen in Aussicht gestellt hatte.

»›Wunschtraumbild‹ heißt das Lied«, flüsterte Burden.

»John hat es auf einer LP.« Und grämlich fügte er an: »Bei uns zu Hause ist es bekannter als die Nationalhymne.«

»Ich kenne es nicht«, sagte Wexford.

Vedast schlug erneut jenen einsamen Ton an und begann zu singen. Es war ein Lied über die Liebe. Über eine Frau, soweit Wexford das ausmachen konnte, die in das Haus ihres Liebhabers oder ihres Ehemannes geht, über das Unvermögen zur Liebe, über Trauer und Versagen. Ein durchaus vertrautes Thema. Vedast sang klar und leise, mit unbewegtem Gesicht, aber er kam über die erste Zeile nicht hinaus. Seine Zuhörer brüllten und trommelten. Wieder blieb er mit gesenktem Kopf stehen, wieder sah er auf, schlug jene schwirrende Note an. Diesmal ließen sie ihn zu Ende singen, reagierten nur mit anerkennendem Summen, als er in der zweiten Strophe eine Oktave höher fortfuhr:

»Denk doch, mein Liebling, an mein leeres Leben,
Das Licht nicht mehr, das Blüten nicht erfüllt.
Kann es für uns ein Wir denn nicht mehr geben?
O komm, web mit an meinem Wunschtraumbild...«

Die Melodie war volksliedhaft, eingängig, klangvoll, von leiser Trauer erfüllt, wie es sich für den Text und für die zärtliche Schönheit der Nacht gehörte. Und es war genau die richtige Melodie für Vedasts Stimme, einen ungeschulten, reinen Tenor. Zeno Vedast schien das absolute Gehör zu haben. Sein Gesicht war hager, die Nase groß, der Mund breit und beweglich, die Haut schimmerte bleich im Mondlicht, die Augen waren sehr hell, hellbraun vielleicht oder graugrün. Die langen, fast skeletthaft knochigen Finger entlockten den Saiten keine richtige Begleitung, keine Melodie, sondern eine Reihe einzelner, vibrierender Töne, die in Wexfords Hirn schwirrten, bis ihm schwindlig wurde.

»Sei mir nah, komm zu mir
Und erklär mir, wofür
Die einen
Nur weinen,
Indes andren beschieden
Die Lüge, die Not,
Das Sterben, der Tod.«

Dann war es zu Ende, Vedast wartete auf ein erneutes Anbranden der Flut. Und da rollte sie schon heran, eine hochschlagende Woge der Begeisterung. Schlaff stand er da und badete im Beifall, bis drei Musiker zu ihm auf die Bühne traten und die ersten Akkorde ihrer Instrumente sich gegen den Tumult durchsetzten. Vedast sang noch eine Ballade, die von Kindern auf einem Rummelplatz handelte, und dann ein weiteres Liebeslied. Obgleich er während seines Auftritts nicht herumgezappelt war und keinerlei Verrenkungen gemacht hatte, war seine nackte, mit Perlenketten behängte Brust schweißnaß.

Als das dritte Lied verklungen war, blieb er wieder stehen, erschöpft, leidend, hingegeben, als lege er sein ganzes Herz, seine ganze Seele vor seinen Zuhörern bloß, als fühle er das Prasseln des Beifalls, das rasende Klatschen wie Peitschenhiebe.

Wie kommt es, überlegte Wexford, daß der Mann mich trotz seiner Intensität, seiner Schlichtheit, seines Ernstes nicht überzeugt? Vielleicht liegt es einfach daran, daß ich alt und zynisch werde und alle Entertainer im Verdacht habe, daß sie mit einem Auge auf die Publicity und mit dem anderen aufs Geld schielen.

Bei Betti Ho allerdings waren ihm solche Gedanken nicht gekommen. Ihr beinahe kindliches Geschrei, ihre gerechte Empörung waren ihm lieber gewesen. Aber da lag er wohl falsch. Nach dem Getöse zu urteilen, das die Menge veranstaltete, als ihr Idol die Bühne verließ, stand er mit seiner Meinung allein – von Burden abgesehen, der von Anfang an zu kompromißloser Ablehnung entschlossen gewesen war und der sich schon auf die Suche nach John begeben hatte.

»Gott, wenn ich da an meine Jugend denke«, sagte Wexford, als sie zu einem freien Platz hinüberschlenderten, auf dem gerade eine rollende Würstchenbude eingetroffen war. »Wenn ich denke, daß Jungsein damals absolut unpopulär war... Wir konnten es gar nicht erwarten, älter zu werden, um mit den Alten mithalten zu können, die damals allgemein das Sagen hatten. ›Das verstehst du noch nicht‹, hieß es ständig, ›dafür bist du noch zu jung.‹ Jetzt sind es die jungen Leute, die sich für allwissend halten, die in der Sprache, im Benehmen, in der Kleidung den Ton angeben, und es sind die Alten, die da nicht mehr mitkommen.«

»Hm«, sagte Burden.

»Jetzt sind wir wieder zwei Nationen, aber diesmal nicht die Reichen und die Armen, sondern die Jungen und die Alten. Mögen Sie ein Würstchen?«

»Warum nicht?« Burden reihte sich, ohne auf die feindseligen Blicke zu achten, die ihn trafen, in die Schlange ein und erstand bei einem Jungen in gestreifter Schürze zwei heiße Würstchen. »Besten Dank.«

»Danke gleichfalls, Daddy«, sagte der Junge.

Wexford lachte laut auf. »Sie armer Tattergreis! Hoffentlich werden Ihre Zähne mit dem Ding da noch fertig. Aber kommen Sie erst mal in mein Alter...« Er schob sich durch die Schlange hindurch, um an einen Stand mit alkoholfreien Getränken zu kommen. »Pardon.«

»He, gedrängelt wird hier nicht, Opa«, sagte ein Mädchen.

Jetzt hatte Burden gut lachen. »Da haben Sie's! Wir sind

drei Nationen – die Jungen, die Alten und das Mittelalter. Das war immer schon so, und das wird auch nicht anders. Sehen wir uns mal kurz am Steinbruch um?«

In der nächsten Stunde war keine Live-Musik angesagt. Die Festivalbesucher waren jetzt mit dem Einkauf oder der Zubereitung des Abendessens beschäftigt. Der Geruch von Gebratenem und kleine Rauchwolken stiegen in die Luft. Schon liefen Jungen und Mädchen in roten und gelben T-Shirts herum, die auf Brust und Ärmeln den Aufdruck *Scene Sundays* trugen. Das Licht der Bogenlampen reichte nicht bis zum Fluß, aber inzwischen schien der Mond sehr hell. Im Augenblick planschte niemand in dem klaren, seichten Wasser, aber Badehosen, BHs und Jeans, die zum Trocknen über dem Brückengeländer hingen, zeugten von nicht lange zurückliegenden Badefreuden.

Sie gingen am Rand des Steinbruchs entlang. Brombeerranken langten nach ihren Knöcheln, die winzigen Beerenansätze des Schneeballs streiften ihre Gesichter wie eisigkalte Glasperlen.

Kein Mensch war zu sehen, aber an der Seite der Siedlung war der Stacheldraht durchgeschnitten und heruntergetreten. Das verbogene Metall blinkte silbern im Mondlicht. Weder Wexford noch Burden konnten sich erinnern, ob der Draht gestern schon so ausgesehen hatte. Es schien nicht wichtig. Schweigend schlenderten sie weiter, freuten sich an der Schönheit der Nacht, dem Duft des Mädesüß, der sanften, klagenden Musik aus der Ferne.

Plötzlich öffnete sich die Gartentür des letzten Hauses, und ein Mann kam heraus. Er war hochgewachsen und hatte ein scharfgeschnittenes, durchaus attraktives Gesicht, das im Augenblick ausgesprochen böse wirkte. »Sagen Sie mal, sind Sie für diese…« – er suchte nach einem passenden Wort – »…für diese Wahnsinnsfete verantwortlich?«

»Wie meinen Sie?« fragte Wexford.

»Für Zuhörer sind Sie in meinen Augen nämlich reichlich vergreist«, sagte der Mann rüde.

»Wir sind Polizeibeamte. Stimmt etwas nicht?«

»Na, Sie sind gut! Mein Name ist Peveril. Ich wohne dort.« Er deutete auf das Haus hinter dem Gartenzaun. »Seit vierundzwanzig Stunden herrscht hier ein ohrenbetäubender Lärm, und in den letzten drei Stunden ist es immer schlimmer geworden. Ich habe versucht zu arbeiten, aber das ist ein Ding der Unmöglichkeit. Was gedenken Sie dagegen zu tun?«

»Nichts, Mr. Peveril, sofern keine strafbaren Handlungen vorliegen.« Wexford legte den Kopf schief. »Im Augenblick höre ich nichts, nur ein fernes Summen.«

»Dann sollten Sie mal zum Ohrenarzt gehen. Hier unten fangen die Bäume den Krach ein bißchen auf, wenn Sie hier rumlaufen, nützt uns das überhaupt nichts. Sitzen Sie mal in meinem Arbeitszimmer!«

»Sie sind rechtzeitig informiert worden. Morgen ist alles überstanden. Den Anwohnern, die Bedenken wegen des Festivals hatten, haben wir geraten, übers Wochenende zu verreisen und in unserer Polizeidienststelle Bescheid zu geben.«

»Ja, damit halbwüchsige Rowdies in die leeren Häuser einsteigen können, was? Aber ich hätte ja aus Erfahrung wissen müssen, daß ich von Ihresgleichen keinerlei Kooperation zu erwarten habe. Sie haben sich ja nicht mal richtig in den Trubel hineingetraut.« Peveril ging in den Garten zurück und knallte das Törchen zu.

Burden feixte. »Wir hätten ihn fragen sollen, ob er Eindringlinge gesehen hat.«

»Der betrachtet doch jeden als Eindringling.«

Wexford schnupperte genüßlich. Er lebte auf dem Land

und war an Landluft gewöhnt. Seit Jahren aber hatte er sich nicht die Zeit genommen, sie bewußt zu genießen. Wer weiß, wie lange man das noch kann, dachte er. Die Nacht brachte Feuchtigkeit, kleine Nebelfetzen, die dicht über dem Gras hingen, weiße Wölkchen, die an den Wänden des Steinbruchs vorüberzogen. Ein Hase fuhr erschrocken aus einem Hundsrosenbusch hoch, sah sie kurz an und floh in gestrecktem Galopp über die breite, silbrige Wiese.

»Hören Sie mal«, flüsterte Wexford. »Die Nachtigall...«

Aber Burden hörte nicht hin. Er war stehengeblieben, hatte einen Blick in das Dickicht geworfen, aus dem der Hase gekommen war, hatte den Blick weiter nach unten gehen lassen und sich jäh umgedreht. Er war puterrot geworden.

»Jetzt sehen Sie sich das an! So was geht denn doch zu weit. Es ist nicht nur – ja, widerwärtig, es ist auch nicht erlaubt. Schließlich ist das hier ein öffentlicher Weg.«

Von Sundays aus waren die beiden nicht zu sehen gewesen. Sie lagen in einer kleinen Mulde am Grund des Steinbruchs, einem grasbewachsenen Lager von der Größe eines Doppelbetts. Burden hatte in normaler Lautstärke gesprochen, doch die beiden hatte das nicht gestört, und Wexford erinnerte sich an eine Bemerkung Kinseys, man könne unter diesen Umständen in nächster Nähe eine Kanone abfeuern, und der Knall würde ungehört verhallen.

Sie liebten sich. Beide waren nackt, achtzehn oder neunzehn Jahre alt und körperlich vollendet. Über den langen, gewölbten Rücken des Jungen warfen die farnartigen Blätter der Eberesche, die sie beschirmten, ein sacht bewegtes Muster aus fedrigschwarzen Schatten. Sie gaben keinen Laut von sich, waren völlig ineinander versunken. Gleichzeitig aber schienen sie eins zu sein mit ihrer Umgebung, als habe dieses Lager ein gütiger Gott bereitet, der schon sehnlichst auf das Liebespaar gewartet hatte, um das Glück vollkommen zu machen.

Der Junge hatte lange, goldene Locken, das schwarze Haar des Mädchens war wie ein Fächer um sie gebreitet, ihr Gesicht wie ein geschliffener Kristall im Mondlicht. Wexford konnte den Blick nicht von ihnen wenden. Er war fasziniert, aber er verspürte keinen voyeuristischen Kitzel, keinerlei erotische Regung. Ein kalter, atavistischer Schauer überlief ihn, ein Anflug heiliger Scheu. In Mondlicht gebadet, von der purpurnen Nacht umhüllt, waren diese beiden jungen Menschen Adam und Eva, Venus und Adonis, Mann und Frau allein zu Anbeginn der Welt. Die ineinander verschlungenen silbrigen Körper, die ein Spitzentuch aus zitternden, flirrenden Blattschatten überspann, waren so schmerzhaft schön, daß Wexford plötzlich von jenem wahrhaft panischen Schrecken, jenem Ansturm der starken, lebenspendenden Natur erfüllt war, der die Nähe Gottes verrät.

Er fröstelte. Dann flüsterte er dem Kollegen zu – und es war wie ein ironisches Echo auf Burdens Worte –: »Kommen Sie. Schließlich ist das hier eine ganz private Angelegenheit.«

Sie hätten ihn nicht gehört, auch wenn er es herausgeschrien hätte, ebensowenig wie sie das plötzliche Hämmern hörten, das von der Bühne herüberwehte, das Stampfen, Kreischen und Brüllen, als The Verb to Be anfing zu singen.

3

Es hatte keinen Ärger gegeben. Eine kleine Rockergang war vor dem Tor von Sundays aufgetaucht und abgewiesen worden. Um die Rocker fernzuhalten, waren die Mauern nicht hoch genug, aber wenigstens gegen ihre heißen Öfen hatten sie sich als wirksamer Schutz erwiesen. Ein Zelt war in Flammen aufgegangen. Von Brandstiftung keine Rede – jemand hatte sich mit einem Feuerchen zu nah an die Zeltbahn gewagt. Silk hatte die heimatlos gewordenen Besitzer in einem seiner Gästezimmer untergebracht.

Fast die ganze Nacht hindurch sangen irgendwelche Gruppen, dic klagenden Schwelltöne, das dröhnende Hämmern waren bis Forby zu hören, und die empörten Anwohner – unter ihnen auch Peveril – riefen mit schöner Regelmäßigkeit auf der Polizeiwache von Kingsmarkham an, um sich zu beschweren. Bis zum Tagesanbruch war es dann still geworden, die meisten jungen Leute schliefen. Die Feuer waren ausgetreten und die Bogenlampen ausgeschaltet worden, als die Sonne aufging und durch einen goldenen Dunstschleier hindurch Sundays beschien.

Der Tag versprach nicht ganz so heiß zu werden, aber es war noch immer so warm, daß die Badestellen im Fluß und die Eisbuden sich regen Zuspruchs erfreuten. Bis zum Mittag zog sich die Reihe der Verkaufswagen, die Eß- und Trinkbares und Souvenirs feilboten, die ganze Allee entlang. Die Musik vom Band und die Lieder kleiner Amateurgruppen verstummten, und Emmanuel Ellerman eröffnete den zweiten Tag des Popkonzerts mit seinem Hit »High Tide«. Der Morgennebel hatte sich gehoben und zu einer Wolkendecke verdichtet, durch die eine blasse Sonne drang. Es war schwül, und das Atmen fiel schwer.

Burdens Sohn John hatte sich wieder eingefunden, um sich Zeno Vedasts letzten Auftritt anzuhören. Seinem Vater ging er aus dem Weg. In dieser Umgebung war es ihm peinlich, einen Polizisten in der Familie zu haben. Burden schnupperte mißtrauisch, als er mit Wexford über den Lagerplatz ging.

»Ich rieche Hasch.«

»Wir haben genug um die Ohren, Mike. Eine Drogenrazzia können wir uns im Augenblick nicht leisten«, sagte Wexford. »Der Polizeipräsident hat gesagt, wir sollen ein Auge zudrücken, wenn wir nicht gerade jemanden sehen, der absolut vollgedröhnt ist und Randale macht oder in den Steinbruch fällt, weil er mit Acid vollgepumpt ist. Ich würde ja gern was Nettes über den Krawall sagen, den die Jungs dort auf der Bühne veranstalten, aber ich versteh das Zeug einfach nicht, ich bin wohl wirklich zu alt dazu. So, mit dem Stück ist offenbar jetzt Schluß. Wer kommt danach?«

»Für mich klingt von diesen Gruppen eine wie die andere.« Burden schaute sich unruhig nach seinem Sohn um, er sah ihn bei diesem schlechten Umgang wohl schon an der Nadel hängen, Liebe machen oder mit langen Haaren herumlaufen. »Und zum Verwechseln ähnlich sehen sie sich obendrein.«

»Jetzt hören Sie endlich auf, sich wegen John zu nerven. Das da drüben ist er übrigens gar nicht, ich habe ihn vorhin zu einer Imbißbude gehen sehen. Hören Sie den Lärm? Das wird der Hubschrauber sein, der Betti Ho abholt.«

Der knallgelbe Helikopter – einem Rieseninsekt aus einem Horrorfilm gleich – schwebte, kreiste und ließ sich schließlich auf dem Feld hinter dem Haus nieder. Die beiden Polizeibeamten warteten, bis er gelandet war, dann schlossen sie sich der Menge an, die durch das Tor nach draußen drängte. Die zierliche Chinesin trug ein gelbes Kleid – passend zu ihrem Transportmittel – und hatte das schwarze Haar zu einem Zopf geflochten.

»Was die für Geld bekommen muß«, meinte Burden. »Von ›verdienen‹ möchte ich in dem Zusammenhang gar nicht reden.«

»Sie bringt ihre Zuhörer zum Nachdenken, sie tut viel Gutes. Ihr gönne ich das Geld jedenfalls mehr als manchem Politiker. Da ist Ihr John, er will sich den Start ansehen. Nein, gehen Sie nicht hin, lassen Sie ihm den Spaß.«

»Hatte ich auch gar nicht vor. Denken Sie denn, ich hätte nicht gemerkt, daß er so tut, als ob er mich nicht kennt? Ich bin doch kein Trottel! Da ist Vedast. Herrje, das ist ja wie bei einem Staatsbesuch.«

Das fand Wexford nun nicht gerade. Etwa tausend Fans hatten sich um den Helikopter geschart, während Betti Ho, von Bewunderern umringt, mit Vedast sprach, der in schwarzen Jeans und noch immer mit nackter Brust herumlief. Eine weitere junge Frau stand dabei, Vedast hatte einen Arm um ihre Taille gelegt. Wexford trat näher heran, um sie genauer in Augenschein zu nehmen, denn von all den extravaganten, bizarren und seltsam gewandeten Erscheinungen, die er seit Freitag gesehen hatte, war sie entschieden die auffallendste.

Sie war fast so groß wie Vedast und sah, wenn auch grell und ziemlich künstlich hergerichtet wie für eine Mißwahl, durchaus gut aus. Wexford mochte kaum glauben, daß ein Mensch so viel Haar haben konnte. Die hochtoupierten, eisblonden Strähnen umstanden wie eine Wolke ihr Gesicht und reichten ihr fast bis zur Taille. Die Figur war makellos. Und das ist ihr Glück, überlegte er, sonst hätte sie in dem hautengen Hemdchen, den Hotpants im Häkellook und langen Goldlederstiefeln leicht lächerlich wirken können. Er erkannte, daß sie sich auf die Lider schillernde Glitzersteine geklebt hatte.

»Wer mag das wohl sein?« sagte er zu Burden.

»Sie heißt Nell Tate«, gab Burden zu Wexfords Überraschung prompt Bescheid, »und ist die Frau von Vedasts Roadmanager.«

»Man hat eher den Eindruck, als wäre sie mit Vedast verheiratet. Woher kennen Sie denn die Frau?«

»Na, woher wohl? John hat mir von ihr erzählt. Manchmal wünschte ich, er hätte Popmusik als Prüfungsfach, dann könnte ich ruhiger schlafen.«

Wexford lachte. Er konnte den Blick kaum von der Frau wenden. Nicht etwa, weil ihn ihr Aussehen gefesselt, ihre Schönheit verlockt hätte. Nein, was ihn an ihr faszinierte, war der Einblick in eine Welt, die ihm und der Mehrzahl der hier versammelten Fans fern und sehr fremd war. Vedast, so hieß es, sei ein Junge von hier, der es »geschafft« hatte. Woher kam sie wohl? Über welche mühsamen Stufen hatte sie sich hocharbeiten müssen, um jetzt hier oben zu stehen, im Mittelpunkt des Interesses, an der Seite eines Lieblings der Szene, der sie in aller Öffentlichkeit umarmte?

Vedast ließ sie los und küßte Betti Ho auf beide Wangen – die herkömmliche Begrüßung europäischer Staatsmänner, die für eine bestimmte Elite mittlerweile »in« war. Betti wandte sich Nell Tate zu, auch die beiden Frauen tauschten Küßchen aus, dann bestieg die Chinesin ihren Hubschrauber, und die Türen wurden geschlossen.

»Hier ist jetzt bald Feierabend«, sagte Burden. »Wie spät haben wir es?«

»Halb fünf. Furchtbar stickige Luft, es wird ein Gewitter geben.«

»In so einem Vogel möchte ich bei Gewitter nicht sitzen.«

Surrend und summend erhob sich der Hubschrauber in die Lüfte. Betti Ho lehnte sich heraus und schwenkte winkend einen gelben Seidenärmel. Die Fans drängten langsam wieder in den Park, angelockt durch elektronisch verstärkte Gitarrenklänge. Die Greathearts, eine Drei-Mann-Gruppe, waren auf die Bühne gekommen. Zum erstenmal während des Pop-Festivals ließ Burden so etwas wie Zustimmung erkennen. Spezialität der Greathearts waren Parodien von Schlagern aus den Kriegsjahren, aber Burden hatte noch nicht mitgekriegt, daß es Parodien waren, und ein halb sentimentales, halb mißtrauisches Lächeln spielte um seine Lippen.

Martin Silk saß auf einem Klappstuhl an einem heruntergebrannten Feuer und unterhielt sich mit dem Jungen im gescheckten Mantel. Für Jacken, geschweige denn für Pelzmäntel war es viel zu warm und feucht, aber der Afrikaner hatte sich, wie Wexford festgestellt hatte, seit seiner Ankunft nicht von dem Kleidungsstück getrennt. Vielleicht war seine bronzefarbene Haut an tropische Temperaturen gewöhnt.

Silk sah auf. »Was hab ich gesagt? Kein einziger Zwischenfall, alles Friede, Freude, Eierkuchen.«

»Ganz so würde ich das nicht sagen. Ein Zelt ist abgebrannt, ein Fahrrad als gestohlen gemeldet worden, und der Mann, der die T-Shirts verkauft, hat eine Menge Schwund.«

»Unternehmer darf man beklauen, das ist völlig okay«, sagte der Afrikaner mit sanfter Stimme.

»Vielleicht sieht Ihre Weltanschauung das vor. Aber die hat sich bei uns bisher noch nicht so recht durchgesetzt.«

»Warten Sie's nur ab, Mann, warten Sie's nur ab. Es lebe die Revolution.« Seit seiner Jugend in den dreißiger Jahren hatte es Wexford nicht mehr erlebt, daß jemand von der versprochenen Revolution als einer ernstzunehmenden Möglichkeit gesprochen hätte, aber manche Leute waren demnach immer noch auf der alten Rille.

»Dann dürfte es aber wohl kaum noch Unternehmer geben, wie?«

Der Afrikaner lächelte nur nachsichtig. »Louis studiert Philosophie an der University of the South«, erläuterte Silk stolz. »Er vertritt eine ganz bemerkenswert politische Theorie und ist durchaus bereit, für seine Überzeugungen ins Gefängnis zu gehen.«

»Für seine Überzeugungen wird bei uns keiner eingesperrt«, sagte Wexford. »Wenn er nicht gerade öffentliche Ruhestörung begeht.«

»Louis ist der älteste Sohn eines bedeutenden Stammesfürsten. Louis Mbowele wird einmal ein Name sein, mit dem man in den jungen afrikanischen Staaten wird rechnen müssen.«

»Das kann ich mir gut vorstellen«, sagte Wexford überzeugt. Vor seinem geistigen Auge sah er schon die Schlagzeilen. Blut, Katastrophen, Tyrannei – und alles gutgemeint. »Doktor der Philosophie, politische Theorie, britisches Gefängnis – die nötigen Voraussetzungen hat er ja bald zusammen. Na, dann viel Glück! Gedenke mein, wenn du in dein Reich kommst.«

»Friede sei mit dir«, sagte der Afrikaner feierlich.

Burden stand mit Superintendent Letts, seinem Kollegen von der Schutzpolizei, zusammen.

»Jetzt haben wir's bald überstanden, Reg«, meinte Letts.

»Ich will ja nicht unken, aber je schneller wir es hinter uns haben, desto lieber ist es mir. Und zwar ohne Zoff.«

»Ja, und möglichst noch vor dem Unwetter. Wie wir die Leute bei strömendem Regen aus dem Park rauskriegen sollen, daran mag ich gar nicht denken.«

Der Himmel über dem Herrenhaus von Sundays hatte

sich indigoblau verfärbt, das Haus selbst war in jenes gespenstischfahle Licht getaucht, das unter der Wolkendecke hervorleuchtet, wenn ein Gewitter droht. Die Hainbuchen der Allee, standfeste, kegelförmig zugespitzte Bäume, boten dem stärker werdenden Wind keine wesentliche Angriffsfläche, aber die tief herabhängenden Zedernzweige streiften raschelnd über den Rasen, und die Koniferen am Haus erschauerten.

Der Wind wehte noch warm, und als Zeno Vedast die Bühne betrat, war er nach wie vor halbnackt. Noch einmal sang er vor einer schweigenden, in der Schwüle nervös-gespannten Menge die Ballade vom Wunschtraumbild.

Wexford war wieder ein paar Schritte weitergegangen und stand ganz nah an der Bühne, direkt neben Nell Tate. Vedast sang ohne Begleitung, Nell hielt seine Mandoline oder Okarina oder was immer es sein mochte. Daß ihre Augen den Sänger nicht losließen, war nichts Besonderes bei einer Menge von siebzig- oder achtzigtausend Augenpaaren, die auf ihn gerichtet waren. Während aber in den Blicken der anderen Begeisterung, Bewunderung, kritische Anerkennung lagen, hatte ihr Blick etwas Verzehrendes, fast Gieriges. Die maulbeerrot glänzenden Lippen waren geöffnet, den Kopf hatte sie in sehnsuchtsvoll-schwanengleicher Haltung zurückgelegt. Wexford, den der Song schon ein bißchen anödete, unterhielt sich damit, die junge Frau zu beobachten, und plötzlich drehte sie sich um und wandte ihm ihr Gesicht zu.

Es gab ihm einen regelrechten Ruck. Sie sah aus, als habe man ihr soeben endgültig den größten Wunsch ihres Lebens abgeschlagen. Der Jammer war durch das dick verkleisterte Make-up, das rosige Rouge, die grünblauen Lidschatten hindurch zu erkennen, und auch die albernen Glitzersteine, die sie sich um die Augen herum geklebt hatte, vermochten nicht darüber hinwegzutäuschen, daß sie litt. Warum wohl, dachte er. Sie war älter, als er zunächst gedacht hatte, aber immerhin höchstens achtundzwanzig. War sie in Vedast verliebt und konnte ihn nicht haben? Sehr wahrscheinlich war es das nicht. Nach seinem ersten Song trat Vedast an den Rand der Bühne, hockte sich hin, nahm Nell das komische Saiteninstrument aus der Hand und küßte sie langsam und leidenschaftlich auf den Mund. Als er danach wieder anfing zu singen, wirkte sie ruhiger, die glitzernden Lider senkten sich kurz über die Augen.

»War's das?« fragte Wexford, als er wieder bei Burden angekommen war. »Ich meine – ist das Konzert zu Ende?«

Burden betätigte sich widerspruchslos als Experte in Sachen Pop, obschon man sich einen weniger überzeugenden oder weniger engagierten Gewährsmann wohl kaum vorstellen konnte. »Noch zwei Songs von den Greathearts«, sagte er, »dann können wir alle nach Hause gehen. Die ersten ziehen schon ab, die wollten wohl nur noch den nackten Affen mitnehmen.«

»Bitte, keine Majestätsbeleidigung, Mike. Ich fand ihn eigentlich recht gut. Schauen Sie mal den rosa- und orangefarbenen Wagen da drüben, über und über mit Graffiti bepinselt.«

Die Zelte wurden abgebaut, Gaskocher und Kessel und die Dosen mit Kaffeepulver in Rucksäcken verstaut, ein barfüßiges Mädchen suchte in den Abfallhaufen nach den Schuhen, die sie vor vierundzwanzig Stunden ausgezogen hatte. Das künftige Oberhaupt eines afrikanischen Entwicklungslandes hatte seine Volksreden zunächst eingestellt, um sich prosaischerem Tun, nämlich dem Zusammenrollen seines Schlafsacks, zu widmen. Martin Silk schritt durch die Menge, lächelte huldvoll nach rechts und links und feixte Wexford in boshaftem Triumph an.

»Irgendwie können einem die Greathearts schon leid tun, da schaffen sie sich ab, und keiner hört hin. Die wissen doch bestimmt auch, daß die Leute nur wegen Vedast geblieben sind.«

Aber Wexfords Worte trafen auf taube Ohren. »Da sind die beiden, die wir gestern abend gesehen haben«, sagte Burden. »Das Mädchen und ihr Gespiele, sie kommen offenbar direkt aus dem Steinbruch. Hat sich wohl ausgeflittert bei den beiden, die scheinen sich verkracht zu haben, oder vielleicht hat sie auch was gebissen. Es heißt ja immer, daß es im Park von Sundays Schlangen gibt.«

»Das käme Ihnen wohl zupaß«, sagte Wexford scharf. »Die gerechte Strafe für ein Treiben, das im Garten Eden etwas ganz Natürliches ist.« Er hatte nicht den Eindruck, daß die beiden sich gestritten hatten oder verletzt waren, sie hielten sich an der Hand und rannten wie Sprinter bei der Olympiade. In dem uniformen Jeans- und T-Shirt-Look, schmutzig und ramponiert, das lange Haar windverweht, war von der unberührten Schönheit der vergangenen Nacht keine Spur mehr geblieben, der Zauber, das Wunderbare waren dahin. Da lief ein ganz gewöhnliches junges Paar, außer Atem und – ja, voller Angst. In plötzlicher Sorge ging Wexford ihnen entgegen.

Sie blieben dicht vor ihm stehen. Das Mädchen war totenblaß, sie rang keuchend nach Atem.

»Sie sind doch von der Polizei, nicht?« fragte der Junge, ehe Wexford etwas sagen konnte. »Könnten Sie wohl bitte kommen und sich ansehen, was...«

»Im Steinbruch«, würgte das Mädchen. »Ach ja, bitte... Es war so entsetzlich. Im Steinbruch liegt eine Frau, und sie... sie ist tot. Ganz tot. Und ihr Gesicht... Blut... gräßlich... O mein Gott...« Sie warf sich dem Jungen in die Arme und schluchzte jämmerlich.

4

Das Schluchzen hatte sich zu einem hysterischen Kreischen gesteigert.

Wexford wandte sich an den jungen Mann. »Sagen Sie mir, was los ist.«

»Wir sind vor ungefähr zehn Minuten zum Steinbruch gegangen«, brachte er stammelnd und abgerissen heraus. »Ich... wir... ich bin mit einer Clique hier und Rosie mit einer anderen und... und wir sehen uns jetzt einen ganzen Monat nicht mehr, da wollten wir irgendwo für uns sein, aber es ist noch hell, und wir haben was gesucht, wo man uns nicht sieht. Bitte nicht, Rosie hör doch auf zu weinen. Können Sie denn nichts tun?«

Schon waren sie von Neugierigen umringt. Wexford wandte sich an eine junge Frau, die recht umsichtig zu sein schien. »Bringen Sie das Mädchen in eins der Zelte und machen Sie ihr einen Tee. Heiß und stark. Und einer von euch läuft mal rasch zu Mr. Silk. Fragt ihn, ob er Cognac hat. Sie erzählt Ihnen bestimmt alles, es wird sie erleichtern.«

Rosie stieß einen langgezogenen Schrei aus. Wexford sah sich in der Einschätzung der umsichtigen jungen Frau bestätigt, die dem blassen, verheulten Mädchen, das vor ihr stand, eine kräftige Ohrfeige verpaßte. Rosie würgte und machte große Augen.

»Na also«, sagte Wexford. »Ab ins Zelt mit Ihnen. Wenn Sie was Warmes getrunken haben, wird Ihnen gleich besser.« Er wandte sich wieder dem Jungen zu. »Sie heißen –«

»Daniel. Daniel Somers.«

»Und Sie haben im Steinbruch eine weibliche Leiche gefunden?« Unvermittelt fingen die Greathearts an zu röhren. »Herrgott, hört denn das immer noch nicht auf? Wo haben Sie die Frau gefunden?«

»Unter Büschen, eigentlich eher Bäumen, an der Seite, wo der Draht ist.« Daniel schauderte und riß die Augen weit auf. »Es war alles voller Fliegen«, sagte er. »Sie hatte jede Menge Blut im Gesicht, es war schon ganz angetrocknet, und die Fliegen krochen drüber weg.«

»Kommen Sie mit.«

»Muß das sein?«

»Es dauert nicht lange«, sagte Wexford freundlich. »Sie brauchen die Frau nicht noch einmal anzuschauen, wir wollen nur wissen, wo sie liegt.«

Inzwischen hatte sich dort, wo sie standen, schon herumgesprochen, daß Gefahr im Verzug war, Gerüchte verbreiteten sich wie Lauffeuer. Neugierige kamen aus den Zelten, andere, die draußen langgelegen hatten, richteten sich auf, die Greathearts sangen zunehmend ins Leere. Ängstlich fragte einer den anderen, ob das wohl der Auftakt zu einer Drogenrazzia war. Daniel Somers, ebenso bleich, ebenso starr blickend wie seine Freundin, hatte es offenbar eilig, die Sache hinter sich zu bringen. Behende kletterte er den Kalksteinabhang hinunter, und die Polizeibeamten folgten ihm nicht ganz so gelenkig. Zunächst war nichts, jedenfalls nichts Beängstigendes zu sehen. Unter dem drohendgrauen, purpurn überhauchten Himmel, durch den kein Fetzen Blau mehr drang, glänzte das Gras im Steinbruch intensiver, wirkte fast blaugrün. Das schräg einfallende, von Wolkenrändern seltsam gefilterte Licht schenkte den weißen Blüten der Heckenrosen und den silbrigen Unterseiten der Birkenblätter, die sich zitternd im Wind hoben, einen ganz eigenen Glanz. Die Glockenblumen auf der kleinen Rasenfläche schwangen hin und her wie richtige Glocken ohne Klang. Ein, zwei Meter vor einer jungen Birke, die sich aus einem mannshohen Geißblatt- und Hartriegeldickicht erhob, blieb Daniel stehen. Er zitterte, auch er war gefährlich nah daran, die Fassung zu verlieren.

»Da drin.« Er streckte die Hand aus. »Ich hab sie nicht angefaßt.«

Wexford nickte.

»Jetzt können Sie sich um Ihre Rosie kümmern.«

Das dornenlose Buschwerk ließ sich leicht hochheben. Es war wie ein Zelt, mit der Baumwurzel als Stange. Darunter, halb um die Wurzel gerollt, lag die Frau, gekrümmt wie ein Fötus, die Knie angezogen, die Arme übereinandergeschlagen, so daß die Hände unter dem Kinn aneinanderlagen.

Selbst Wexford, der doch einiges gewöhnt war, verspürte ein flaues Gefühl in der Magengrube, als er das Gesicht sah – oder das, was von ihm übriggeblieben war. Es war eine einzige, mit schwärzlichem Blut überkrustete Masse, von der sich träge summend ein Schwarm schwarzer Fliegen erhob, als sich das Blätterdach bewegte. Auch im Haar war Blut, streifig durchzog es die gelben Strähnen und klumpte hier und da in harten Knoten zusammen. Das Kleid war vermutlich ebenfalls blutbedeckt, aber der Stoff, dunkelrot wie geronnenes Blut, hatte den Lebenssaft aufgesogen und negativiert.

Der Auftritt der Greathearts war noch immer nicht zu Ende.

»Eine Frau ist ermordet worden«, sagte Wexford zu Silk. »Schicken Sie die Gruppe von der Bühne und geben Sie mir ein Mikro.«

Die jungen Leute murrten, als die Popgruppe mitten in einem Song abbrach und sich zurückzog, das Murren wurde bedrohlicher, als Wexford ihren Platz einnahm. Er hob eine Hand, aber das nützte nichts.

»Bitte Ruhe. Darf ich um Ruhe bitten.«

»Bullen raus, Bullen raus«, skandierte die Menge.

Also gut, dann eben mit der Holzhammermethode, vielleicht brachte sie das zum Schweigen. »Eine Frau ist ermordet worden«, verkündete Wexford mit weithin hallender Stimme. »Die Leiche liegt im Steinbruch.« Jeder Laut erstarb. »Danke. Wir wissen noch nicht, wer die Frau ist. Ohne meine Erlaubnis darf niemand hier weg, ist das klar?« Schweigen. Sie taten ihm ehrlich leid, das Fest war ihnen verdorben, Ernüchterung und Angst machten sich in den fröhlichen jungen Gesichtern breit. »Wenn ihr ein Mädchen aus einer eurer Cliquen vermißt, eine blonde junge Frau in rotem Kleid, meldet euch bitte bei mir.«

Silk tat geradeso, als habe Wexford höchstpersönlich die Frau umgebracht und sie in seinem Steinbruch deponiert. »Es lief doch alles so gut«, jammerte er. »Und plötzlich passiert so was! Darauf hat die alte Garde nur gewartet, damit haben sie wieder eine Handhabe, jede freie Entfaltung zu unterdrücken und die Jugend zu knebeln.« Besorgt sah er zum Himmel auf, wo von Westen her graue Wolkenmassen aufgezogen waren.

Wexford wandte sich einem jungen Mann zu, der ihn angetippt hatte. »In unserer Gruppe war eine, die seit heute früh verschwunden ist. Bisher haben wir gedacht, sie ist nach Hause gefahren, sie fand es nämlich nicht so toll hier.«

»Was hatte sie an?«

Der Junge überlegte. »Jeans, glaube ich, und ein grünes T-Shirt.«

»Helles Haar? Lila Strumpfhosen und Schuhe?«

»Keine Spur. Sie ist dunkel, und solche Klamotten zieht sie bestimmt nicht an.«

»Dann kann sie es nicht sein«, entschied Wexford.

Die Regenwand rückte näher. Er sah, wie in einem bösen Traum, Wasserfluten auf den Lagerplatz niedergehen, die den zertrampelten Rasen in Schlammflächen verwandelten und auf die zerbrechlichen Zelte trommelten. Und er sah sich und alle verfügbaren Kollegen in Nacht und Regen herumtappen, um durchweichte, verstörte Teenager zu vernehmen.

Die Fotografen waren eingetroffen. Wexford beobachtete, wie ihre Wagen über den Grasboden holperten und an der Holzbrücke hielten. Wenn sie die nötigen Aufnahmen gemacht hatten, konnte er die Tote wegbringen lassen und vielleicht einen ersten Versuch der Identifizierung machen. Er spürte einen kalten Spritzer auf der Hand, die ersten Tropfen fielen.

»Ich überlege mir, ob wir sie nicht im Haus unterbringen könnten…«, meinte Silk.

Achtzigtausend in einem Haus? Gut, es war ein ziemlich großer Kasten, aber trotzdem…

»Ausgeschlossen. Das schlagen Sie sich nur gleich aus dem Kopf.«

Eine junge Frau hinter ihm räusperte sich, um seine Aufmerksamkeit auf sich zu lenken, eine zweite stand neben ihr und hielt einen schwarzen Samtmantel in der Hand.

»Ja?« fragte er rasch.

»Wir haben unsere Freundin seit gestern abend nicht mehr gesehen. Sie hat den Mantel im Zelt gelassen und ist auf und davon. Wir können sie und ihren Freund nicht finden, und da haben wir gedacht…«

»…sie könnte die Tote sein, die wir gefunden haben? Beschreiben Sie mir doch bitte Ihre Freundin.«

»Sie ist achtzehn, sehr dunkles Haar, sehr hübsch, schwarze Jeans. Rosie heißt sie, und ihr Freund –«

»– heißt Daniel.« Die junge Frau riß vor lauter Staunen über Wexfords Allwissenheit die Augen auf. »Rosie ist nichts passiert«, sagte er. »Sie ist in dem Zelt dort drüben.« Er deutete hin.

»Gott sei Dank! Das war ein schöner Schreck.«

Wie viele Gespräche dieser Art, überlegte er, stehen mir noch bevor, bis ich einmal sagen muß: Ja, das könnte sie sein... Dann sah er die schlanke, drahtige Gestalt Dr. Crokkers zielstrebig auf sich zukommen. Der Polizeiarzt trug einen weißen Regenmantel und hatte nicht nur seine Arzttasche, sondern auch einen Regenschirm in der Hand.

»Ich habe den Rat der Polizei beherzigt, Reg, und bin übers Wochenende weggefahren, weil ich mit der ganzen Sache nichts zu tun haben wollte. Was liegt denn an?«

»Hat man Ihnen das noch nicht gesagt?«

»Nur so viel, daß ich gebraucht werde.«

»Im Steinbruch liegt eine Tote.«

»Ach, du liebe Güte... Eine von dieser Gesellschaft da?« Crocker deutete unbestimmt in die Menge.

»Keine Ahnung. Kommen Sie!«

Der Regen fiel, wie immer nach einer Trockenperiode, dünn und ungleichmäßig, als müsse sich jeder Tropfen mühsam aus den Wolken quälen. Drei Streifenwagen hatten es glücklich über das holprige Gelände bis zum Steinbruch geschafft und parkten am Hang. Im Steinbruch selbst hatten die Fotografen ihre Arbeit beendet, eine Zeltbahn schirmte die Tote vor den Blicken Neugieriger ab. Ein paar junge Leute hatten sich am Steinbruch hingehockt, glotzten und stellten Spekulationen an.

»Macht, daß ihr wieder in die Zelte kommt«, sagte Wexford. »Ihr werdet nur naß, und zu sehen gibt's hier doch nichts.« Langsam rückten sie ab. »Ein bißchen schneller, wenn ich bitten darf. Makabre Neugier ist was für die verknöcherten Gruftis, eure Generation hat doch damit angeblich nichts am Hut.«

Das wirkte. Ein oder zwei grienten verlegen. Als Wexford und der Arzt zu der kleinen Rasenfläche heruntergeklettert waren – die Glockenblumen lagen zerquetscht am Boden –, hatten sich die Zuschauer verlaufen. Crocker kniete neben der Toten nieder und untersuchte sie.

»Sie ist seit mindestens fünf Tagen tot.«

Wexford fiel ein Stein vom Herzen.

»Sie war schon tot, ehe das Tamtam hier losging«, sagte Crocker, »und sie war kein Teenager mehr. Ich schätze sie auf mindestens siebenundzwanzig, vielleicht sogar dreißig.«

Unter der Zeltbahn lärmte ein Fliegenschwarm. Wexford rollte die Leiche auf die Seite. Eine große Handtasche aus lila Lackleder kam zum Vorschein. Handtasche, Schuhe und Strumpfhosen waren farblich aufeinander, aber nicht auf das rote Kleid abgestimmt. Er öffnete die Tasche und schüttete den Inhalt auf eine Plastikfolie. Ein Umschlag, adressiert an Miss Dawn Stonor, Philimede Gardens 23, London S. W. 5, fiel heraus. Auf dem Briefblatt stand als Absenderadresse Lower Road, Kingsmarkham. *Liebe Dawn, daß Du am Montag mal kommen willst, ist ja ganz nett, aber so wie ich Dir kenne, machst Dus mal wieder kurz und bleibst nicht über Nacht, da bist Du Dir wohl zu gut zu. Der Oma gings mal wieder nicht so gut aber jetzt hat sie sich wieder gerappelt. Die lila Hose und Bluse hab ich von der Reinigung geholt, kannst sie mitnehmen. Macht 65 Pence nur das wirs nicht vergessen. Bis Montag also, schöne Grüße Mum.*

Er registrierte die Schnitzer und Ausrutscher, die unbeholfene Schrift. Und noch etwas fiel ihm auf, aber darüber konnte er sich später noch Gedanken machen. Wichtig war zunächst, daß die Tote schnell und mühelos hatte identifiziert werden können. »Sie können die Leiche wegbringen«, sagte er zu Sergeant Martin. »Und dann lassen Sie den Steinbruch absuchen.«

Er hatte Blut an der Hand, frisches Blut. Eigenartig, die Frau war immerhin schon seit fünf Tagen tot... Er sah noch einmal hin und erkannte, daß es sein eigenes Blut war, das aus einer kleinen Wunde am Handballen quoll.

»Überall Glassplitter«, sagte er nachdenklich.

»Fällt Ihnen das jetzt erst auf?« Crocker lachte kurz und ohne Heiterkeit. »Zumindest bleibt Ihnen die Suche nach einer Waffe erspart.«

Fröhlich lärmend, aus Autos und Zügen und Bussen quellend, waren sie gekommen, an einem Sommertag, um zusammen Musik zu hören und Musik zu machen. Still und bedrückt zogen sie ab, schleppenden Schrittes, in strömendem Regen. Die meisten hatten an diesem Wochenende alles in allem nicht mehr als zehn, zwölf Stunden geschlafen. Die blassen, schmutzigen Gesichter waren vom Schock gezeichnet.

Keiner rannte, keiner trieb fröhlichen Unfug. Sie bauten die nassen Zelte ab, schulterten ihr Gepäck und ließen grauweiße Müllberge zurück. Wie sie so in langer, regelloser Reihe zum Tor zogen, sahen sie aus wie Flüchtlinge, die einen Katastrophenort verlassen. Daniel und Rosie gingen nebeneinander, er hatte einen Arm um das Mädchen gelegt, mit dem anderen hielt er ein zusammengerolltes Zelt über der Schulter fest, das gegen seinen Rucksack schlug. Louis Mbowele durchschritt das Tor, ohne von dem Buch aufzusehen, in dem er las. Sie kauten Süßigkeiten und ließen Weinflaschen von Hand zu Hand gehen, ihrem von Trauer getrübten Wir-Gefühl galt es gleich, wer aß und trank und wer zahlte. Eng zusammengedrängt zündeten sie sich Zigaretten an, die Streichholzflammen vor dem strömenden Regen schützend.

Blitze zuckten über den Himmel bei Stowerton, im Westen grollte der Donner. Aus rasch ziehenden Wolken in Blau und Schwarz und grollendem Grau strömte der Regen und spülte die Menschen und ihre Habseligkeiten in die Allee hinaus wie Treibgut, das von der Flut fortgetragen wird. Die Zedern schlugen mit den schwarzen Ästen auf das, was einstmals Rasen gewesen war. Tausende von kräftigen jungen Füßen hatten das Gras zu Stoppeln und kahler Dürre hinuntergetreten. Der Regen fiel auf eine weite braune Steppe.

Ein zerrissenes rotes Zelt war zurückgeblieben, mit dem der Wind spielte wie mit einem ertrinkenden Riesenschmetterling, bis es sich mit Wasser vollgesogen hatte und am Unterbau der Bühne in sich zusammenfiel. Der Fluß begann zu steigen und nahm auf seinem Weg unter der Forbyer Straße hindurch eine wippende Sammlung von Papier, Blechdosen, Transistorradios und verlorenen Schuhen mit.

5

Der Regen hatte so etwas wie eine falsche Nacht gebracht, eine regenverhangene, frühe Dämmerung, die jedermann ins Haus trieb. Bis auf die scheidenden Festivalbesucher natürlich, die sich durch den Wolkenbruch nach Kingsmarkham hineinschleppten. Durchweicht und fröstelnd zogen sie in langer Reihe zu den Bussen und zum Bahnhof. Ein paar waren auf der Forbyer Straße zurückgeblieben in der Hoffnung, per Anhalter weiterzukommen, und ließen sich auch nicht entmutigen, als ein Auto nach dem anderen weiterfuhr, ohne anzuhalten, oder die Fahrer sie, abgeschreckt durch ihren abgerissenen Aufzug und die langen nassen Haare, kurzerhand zurückwiesen.

Sie marschierten in die Innenstadt ein und warteten wahllos auf jeden Bus, egal, in welche Richtung, die traurigen Schlangen zogen sich durch die ganze High Street. Die Jugend ballte sich im Zentrum, aber die Nebenstraßen und die Außenbezirke waren menschenleer. In der Lower Road, wo alle Fenster und Türen geschlossen und die Vorhänge vorgezogen waren und der Regen auf die Wagen trommelte, die in langer Reihe auf dem Gehsteig standen, konnte man meinen, im tiefsten Winter zu sein. Nur die Rosen in den Vorgärten der geduckten roten Backsteinhäuser, das schlaffe Laub der Kirschbäume deuteten darauf hin, daß von Rechts wegen die Sonne hätte scheinen müssen, daß es ein Juni-Abend war.

Nummer fünfzehn unterschied sich in nichts von seinen Nachbarn – auch hier rankte eine Dorothy Perkins-Kletterrose über der Haustür, biß sich das grelle Pink der Blüten mit dem ockerfarbenen Backstein, auch hier hingen über Kreuz wie Nachthemd-Oberteile drapierte weiße Tüllgardinen in den Fenstern. Ein Gitterwerk von Fernsehantennen sproß aus dem einzigen Schornstein und schwankte im Wind.

Wexford ging langsam den Gartenweg hinauf. Es regnete so stark, daß er selbst für die kurze Strecke vom Wagen zur Haustür den Schirm hatte aufspannen müssen. Er haßte es, Hinterbliebene vernehmen zu müssen, haßte sich selbst, weil er in ihren Kummer eindrang und weil er ungeduldig wurde – obschon er sich das meist nicht anmerken ließ –, wenn die Erinnerungen sie einholten und Tränen sie am Sprechen hinderten. Er wußte inzwischen, daß Dawn Stonor keinen Vater mehr gehabt hatte. Die Frau, die er vernehmen mußte, steckte tief im Ödland der Lebensmitte, sie war allein und vielleicht völlig gebrochen. Er klopfte leise.

Seine Kollegin Polly Davies ließ ihn ein.

»Wie geht es ihr, Polly?«

»Ganz leidlich, Sir. Ich habe den Eindruck, daß Mutter und Tochter sich nicht recht grün waren. Dawn wohnte schon seit zehn Jahren nicht mehr zu Hause.«

Wie schrecklich, wenn man Erleichterung verspürt, weil es an Liebe gefehlt hat. »Dann rede ich jetzt mal mit ihr.«

Ein Polizeifahrzeug hatte Mrs. Stonor zur Leichenhalle und wieder nach Hause gefahren. Jetzt saß sie, noch immer im Mantel, den roten Strohhut auf der Sessellehne, im Wohnzimmer und trank Tee. Sie war eine breite Frau von fünfundfünfzig mit rotem Gesicht und schlimmen Krampfadern. Die geschwollenen Füße hatte sie in Pumps gezwängt.

»Meinen Sie, daß Sie mir ein paar Fragen beantworten können, Mrs. Stonor? Es muß ein Schock für Sie gewesen sein.«

»Was wollen Sie wissen?« Sie sprach brüsk, mit abgehackter, schriller Stimme. »Warum sie in dem Steinbruch war, kann ich Ihnen nicht sagen. Schön zugerichtet hat er sie, was?«

Wexford war nicht geschockt. Er wußte, daß die meisten Menschen eine sadomasochistische Ader besitzen. Selbst die Hinterbliebenen eines Mordopfers haben einen makaber anmutenden Hang, in Gedanken mit genüßlichem Schauder bei den Verletzungen des oder der Toten zu verweilen. Ob sie darüber reden, hängt nicht so sehr vom Ausmaß ihres Kummers als von dem Grad der ihnen anerzogenen Repression ab.

»Wer war ›er‹, Mrs. Stonor?«

Sie zuckte die Schultern. »Irgendein Kerl. Einen Kerl hatte sie immer.«

»Was hat sie beruflich gemacht?«

»In einem Klub gekellnert. Der *Townsman* in London, irgendwo im Westen. Ich war nie da.« Mrs. Stonor warf ihm einen finster-herausfordernden Blick zu. »Da verkehren nur Männer. Die Mädels laufen in albernen Kostümen rum, so 'ne Art Badeanzug mit Röckchen, und zeigen alles, was sie haben. ›Widerlich‹, hab ich zu ihr gesagt. ›Erzähl mir bloß nichts davon, ich will's gar nicht wissen.‹ Ihr Papa hätt sich im Grab umgedreht, wenn er gewußt hätt, was sie getrieben hat.«

»Sie war am Montag hier?«

»Stimmt.« Mrs. Stonor zog den Mantel aus, und er sah jetzt, daß sie sehr stark und in ein enges Korsett gezwängt war. Ihr Gesicht wirkte grämlich und unzufrieden. Ob es heute grämlicher und unzufriedener aussah als gewöhnlich, vermochte Wexford nicht zu sagen. »Ein anständiges Mädel geht nicht mit 'nem Kerl in den Steinbruch«, sagte sie. »Hat er was mit ihr gemacht?«

Die Frage klang grotesk – schließlich hatten sie beide die Tote mit eigenen Augen gesehen –, aber er wußte, was sie meinte. »Ein Sittlichkeitsverbrechen schließen wir aus, es hat kein Geschlechtsverkehr stattgefunden.«

Sie lief dunkelrot an. Er wartete auf einen Protest wegen seiner unverblümten Ausdrucksweise, aber sie beeilte sich, seine Frage zu beantworten. »Sie ist mit dem Zug um halb zwölf gekommen. Ich hatte ihr was zum Mittag gemacht, ein Steak.« Die Stimme schwankte leicht. »Steak hat sie immer gern gegessen, die Dawn. Dann haben wir ein bißchen geredet. Im Grunde hatten wir uns nichts mehr zu sagen.«

»Könnten Sie mir in etwa schildern, worüber Sie geredet haben?«

»Jedenfalls nicht über Männer, wenn Sie das meinen. Sie war sauer, weil irgendein Fratz sich im Zug die klebrigen Finger an ihrem Kleid abgewischt hatte. Es war ein neues Kleid, ein Mini, die Beine sah man bis sonstwohin. Ich hab gesagt, daß sie was anderes anziehen muß, und das hat sie dann auch gemacht.«

»Das dunkelrote Kleid, in dem wir sie gefunden haben?«

»Ach wo, das hat nicht ihr gehört. Keine Ahnung, woher sie das hatte. Sie hatte einen lila Fummel hier, ich hatte ihn gerade aus der Reinigung geholt, Hosenanzug nennt man das wohl heutzutage, den hat sie angezogen. Die lila Schuhe, die sie anhatte, paßten dazu. Na ja, wie gesagt, wir haben ein bißchen geredet, dann ist sie raufgegangen zu ihrer Oma – das ist meine Mutter, sie wohnt bei mir –, und mit dem Zug um vier Uhr fünfzehn ist sie wieder los. Kurz vor vier ist sie hier weg.«

Wexford sah nachdenklich vor sich hin. »Und Sie waren der Meinung, daß sie direkt nach London zurückfahren würde?«

»Klar, das hat sie ja zu mir gesagt. Ich muß um sieben im Klub sein, hat sie gesagt. Das blaue Kleid hat sie in eine Tüte gesteckt und mitgenommen, und dann hat sie noch gesagt, daß sie sich beeilen muß, damit ihr der Zug nicht wegfährt.«

»Noch zwei Fragen, Mrs. Stonor, dann lasse ich Sie in Ruhe. Würden Sie mir bitte den Hosenanzug beschreiben.«

»Sehr auffällig, mehr wie 'n Schlafanzug wie was für die Straße. Hosen mit Schlag und darüber so was wie 'n Kasack. Lila Nylon, mit dunklerem Besatz um die Ärmel und unten am Kasack. Dawn trug gern ausgefallene Klamotten.«

»Haben Sie ein Bild von ihr?«

Mrs. Stonor beäugte ihn argwöhnisch. »In dem Fummel, meinen Sie?«

»Nein. Ein beliebiges Foto.«

»Sie hat mir eins zu Weihnachten geschickt. Komisches Weihnachtsgeschenk, hab ich noch gedacht. Das können Sie haben, wenn Sie wollen.«

Sie holte das Foto. Es war eine Porträtaufnahme, nicht gerahmt und so unberührt, als käme sie frisch aus der Kopieranstalt. Demnach, überlegte Wexford, hatte Mrs. Stonor das Bild nie voller Stolz bei Freunden und Bekannten herumgezeigt, sondern sogleich in einer Schublade verschwinden lassen. Dawn war eine ziemlich gewöhnlich wirkende junge Frau mit grobgeschnittenen Zügen gewesen. Auf dem Foto war sie stark geschminkt. Das blonde Haar war zu einer kompliziert gebauschten Lockenfrisur hochgetürmt, die Wexford an die Haaraufbauten einer Rokokoschönen erinnerte oder vielleicht an eine Schauspielerin in einem Kostümstück aus jener Zeit. Sie trug ein sehr tief ausgeschnittenes Abendkleid aus blauer Seide mit freizügig zur Schau gestelltem üppigem Busen und fleischigen Schultern.

Mrs. Stonor betrachtete das Bild voller Groll, und Wexford konnte durchaus verstehen, daß es für eine Mutter ihres Schlages ein enttäuschendes Geschenk gewesen sein mußte. Dawn war achtundzwanzig gewesen. Um der Mutter zu gefallen, hätte das Bild nicht nur die Tochter zeigen dürfen, sondern auch Enkel, an den steif posierenden Fingern hätte ein Trauring stecken und hinter der Gruppe sich der Umriß einer Doppelhaushälfte abzeichnen müssen, gepflegt und mit einer Hypothek erworben.

Leises Mitgefühl für diese Mutter, die keine Mutter mehr war, regte sich in ihm, doch die Aufwallung von Sympathie verflüchtigte sich rasch, als sie ihm zum Abschied mitgab:

»Hören Sie mal, dieser Hosenanzug…«

»Ja?«

»Er war fast neu, sie hatte ihn erst im Winter gekauft. Ich kenn da eine Dame, die würde mir fünf Pfund dafür geben.«

Wexford sah sie scharf an und versuchte, sich seine Abneigung nicht anmerken zu lassen.

»Wir wissen nicht, wo er abgeblieben ist, Mrs. Stonor. Vielleicht hat die Dame aber Interesse an den Schuhen und der Tasche. Beides wird man Ihnen zu gegebener Zeit zustellen.«

Der Exodus setzte sich fort. Inzwischen war die Dunkelheit gekommen, eine stürmische Nacht ohne Sterne, es regnete unerbittlich weiter. Wexford fuhr zurück nach Sundays, wo Streifenwagen rechts und links der Forbyer Straße das Gelände abfuhren oder in schwankenden schwarzen Wasserlachen parkten. Wenig später hatte Burden ihn entdeckt und setzte sich auf den Beifahrersitz.

»Hat sich schon was getan?«

»Nicht viel, Sir. An eine junge Frau in rotem Kleid kann sich bisher keiner erinnern. Aber am Montag nachmittag hat eine Frau aus der Sundays-Siedlung, eine gewisse Lorna Clarke aus der Hainstraße, angeblich eine blonde junge Frau beobachtet, auf die die Beschreibung zutrifft. Allerdings trug die –«

»– einen lila Hosenanzug?«

»Genau. Das war also Dawn? Ich hab's mir schon gedacht, weil Mrs. Clarke von lila Schuhen und einer lila Handtasche gesprochen hat. Wie ist sie dann aber an das rote Kleid gekommen?«

Wexford schüttelte den Kopf. »Sieht so aus, als ob sie am Montag gestorben ist. Am Montag nachmittag, kurz nach vier, hat sie das Haus ihrer Mutter verlassen. Wann und wo hat Ihre Mrs. Clarke sie gesehen?«

»Sie war in dem Bus, der um siebzehn Uhr fünfundzwanzig aus Kingsmarkham kam. Mrs. Clarke hat gesehen, wie sie ausstieg und über die Straße in Richtung Pathway ging.

Ein paar Minuten später hat jemand sie im Pathway beobachtet.«

»Die Rückfront der Häuser in dieser Straße gehen auf den Steinbruch hinaus. Und weiter?«

»Im Pathway stehen nur fünf Häuser, zwei ein- und drei zweigeschossige. Sie wissen ja, mehr hat man dort nicht gebaut, es hat einen ziemlichen Aufstand gegeben, und das Ministerium hat die Baugenehmigungen zurückgezogen. Dort ist sie von einer Frau gesehen worden, die in dem letzten Haus der Straße wohnt.«

»Etwa die Frau des aufgeregten Menschen, der uns am Samstag abend dieses Theater gemacht hat?«

Burden nickte. »Eine gewisse Mrs. Peveril. Die beiden sind tagsüber immer da. Er ist Graphiker und arbeitet zu Hause. Seine Frau sagt, sie habe um halb sechs eine blonde Frau in Lila gesehen, die sei ihre Straße hinunter zu dem Fußweg gegangen, der über die Felder nach Stowerton führt. Sie hat den Hosenanzug, die Schuhe und die Tasche sehr genau beschrieben. Natürlich konnte ich trotzdem nicht wissen, ob es Dawn war. Mich hat verunsichert, daß sie Lila trug. Mrs. Peveril hat ausgesagt, daß die Frau eine braune Tragetüte in der Hand hatte.«

»Ja, das muß sie gewesen sein. Sie hatte zuerst etwas Blaues an und hat sich dann umgezogen. Vermutlich hatte sie in der Tragetüte das blaue Kleid. Merkwürdig... Sie muß andauernd am Umziehen gewesen sein. Keine weiteren Hinweise aus dem Pathway?«

»Sonst hat niemand sie gesehen. Die Leute, die in den Bungalows wohnen – es ist jeweils nur eine Person –, waren zur fraglichen Zeit nicht da. Miss Mowler war früher Gemeindeschwester und ist jetzt in Pension, und am Montag war sie bis acht außer Haus. Dunsand lehrt an der University of the South, Philosophie oder so was, und ist erst nach halb sieben von seiner Vorlesung gekommen. Sonst habe ich niemanden auftreiben können, der sie am Montag oder zu irgendeinem anderen Zeitpunkt gesehen hat. Ich schätze, daß sie einen Typ aufgegabelt und sich an dem Abend irgendwo zwischen Sundays und Stowerton mit ihm verabredet hat.«

»Ja, so muß es wohl gewesen sein. Um vier ist sie bei ihrer Mutter weggegangen, demnach hat sie den Bus um 17.12 genommen. Nachmittags fahren ja nur zwei Busse nach Forby. Was hat sie aber in der Zwischenzeit – immerhin siebzig Minuten – gemacht? Wir müssen versuchen festzustellen, ob jemand sie auf der High Street gesehen hat. Auch in London müssen wir uns umhören, aber da hab ich schon einiges in Gang gesetzt.«

»Wollen Sie mit Mrs. Peveril sprechen?«

»Nicht jetzt, Mike. Heute abend wird sich nicht mehr viel tun. Ich will mal abwarten, was bei der Haus-zu-Haus-Befragung noch herauskommt. Vielleicht hat jemand sie später noch gesehen. Spekulationen bringen im Augenblick gar nichts.«

Burden stieg aus, legte sich den Regenmantel über den Kopf und kämpfte sich durch den Wolkenbruch. Wexford wendete und fuhr langsam und vorsichtig durch Sturm und Regen davon. Nur einmal noch sah er nach Sundays hinüber, wo gerade die letzten verregneten Nachzügler den Park verließen.

6

Am nächsten Morgen stand fest, daß Mrs. Margaret Peveril, wohnhaft Pathway Nr. 5, höchstwahrscheinlich als letzte Dawn Stonor lebend gesehen hatte. Am Montag, dem sechsten Juni, hatte Dawn den Fußweg nach Stowerton eingeschlagen, dann war sie verschwunden. Früh um neun waren Wexford und Burden wieder im Pathway. Gleichzeitig war im Gemeindesaal der Baptistenkirche ein provisorischer Vernehmungsraum eröffnet worden, in dem Sergeant Martin und etliche Kollegen auf Zeugen warteten, die Dawn möglicherweise an dem bewußten Montag nachmittag gesehen hatten. Das Foto war zur Gedächtnisauffrischung auf Poster-Format vergrößert worden, eine weitere Aufnahme zeigte Polly Davies mit blonder Perücke und in Kleidungsstücken, die so weit wie möglich Mrs. Stonors Beschreibung entsprachen.

Im Lauf der Nacht hatte der Regen aufgehört. Stadt und Umland sahen aus wie gewaschen, geschleudert und zum Trocknen aufgehängt. Mit dem Gewitter hatte sich auch die sommerliche Wärme verflüchtigt, statt dessen wehte ein scharfer Wind dicke Wolken über einen gräulich-blauen Himmel und sorgte für winterliche Temperaturen.

Auf Sundays war Martin Silk damit beschäftigt, die Abfallberge zu verbrennen, die achtzigtausend Menschen an einem Wochenende hinterlassen hatten. An der Mauer brannte ein Feuer am anderen, und der Wind wehte Schwaden von beißendem weißen Rauch über das Haus, die Forbyer Straße und die braune Dürre des Parks. Silks kleine Schwarzbunten-Herde war auf die gewohnten Weidegründe zurückgekehrt, die Tiere hatten sich, verunsichert durch den Rauch, unter den Zedern dicht zusammengedrängt.

Der Pathway glich einem Arm mit angewinkeltem Ellbogen, die Schulter war die Einmündung in die Forbyer Straße, Handgelenk und Hand – oder vielleicht einer der Zeigefinger – ein Fußweg, der durch hügelige Wiesen und kleine Gehölze nach Stowerton führte. An dem Arm selbst standen drei Häuser und zwei Bungalows, aber in der Armbeuge lagen nur offene Felder. Die Bungalows wirkten wie Zwillinge, es waren ziemlich große, rosafarben verputzte Flachbauten mit rotem Ziegeldach und getrennter Garage. Sie waren »umgeben von Gartenland«, wie die Makler zu formulieren belieben, wenn sie zum Ausdruck bringen wollen, daß ein Haus nicht nur vorn und hinten, sondern auch rechts und links ein Stückchen Garten hat. Der Abstand zwischen beiden Bungalows betrug etwa sechs Meter. Wiederum sechs Meter weiter stand ein zweigeschossiges Haus. Für dieses und die beiden anderen Häuser am »Oberarm« des Pathways war das gleiche Baumaterial verwendet worden – rote Ziegel, weißer Stein, Zedernholz –, aber sie unterschieden sich in der Größe und im Schnitt. Alle Gärten zierten dürftige Rasenflächen und Blumenbeete mit kümmernden Einjahresblumen.

»Zuerst sind die Peverils gekommen«, erläuterte Burden. »Ihr Haus ist im Januar fertig geworden, Miss Mowler und Mr. Dunsand sind im März eingezogen. Er hat vorher in Myringham gewohnt, Miss Mowler stammt von hier, die Peverils sind aus Brighton zugezogen. Die Robinsons sind aus London und wollen hier ihren Lebensabend verbringen, sie sind seit April hier, und die Streets sind letzten Monat aus dem Norden gekommen.«

»Führen alle Gartentore auf das Gelände am Steinbruch?« fragte Wexford.

»Nein, nur die von den Peverils und den beiden Bungalows. Hinter den Häusern sollte eigentlich ein Weg angelegt werden, aber irgendwer hat die Baubehörde aufgehetzt, und die hat den Weg nicht genehmigt.«

»Dann wollen wir uns mal Mrs. Peveril vornehmen.«

Sie war sehr nervös, fast atemlos vor Erregung. Wexford schätzte sie auf Ende Dreißig. Frisur und Kleidung waren aufwendig, aber nicht modisch. Sie schien in abgeänderter Form die Mode weiterzutragen, die sie aus ihrer Jugend gewöhnt war: ziemlich langer, weiter Rock und hohe, spitze Absätze. Er erkannte in ihr gleich einen ganz bestimmten, nicht einmal seltenen Typ, den der behüteten, konservativen Frau, die, kinderlos und emotional ganz auf den Ehepartner fixiert, andere Männer und die Außenwelt mit Argwohn zu betrachten pflegt. Solche Frauen sind im allgemeinen zu fast allem bereit, um ihre Sicherheit und den häuslichen Frieden zu bewahren, und Wexford war deshalb recht überrascht, daß Mrs. Peveril ihnen aus eigenem Antrieb Informationen über ein Mordopfer geliefert hatte.

»Scheußlich, dieser Rauch«, klagte sie, während sie die beiden Kriminalbeamten in ein geradezu erschreckend aufgeräumtes Wohnzimmer führte. »Da muß ich bestimmt noch Stunden warten, bis ich meine Wäsche aufhängen kann. Dieser Krawall übers Wochenende war schon schlimm genug, ich habe kein Auge zugetan. Unerträglich, dieser Lärm, es wundert mich gar nicht, daß dabei jemand ermordet worden ist.«

»Der Mord wurde schon ein paar Tage vor Beginn des Festivals begangen«, sagte Wexford.

»Ach ja?« sagte Mrs. Peveril ohne rechte Überzeugung. »Als ich hörte, daß es eine Tote gegeben hat, hab ich zu meinem Mann gesagt, da haben sie zuviel von diesem Drogenzeug genommen, das sie heute alle nehmen, und einer ist zu weit gegangen. Ach, würden Sie sich bitte nicht auf das Kissen da setzen? Ich habe es gerade frisch bezogen.«

Wexford zog auf einen Sessel mit anscheinend unverwüstlichem Lederpolster um. »Sie haben die Frau gesehen?«

»Ja, sicher, da gibt es gar keinen Zweifel.« Sie lachte kurz und nervös auf. »Ich kenne nicht viele Leute hier, befreundet bin ich nur mit einer Frau am anderen Ende der Siedlung, aber daß dieses Mädchen nicht von hier war, ist mir gleich klar gewesen, die Hiesigen ziehen sich nicht so an.«

»Was ist Ihnen denn an ihr besonders aufgefallen?«

»Wenn Sie mich alles mögliche fragen wollen, möchte ich gern meinen Mann dabeihaben. Er arbeitet, aber es macht ihm nichts aus, kurz zu unterbrechen. Wenn er nicht dabei ist, könnte ich... das Falsche sagen. Ich rufe ihn mal eben.«

Wexford zuckte die Schultern. Womöglich war das »Falsche« genau das, was er gern von ihr gehört hätte. Aber sie hatte ihren Mann verlangt, wie andere einen Anwalt, obgleich sie es vermutlich gar nicht nötig hatte. Weshalb sollte man ihr den Gefallen nicht tun? Mit verbindlichem Lächeln stand er auf, als Peveril das Zimmer betrat.

»Sie selbst haben das Mädchen nicht gesehen, Mr. Peveril?«

»Nein, ich habe gearbeitet.« Peveril gehörte zu jenen Zeitgenossen, die von der Arbeit reden, als sei sie ihnen allein als schwere Bürde auferlegt, während die übrige Menschheit süßem Nichtstun frönt. »Ich arbeite zehn Stunden am Tag, sonst könnte ich dieses Haus gar nicht halten. Von dem Mädchen habe ich zum erstenmal gehört, als meine Frau mir gestern abend sagte, sie hätte der Polizei Informationen geliefert.« Er warf Burden einen bösen Blick zu. »Ich saß bei der Arbeit, als Ihre Leute kamen.«

»Dann wollen wir Sie jetzt nicht aufhalten...«

»Bitte, geh nicht, Edward. Du hast doch gemeint, daß das, was ich gestern abend gesagt habe, dumm war, und jetzt...«

»Na ja, eine kurze Verschnaufpause ist vielleicht nicht schlecht«, räumte Peveril unwillig ein. »Ich schufte seit acht, bei dem Höllenspektakel am Wochenende habe ich rein gar nichts geschafft. Ich bin fix und fertig.«

Etwas beruhigt, aber unverändert nervös mischte seine Frau sich ein. »Es war reiner Zufall, daß ich zu Hause war. Eigentlich hatte ich ins Kino gehen wollen – mein Mann hatte den Film in London gesehen und gesagt, daß er sich lohnt –, aber weil der Nachmittag so schön war, bin ich dann doch am Fenster sitzen geblieben, und da habe ich gesehen, wie sie zum Fußweg gegangen ist.«

»Beschreiben Sie die Frau, bitte. So genau wie möglich.«

»Sie war ungefähr so groß wie ich und hatte lange, blondierte Haare, furchtbar zottelig geschnitten, wie das heute Mode ist.« Mrs. Peveril zupfte unruhig an ihrem stark dauergekrausten dunklen Haar herum. »Und sie war entsetzlich aufgetakelt, richtig nuttig. Sie trug einen Hosenanzug in knalligem Lila, die Augen konnten einem weh tun, an den Kanten in dunklerem Lila abgesetzt, und lila Lackschuhe mit hohen Absätzen. Die Handtasche war auch lila, ein Riesenapparat mit vergoldetem Bügel, außerdem hatte sie noch eine braune Tüte mit. Ich habe mir das alles so genau gemerkt, weil ich meinem Mann erzählen wollte, wie unmöglich sie aussah – er hat einen sehr exklusiven Geschmack, weil er doch so was wie ein Künstler ist –, und ich sammele immer ein paar Kleinigkeiten zum Erzählen, wenn er mit seiner Arbeit Schluß gemacht hat.«

»Aber Sie haben es ihm nicht erzählt, Mrs. Peveril?«

»Das muß ich glatt vergessen haben.« In den Worten schwang plötzlich Verlegenheit. »Warum hab ich es dir wohl nicht erzählt, Edward?«

Der Mann, den seine Frau als ›so was wie ein Künstler‹ bezeichnet hatte, zog die Mundwinkel herunter. »Weil ich zu erledigt war, um hinzuhören, schätze ich. Ist das alles? Ich muß nämlich so langsam wieder weitermachen.«

»Noch eine Frage, Mrs. Peveril. Wohin ist sie gegangen?«

»Über die Felder«, antwortete Mrs. Peveril prompt. »Den Fußweg entlang. Ich habe noch lange am Fenster gesessen, aber sie ist nicht zurückgekommen.«

Sie begleitete die Beamten zur Tür und beobachtete unruhig, wie sie in ihren Wagen stiegen. Wexfords Fahrer wurde, als er ahnungslos aufsah, von ihr mit einem so scharfen Blick bedacht, daß er rot wurde und sich abwandte.

»Ich weiß zwar noch nicht recht, was ich von den Peverils halten soll, Mike, aber ich habe den Eindruck, daß die Frau Dawn Stonor gesehen hat, sonst hätte sie keine so genaue Beschreibung geben können. Im Augenblick sieht es so aus, als ob Dawn über die Felder gegangen ist, um sich mit einem Mann zu treffen. Wo mag sie sich wohl mit ihm verabredet haben?«

»Vermutlich unterwegs irgendwo, zu einem Treffpunkt in Stowerton wäre sie nicht zu Fuß gegangen, die Busse fahren zwischen vier und sieben alle zehn Minuten. Bis Stowerton hat man keinerlei Sicht- und Wetterschutz, von Bäumen und dem alten Pumpwerk abgesehen.«

Wexford nickte. Burden meinte einen Schuppen mit stillgelegter Pumpausrüstung in einem Wäldchen am Ufer des Kingsbrook.

»Gute Idee«, sagte er. »Da schicken wir unsere Leute mal hin. Aber jetzt will ich erst wissen, was sich auf der High Street tut.«

Dort hatte sich einiges getan. Als Wexford den Gemeindesaal betrat, warteten schon zwei Zeugen auf ihn, aber was sie zu sagen hatten, war, wie sich herausstellen sollte, eher dazu angetan, den Fall noch weiter zu komplizieren.

Zuerst kam eine Mitarbeiterin der Schneeweiß-Reinigung in der High Street von Kingsmarkham an die Reihe, eine gutgelaunte Frau mittleren Alters, die Dawn Stonor seit deren Schulzeit kannte und sie gelegentlich traf, wenn Dawn einen ihrer seltenen Besuche in der alten Heimat machte.

»Wir kannten uns vom Sehen«, sagte sie. »Am letzten Montag, gegen Viertel nach vier, war sie bei uns im Geschäft.«

»In Lila?«

»Ja, in einem sehr schicken Hosenanzug, ich hatte ihn so um Ostern herum für sie gereinigt. Ich weiß nicht recht, ob sie mich erkannt hat, jedenfalls habe ich sie nach ihrer Mutter und ihrer Oma gefragt, und sie hat gesagt, daß alles in Ordnung ist. Sie hatte ein blaues Kleid mit, es sollte im Eilverfahren gemacht werden, weil sie es am nächsten Morgen wieder abholen wollte. ›Das klappt gerade noch‹, hab ich zu ihr gesagt, ›weil Sie's vor halb fünf gebracht haben.‹ Wer später kommt, kriegt seine Sachen nämlich erst am nächsten Nachmittag.

›Ich nehme morgen den Zug um 10.15‹, hat sie gesagt. ›Kann ich es um zehn haben?‹«

»Sie wollte es selbst abholen?« vergewisserte sich Wexford.

»Jedenfalls hat sie ›ich‹ gesagt, es war nicht davon die Rede, daß ihre Mutter es abholen würde, wie sonst manchmal. Ja, hab ich gesagt, das geht, und hab ihr einen Zettel ausgeschrieben. Sie können unseren Abschnitt sehen, ich hab ihn mitgebracht.«

Wexford nahm ihr dankend den Zettel ab und registrierte Namen und Datum.

»Aber sie hat das Kleid nicht abgeholt?«

»Nein. Ich hatte es schon rausgehängt, aber sie ist nicht

gekommen. Eigentlich wollte ich die Woche mal bei ihrer Mutter vorbeigehen und es abgeben, und dann hab ich gehört, was passiert ist. Schrecklich, nicht? Eiskalt ist es mir über den Rücken gelaufen.«

Danach sprach Wexford mit dem Marktleiter des *Luximart*, einem großen neuen Supermarkt zwischen dem *Dragon* und der Baptistenkirche, direkt neben der Bushaltestelle in Richtung Forby. Der junge Mann war eifrig und hilfsbereit.

»Die junge Dame kam um halb fünf. Am Montag haben wir so spät kaum noch Kunden, weil wir am Montag kein Fleisch verkaufen, und das Gemüse ist nicht frisch. Die meisten Leute essen die Reste vom Wochenende und gehen erst am Dienstag wieder einkaufen.

Sie war fast meine letzte Kundin, und als sie ging, hat sie eine gute halbe Stunde auf den Bus nach Forby gewartet, den um 17.12 Uhr. Hier vorn hat sie gestanden. Ich hätte mich ohrfeigen können, denn kaum war der Bus glücklich da, und sie war eingestiegen, da hab ich im Laden ausgefegt und den Abschnitt von der Reinigung gefunden.«

»Darf ich mal sehen?«

»Ich war ganz sicher, daß sie ihn verloren hatte, vorher war er bestimmt noch nicht da, und ich hab mir richtig Sorgen gemacht, weil ich mir dachte, daß sie nun vielleicht ihre Sachen nicht bekommt. Aber dann habe ich mir gesagt, daß sie sicher wiederkommt, und als ich die Plakate sah und den Namen hörte...«

»Sie kannten die Frau nicht?«

»Ich kann mich nicht erinnern, sie schon mal gesehen zu haben«, erwiderte der Marktleiter.

Wexford legte die beiden Abschnitte zusammen. *Miss Stonor*, las er, *15 Lower Road, Kingsmarkham. Blaues*

Kleid, Express-Reinigung, 45 Pence. »Beschreiben Sie mir bitte die Frau.«

»Gutaussehende Blondine. Sehr schick angezogen, Bluse und lange Hosen, irgendwas in Lila. Tut mir leid, mit Damensachen kenne ich mich nicht so aus. Ich glaube, sie hatte eine lila Tasche. Ich weiß noch, daß ich gedacht habe...« Der junge Mann sah verlegen auf und biß sich auf die Lippen. »Flotte Biene, hab ich gedacht, aber jetzt, wo sie tot ist, hört sich das irgendwie gemein an.«

»Was hat sie gekauft?«

»Ich hab mir gedacht, daß Sie danach fragen würden, und hab mir das überlegt. Ich war an der Kasse, und sie rief mich zur Tiefkühltruhe und fragte, wie die Erdbeerbecher sind. Eine Art Mousse in Pappbehältern. Die kann ich empfehlen, hab ich gesagt, und sie hat zwei in ihren Einkaufswagen getan. Warten Sie, ich versuche es mir gerade vorzustellen...«

Wexford nickte und faßte sich in Geduld. Er hielt viel von dieser Methode, eine Art freier Assoziation, und gab dem Mann Zeit, die Augen zu schließen, sich in die damalige Situation zu versetzen, sich neben die Frau zu stellen, in den fast leeren Einkaufswagen zu schauen.

»Sie hatte eine Dose in ihrem Wagen.« Er konzentrierte sich. »Jetzt weiß ich... es war eine dieser Suppen, die man warm oder auch kalt essen kann. So langsam kommt's mir wieder. Sie hat eine Dose Huhn vom Regal genommen und Tomaten – ja, eine Packung Tomaten. Ich glaube, sie hat Brot gekauft, Schnittbrot, vielleicht auch Butter, aber das könnte ich nicht beschwören. Und eine Flasche Wein, das weiß ich noch genau, es war die billigste Sorte, die wir führen, spanischer Beaujolais. Und Zigaretten. Sie hatte keine Einkaufstasche mit, ich habe ihr eine braune Tragetüte gegeben.«

Mehr Zeugen waren nicht gekommen. Wexford fuhr zurück zum Revier, wo Burden und der Arzt auf ihn warteten. Der Wind rüttelte an den Scheiben, leichter Regen sprühte an das Glas.

»Sie hatte vor, hier zu übernachten«, sagte er. »Das Kleid wollte sie erst am Dienstag vormittag abholen. Und sie hatte Lebensmittel in der Tüte, als Mrs. Peveril sie sah. Verpflegung für zwei.«

»Für sich und ihren Partner«, sagte Burden.

»Dann war es also keine Zufallsbekanntschaft. Ein Mann, dem es nur um eine schnelle Nummer ging, hätte sie entweder gar nicht zum Essen eingeladen oder wäre mit ihr in ein Restaurant gegangen. Eine Frau, die sich mit einem Unbekannten verabredet, läßt sich von ihm wohl kaum auftragen, ein Drei-Gänge-Menü für ein Picknick mitzubringen. Sie muß ihn gekannt, und zwar gut gekannt haben.« Wexford berichtete, was sie gekauft hatte. »Was ist das Interessanteste an diesen Sachen, Mike?«

»Daß man sie kalt oder warm essen kann. Mit anderen Worten, sie kann das Zeug ebensogut unter freiem Himmel oder – zumindest die Suppe und das Huhn – zum Aufwärmen im Haus gekauft haben.«

Der Arzt, der indessen auf die Rückseite von Wexfords Entwurf einer Direktive zur Verhütung von Straftaten einen Zwölffingerdarm gezeichnet hatte, sah auf. »Sie hat von den Sachen überhaupt nichts gegessen. Nach meinem vorläufigen Befund – der ausführliche Bericht der Experten kommt später – war ihr Magen eindeutig leer. Sie hatte seit fünf oder sechs Stunden nichts mehr zu sich genommen. Vielleicht hat ihr Liebhaber seinen Anteil allein verputzt.«

»Oder die Lebensmittel und der Wein und die Tragetüte sind irgendwo zusammen mit dem lila Hosenanzug versteckt.«

»Nicht der Wein.« Crocker hörte auf zu kritzeln und

machte ein grimmiges Gesicht. »Der Wein ist futsch. Erinnern Sie sich nicht an die Scherben, die Sie gefunden haben, Reg? Sie haben sich noch daran geschnitten. Ihr Gesicht und ihr Hals waren voller Glassplitter. Auf dem Kleid waren außer dem Blut auch Weinflecke. Es dürfte nicht zu dick aufgetragen sein, wenn ich sage, daß ihr Angreifer sich gebärdet hat wie ein Wahnsinniger. Vielleicht kriegen Sie und Mike ja noch heraus, was sie zu ihm gesagt oder was sie ihm angetan hat. Irgend etwas hat ihn um den Verstand gebracht. Er hat sie mit der Weinflasche erschlagen, und er hat in derartiger Raserei auf sie eingedroschen, daß das Glas an den Gesichtsknochen zersplittert ist.«

Es war dunkel in dem zur Hälfte mit schweren, rostigen Apparaturen gefüllten Schuppen, und die Männer arbeiteten im Licht der mitgebrachten Lampen. Vor dem Pumpwerk rauschte der Fluß, und der Wind schlug monoton die Tür gegen den morschen Rahmen.

»Wenn sie hier waren«, befand Wexford schließlich, »war es ein sehr kurzer Besuch. Kein Blut, keine Krümel, keine Kippen.« Er wischte sich eine Handvoll Spinnweben aus dem Haar. »Es ist eine dreckige Bude, nicht sehr verlockend für eine Frau wie Dawn Stonor, die Wert auf ihr Aussehen legte.« Er sah seinen Leuten zu, die alte Säcke hochhoben und in verrotteten Taurollen herumstöberten. »Wenn ich nur wüßte, weshalb sie das rote Kleid angezogen hat«, sagte er. »Ich habe so das Gefühl, daß wir damit den Schlüssel zu dem Fall in der Hand hätten.«

»Vielleicht weil sie sich hier schmutzig gemacht hat?« vermutete Burden.

»Wie denn? Sie haben nichts gegessen, nicht geraucht, nicht miteinander geschlafen. Höchstens miteinander geredet. Wo hat sie dann aber das Kleid her? Sie hatte es nicht mit. Vielleicht hat er es mitgebracht. Ich kann mir einfach nicht vorstellen, daß man sich an einem Tag zwei Kleider so schmutzig macht, daß man sie nicht mehr tragen kann. Das wäre ein zu großer Zufall. Daß er ein Kleid sozusagen als Reserve mitgebracht hat, ist auch nicht recht glaubhaft. Und wer war der Mann?«

»Vielleicht kriegen wir dazu Hilfe aus London.«

»Hoffentlich. Gehen wir? Ich für mein Teil habe hier schon genug Staub geschluckt.«

Während der Suche am Fluß war die Hilfe aus London bereits eingetroffen. Nicht in Form von Informationen, Daten, Zeugenaussagen, sondern in menschlicher Gestalt, in Gestalt einer attraktiven jungen Frau, die sich mit Dawn Stonor die Wohnung Philimede Gardens, Earls Court, geteilt hatte. Als Wexford den Vernehmungsraum betrat, in dem man sie hatte warten lassen, trank sie Tee und rauchte Kette. Der Aschenbecher, der vor ihr auf dem Tisch stand, war schon bis zum Rand mit Kippen gefüllt.

7

Sie hatte einen vertrauenerweckend festen Händedruck. »Mein Name ist Joan Miall. Heute vormittag war ein Inspektor bei mir und hat mir einen Haufen Fragen gestellt. Er hat auch gesagt, daß Sie mich sprechen wollen, und da hab ich mir gedacht, ich spare Ihnen einen Weg und komme gleich selbst.« Joan Miall hatte dunkles Haar, ein hübsches, intelligentes Gesicht und dunkelblaue Augen. Sie mochte etwa vierundzwanzig sein. »Ich kann noch immer nicht glauben, daß Dawn tot ist, es ist so unfaßbar.«

»Sehr nett von Ihnen, daß Sie gekommen sind, Miss Miall. Ich habe sehr viel mit Ihnen zu besprechen. Am besten gehen wir in mein Büro, da sitzen wir bequemer.«

Im Aufzug zündete sie sich stumm die nächste Zigarette an. Wexford vermutete, daß sie versuchte, sich mit dem starken Rauchen über den Schock hinwegzuhelfen. Sie bot ein erfreuliches Bild: knielanger Rock, rote Bluse, ein frisches, feingeschnittenes, nur ganz leicht geschminktes Gesicht, von langem, glänzendem, in der Mitte gescheiteltem Haar umrahmt. Die Nägel der unberingten Hände waren kurzgefeilt und blaßrosa lackiert. In seinem behaglichen Büro, das durchaus wohnlich wirkte, schien sie sich gleich wohler zu fühlen. Sie lockerte sich, lächelte und drückte ihre Zigarette aus. »Ich rauche zuviel.«

»Mag sein«, sagte er. »Sie hatten Dawn gern?«

Sie zögerte. »Ich weiß nicht recht... Wir haben vier Jahre zusammengewohnt, haben uns täglich gesehen, haben zusammen gearbeitet. Es war ein Schock.«

»Sie arbeiteten beide im *Townsman Club*?«

»Ja, dort haben wir uns kennengelernt. Wir waren damals beide ziemlich schlecht drauf. Dawn hatte gerade eine Beziehung mit einem fast krankhaft eifersüchtigen Mann hinter sich, und ich wohnte bei meiner Schwester, die sehr besitzergreifend ist. Da haben wir beschlossen, uns zusammenzutun, und haben verabredet, uns gegenseitig nicht zu nerven und kein Theater zu machen, wenn eine von uns abends mal nicht nach Hause kommen sollte. Deshalb hab ich mir auch keine Sorgen gemacht. Bis Samstag. Und dann...«

»Sie greifen vor, Miss Miall«, unterbrach Wexford. »Erzählen Sie erst, was sich am Montag abgespielt hat.«

Das war wieder eine kleine Belastung, die den Griff zur Zigarette nötig machte. Sie inhalierte und lehnte sich zurück. »Dawn hatte ab Samstag, dem 4. Juni, eine Woche Urlaub. Sie konnte sich nicht entschließen, ob sie verreisen sollte oder nicht. Ihr Freund – er heißt Paul Wickford und hat eine Tankstelle in der Nähe unserer Wohnung – wollte mit ihr ein bißchen in Devon herumfahren, aber am Montag morgen hatte sie sich noch nicht entschieden.«

»Sie hatten Miss Stonor am Montag abend zurückerwartet?«

»Ja, eigentlich schon. Als sie früh wegging, um mit dem Zug nach Kingsmarkham zu fahren, war sie ziemlich mieser Laune. Das war sie immer, wenn sie zu ihrer Mutter fuhr, die beiden hatten keinen Draht zueinander. Mit ihrer Großmutter kam Dawn besser zurecht.« Joan Miall machte eine kleine Pause und schien zu überlegen. »Gegen sechs kam Paul, aber als sie bis sieben noch nicht da war, hat er mich in den Klub gebracht und ist dann in unsere Wohnung zurückgefahren, um auf sie zu warten. Als sie am Dienstag und Mittwoch nicht aufkreuzte und Paul sich auch nicht sehen ließ, dachte ich mir, die beiden wären nun doch zusammen nach Devon gefahren. Zettel haben wir uns nie hingelegt, wir hatten ja diesen Nichteinmischungsvertrag.«

»Ihrer Mutter hat Dawn gesagt, daß sie am Abend wieder zum Dienst müßte.«

Joan lächelte leicht. »Kann ich mir denken! Aber das war nur eine Ausrede, um wegzukommen. Länger als vier oder fünf Stunden konnte sie ihre Mutter nicht ertragen.« Sie drückte die Zigarette aus und wischte sich sehr sorgfältig die Asche von den Fingern. »Am Samstag tauchte dann Paul wieder auf. Er war nicht in Devon gewesen. Seine Mutter war an dem bewußten Montag gestorben, und er hatte zur Beerdigung und Nachlaßregelung in den Norden fahren müssen. Wo Dawn steckte, wußte er genausowenig wie ich.

Gestern, als wir uns schon ernsthafte Sorgen machten – heute abend hätte Dawn wieder Dienst machen müssen –, kam die Polizei und hat mir gesagt, was passiert ist.«

»Als Dawn gefunden wurde«, sagte Wexford, »trug sie ein dunkelrotes Kleid.« Er registrierte ihren überraschten Blick, ging aber zunächst darüber hinweg. »Wir haben das Kleid hier. Es hat böse Flecken, aber ich möchte Sie trotzdem fragen, ob Sie Ihren Mut zusammennehmen und es sich ansehen könnten. Ich muß Sie warnen – ein erfreulicher Anblick ist es nicht. Würden Sie das für uns tun?«

Sie nickte. »Wenn es Ihnen weiterhilft... Ich kann mich nicht erinnern, Dawn je in Rot gesehen zu haben, die Farbe stand ihr nicht. Aber ich schau es mir an.«

Das Kleid aus dunkelroter Kunstfaser war antailliert, hatte Tütenärmel und einen Bindegürtel. Wegen der Farbe sah man auf dem Oberteil keine eigentlichen Flecken, sondern nur eine größere angetrocknete Stelle.

Joan Miall wurde blaß und preßte die Lippen zusammen. »Darf ich mal anfassen?« fragte sie leise.

»Ja.«

Ihre Hände zitterten ein bißchen, als sie über den Ausschnitt strich. Sie warf einen Blick auf das Etikett. »Das ist Größe achtunddreißig«, sagte sie. »Dawn war ziemlich üppig, sie hatte mindestens Größe vierzig.«

»Aber sie trug dieses Kleid.«

»Das hat nicht ihr gehört, es muß sehr eng gesessen haben.« Sie wandte sich unvermittelt ab und fröstelte. »Sie kennen sich da vielleicht nicht so aus, aber das Kleid ist total unmodern, so was trägt man seit mindestens sieben, acht Jahren nicht mehr. Dawn war sehr modebewußt.«

Wexford brachte sie zurück in sein Büro. Sie setzte sich, und langsam bekam ihr Gesicht wieder ein wenig Farbe. Er wartete noch eine Weile und machte sich so seine Gedanken darüber, wie schwer die Freundin etwas nahm, was die Mutter gleichgültig gelassen hatte. Dann sagte er: »Miss Miall, ich wäre Ihnen dankbar, wenn Sie mir Dawns Charakter etwas näher schildern könnten. Was war sie für ein Mensch, was für Bekannte hatte sie, wie reagierte sie auf andere Leute?«

»Ich will es versuchen«, sagte Joan Miall.

»Bitte, denken Sie nicht«, begann sie, »daß Dawn nicht nett war. Sie war sogar sehr nett. Aber sie hatte ein paar... nun ja, ein paar Eigenheiten.« Sie hob den Kopf und sah Wexford ernsthaft, fast herausfordernd an.

»Sie sollen ihr ja kein Leumundszeugnis ausstellen. Und was Sie mir sagen, bleibt unter uns, ich hänge es nicht an die große Glocke.«

»Nein, natürlich nicht. Nur – sie ist tot, und ich bin nun mal der altmodischen Ansicht, daß man über Tote nicht schlecht reden sollte. Aber wahrscheinlich denken Sie bei sich, daß eine dumme Pute, die in einem Klub Drinks serviert, sich keine Schwachheiten einbilden soll und überhaupt nicht das Recht hat, an anderen Leuten herumzukritisieren.«

Wexford antwortete nicht, er lächelte nur leicht und schüttelte den Kopf.

»Kritisieren wäre auch zuviel gesagt«, fuhr sie fort. »Nur ist es eben nicht immer einfach, mit einer gewohnheitsmäßigen Lügnerin zusammenzuleben. Bei solchen Leuten weiß man nie, woran man ist, im Grunde kennt man sie gar nicht, es ist eine irgendwie unwirkliche Beziehung. Irgend jemand hat zwar mal gesagt, daß selbst der ärgste Lügner öfter die Wahrheit spricht als die Unwahrheit, aber was wahr ist und was nicht, kann man bei solchen Leuten einfach nicht auseinanderhalten.«

Wexford lag die Frage auf der Zunge, was eine intelligente junge Frau wie Joan Miall im *Townsman Club* zu suchen hatte, aber er verkniff sie sich dann doch lieber.

»Dawn war also eine Lügnerin«, sagte er statt dessen und überlegte, daß seine Aufgabe damit nicht gerade leichter wurde. Er sah in die klaren, ehrlichen Augen der jungen Frau, die ihm gegenübersaß und die es bestimmt mit der Wahrheit genau nahm. »Was für Lügen hat sie denn erzählt?«

»Hauptsächlich hat sie sich wichtig gemacht und mit ihren Freunden und Bekannten angegeben. Sie hatte eine unglückliche Jugend hinter sich. Bei ihrem Vater setzte es Prügel auf den Körper, bei ihrer Mutter Prügel auf die Seele. Die hat ihr vorgeworfen, daß sie ein unmoralisches, nichtsnutziges Geschöpf sei, und im gleichen Atemzug gejammert, wie sehr Dawn ihr fehlt, und sie soll doch um Himmels willen wieder nach Hause kommen, heiraten und eine Familie gründen. Warten Sie, was hat Mrs. Stonor immer gesagt? Ja, richtig: ›Wir sind doch ganz einfache Leute‹, hat sie gesagt, und Dawn sollte bloß nicht so vornehm tun. Und im Grunde sei ihr Job doch nur eine bessere Anschaffe.

Ja, und deshalb brauchte Dawn Selbstbestätigung. Tut mir leid, wenn das ein bißchen nach Seelendoktorei klingt, aber so Sachen interessieren mich einfach. Ich habe versucht, dahinterzukommen, was in Dawn vorging. Als wir zusammenzogen, habe ich zuerst wirklich gedacht, sie kennt haufenweise Prominente. Einmal hat sie einen Hund mitgebracht, den sie angeblich vierzehn Tage betreuen sollte, solange sein Herrchen verreist war. Er gehörte einem berühmten Schauspieler, hat sie behauptet, einem ganz bekannten Typ, er ist ständig im Fernsehen.

Der Hund war längst wieder aus dem Haus, da hatten wir an einem Abend beide Dienst, und der Schauspieler kam herein. Ein Mitglied hatte ihn als Gast mitgebracht, und ich habe ihn natürlich erkannt. Er hatte Dawn noch nie gesehen. Es war nicht so, daß sie gestritten hätten und nicht mehr miteinander sprachen, nein, man merkte genau, daß er sie gar nicht kannte.« Joan zuckte die Schultern und steckte die Zigaretten in ihre Handtasche, die sie mit einer entschlossenen Bewegung zuklappte. »Wenn sie in der Zeitung ein Foto von irgendeinem Prominenten fand, hat sie gesagt, mit dem hätte sie schon mal gearbeitet oder schon mal geschlafen. Ich habe nie viel dazu gesagt, mir war das peinlich. Der bekannteste Name, mit dem sie sich wichtig gemacht hat, war der eines ganz berühmten Popsängers, den sie angeblich seit Jahren kannte und mit dem sie öfter mal zusammen war. Vor zwei Wochen läutete das Telefon. Dawn meldete sich, sah mich an und legte die Hand über den Hörer. Das sei der Mann, hat sie gesagt, aber als sie mit ihm sprach, hat sie ihn nicht ein einziges Mal angeredet, sondern nur ja und nein gesagt und ›Das wär toll!‹. Sie hat ihn nicht Zeno genannt. Und bei einem Anruf kann man ja dem, der das Gespräch nicht mitkriegt, Gott weiß was erzählen, nicht? Sie wußte ganz genau, daß ich nicht an unseren zweiten Apparat gehen und mithören würde.«

»Zeno?« wiederholte Wexford. »Sie hat behauptet, Zeno Vedast zu kennen?«

»Behauptet ist der richtige Ausdruck. Er ist nie in unsere Wohnung gekommen, ich habe die beiden nie zusammen gesehen. Nein, das war dieselbe Geschichte wie mit dem Fernsehstar, sie wollte nur mit ihm angeben.«

»War nach Ihrer Einschätzung Dawn eine Frau, die sich von einem Unbekannten hätte ansprechen lassen, um mit ihm die Nacht zu verbringen?«

Sie zögerte. »Denkbar wär's. Es klingt scheußlich, aber Dawn war sehr auf Geld aus. Als Kind hatte sie nie welches, nur ganz lächerliche Summen, einen Shilling die Woche oder so, und davon sollte sie noch die Hälfte in die Sparbüchse stecken, die man nicht aufmachen konnte. Als sie bei uns im Klub anfing, hat man ihr – wie uns allen – gesagt, daß sie mit sofortiger Entlassung zu rechnen hat, wenn sie sich von einem Gast einladen läßt. Die Mitglieder wissen das, aber ab und zu versucht doch mal einer, bei uns zu landen. Dawn hat trotz des Verbots eine Einladung von einem Gast angenommen. Er hatte ihr einen Pelzmantel versprochen, wenn sie übers Wochenende mit ihm wegfahren würde. Da hat sie sich breitschlagen lassen, und der Typ hat ihr zehn Pfund gegeben. Den Pelzmantel hat sie nie gesehen. Ich glaube, es hat sie sehr in ihrem Stolz getroffen, denn so was hat sie nie wieder gemacht. Sie ließ sich auch gern bewundern, und wenn ein Mann mit ihr schlafen wollte, hat sie gedacht… ja, sie hat wohl viel mehr hineingelesen, als eigentlich dran war. Wenn sie frei hatte, blieb sie manchmal über Nacht weg, und ich glaube, dann war sie mit einem Mann zusammen. In unsere Wohnung konnte sie ihn nicht mitbringen, weil Paul doch hin und wieder mal unangemeldet vorbeikam. Aber wir haben uns, wie gesagt, gegenseitig nie ausgefragt.«

»Dieser Mr. Wickford war Dawns fester Freund?«

Joan Miall nickte. »Die beiden gingen seit zwei Jahren miteinander. Ich denke mir, daß sie Paul früher oder später geheiratet hätte, obgleich er ihr im Grunde nicht reich oder berühmt genug war. Er ist um die fünfunddreißig, geschieden, ein netter Kerl. Das mit Dawn hat ihm sehr zugesetzt, der Arzt mußte ihm ein Beruhigungsmittel verschreiben. Sie hätte ihn bestimmt geheiratet, wenn sie nur diesen Tick mit ihren berühmten Freunden hätte loswerden können. Im Grunde war sie ein nettes Mädchen, großzügig, lustig, immer hilfsbereit. Nur eben diese ständigen Schwindeleien... Aber sie konnte wohl nicht aus ihrer Haut.«

»Noch ein letzter Punkt, Miss Miall. Dawn hat am Montag nachmittag in Kingsmarkham Lebensmittel eingekauft, eine Dose Suppe, eine Dose Huhn und zwei Becher Erdbeermousse. Kann es sein, daß diese Sachen für den Dienstag zum Mittagessen für Sie beide gedacht waren?«

»Ausgeschlossen!«

»Weshalb sind Sie da so sicher?«

»Erstens – denken Sie bitte nicht, daß mir Kingsmarkham nicht gefällt, es ist ein sehr hübsches Städtchen, aber da, wo Dawn wohnt – wohnte, meine ich – würde niemand auf den Gedanken kommen, von hier Lebensmittel mitzunehmen. Bei uns in der Gegend wimmelt es von Feinkostgeschäften und großen Supermärkten. Zweitens hätte sie nie für uns beide eingekauft. Ich bin ziemlich heikel mit meinem Essen, sehr gesundheitsbewußt.« Sie lachte ein bißchen. »Kaum zu glauben, wenn man mich rauchen sieht, was? Sachen aus Dosen kommen für mich nicht in Frage, und das wußte Dawn. Wir haben unser Essen immer getrennt gemacht, wenn es nicht gerade bei einer von uns einen Gemüseeintopf oder einen Salat gab. Dawn war es egal, was sie aß. Sie stand furchtbar ungern in der Küche und hat immer gesagt, daß sie nur ißt, um zu leben.« Bei dem letzten Wort, das sie gedankenlos und völlig automatisch gebraucht hatte, zuckte Joan zusammen. Sie schaute Wexford an, und er sah ungeweinte Tränen in ihren Augen.

»Aber es war kein sehr langes Leben, nicht?« sagte sie gepreßt.

Michael Burden war Witwer. Er hatte eine glückliche Ehe geführt und neigte deshalb dazu, sexuelle Beziehungen entweder in rosarotem Licht zu sehen oder – falls nicht durch einen Trauschein abgesegnet – als äußerst anstößig zu betrachten. Immerhin hatte die einzige Liebschaft, die er seit dem Tod seiner Frau gehabt hatte, seinen Horizont ein wenig erweitert. Inzwischen räumte er ein, daß sich zwei Menschen, die nicht miteinander verheiratet waren, durchaus lieben und diese Liebe auch körperlich vollziehen konnten, ohne sich ihrer Würde zu entäußern. Hin und wieder verführten ihn diese neuen, aufgeklärten Ansichten zu romantischen Theorien, und eine dieser Theorien legte er Wexford vor, als sie am Dienstag vormittag zusammen Kaffee tranken.

»Wir sind uns darüber einig«, fing er an, »daß Dawns Mörder keine Zufallsbekanntschaft gewesen sein kann – wegen der Sache mit den Lebensmitteln aus dem Supermarkt. Wir wissen, daß die Sachen nicht für sie und Joan Miall gedacht waren. Deshalb kannte sie den Mann, und zwar kannte sie ihn gut genug, um mit ihm zu verabreden, daß sie die Verpflegung einkaufen und sich mit ihm treffen würde, wenn er Feierabend machte. Der Zeitpunkt – zwischen halb sechs und sechs – deutet darauf hin, daß er tagsüber gearbeitet hat. Richtig?«

»Ich denke schon, Mike.«

»Ich habe mir nun überlegt, ob die beiden vielleicht eine dieser langjährigen innigen Freundschaften verband.«

»Langjährige innige Freundschaften? Ich verstehe kein Wort.«

»Sie kennen doch meine Schwägerin Grace...« Wexford nickte ungeduldig. Natürlich kannte er Grace, die Schwester von Burdens verstorbener Frau, die nach deren Tod Burdens Kinder betreut und sich später Hoffnungen gemacht hatte, die zweite Mrs. Burden zu werden. Doch daraus war nichts geworden. Grace hatte einen anderen Mann geheiratet und hatte jetzt selbst ein Kind. »Ich sage das deshalb«, erläuterte Burden, »weil mich das, was Grace erlebt hat, auf die Idee gebracht hat. Sie und Terry kannten sich seit Jahren. Die Verbindung zwischen ihnen ist nie abgerissen, auch wenn sie sich nicht oft trafen und beide andere – hm – Beziehungen hatten. Terry hat sich sogar mal mit einer anderen Frau verlobt.«

»Und Sie meinen, so könnte das bei Dawn auch gewesen sein?«

»Sie hat bis zu ihrem achtzehnten Jahr hier gelebt. Nehmen wir mal an, daß sie diesen Typ von damals kannte, daß die beiden ein Liebespaar gewesen waren und dann beide Kingsmarkham verließen, um sich anderswo Arbeit zu suchen. Oder er ist hiergeblieben, und sie ist nach London gegangen. Ich meine damit, daß sie in Verbindung blieben und sich trafen, wenn sie nach Hause kam oder er in London war, heimlich natürlich, weil er verheiratet und sie mit Wickford so gut wie verlobt war. Wenn Sie mich fragen, deckt das alle Aspekte des Falls ab und räumt sämtliche Schwierigkeiten aus dem Wege.«

Wexford rührte in seinem Kaffee, sah sehnsüchtig zur Zuckerdose hinüber und widerstand der Versuchung, sich noch einen Würfel zu nehmen. »Das Rätsel um dieses verdammte rote Kleid räumt Ihre Theorie aber nicht aus dem Wege«, sagte er gereizt.

»Doch – wenn sie sich in dem Haus des Mannes getroffen haben. Allerdings müßten wir da die Möglichkeit eines Zufalls gelten lassen – daß sie einen Fleck auf den lila Hosenanzug gemacht hat und ein Kleid von der Frau ihres Freundes angezogen hat.«

»Die – versteht sich – nicht daheim war. Dawn spaziert zu dem Haus ihres Freundes, er läßt sie ein. Und wo ist der lila Hosenanzug abgeblieben? Sie hatten nichts zu trinken, womit sie sich hätte bekleckern können, nichts zu essen, was ihr auf die Bluse hätte fallen können, sie haben sich nicht geliebt, so daß der Anzug – äh – hätte knittern können. (Ich will das mit Rücksicht auf Ihre empfindlichen Gefühle mal so ausdrücken.) Vielleicht hat das gute Stück gelitten, als er Dawn zur Begrüßung leidenschaftlich in die Arme schloß, und sie ist so pingelig, daß sie nach oben stürzt und sich in ein abgelegtes Kleid ihrer Rivalin wirft. Er ist derart empört darüber, daß sie mehr an ihre Klamotten als an ihn denkt, daß er hingeht und ihr mit der Flasche den Schädel einschlägt. So in der Art, ja?«

»Na ja, so ungefähr«, sagte Burden ziemlich steif. Daß Wexford ihn von den Höhenflügen seiner Phantasie unweigerlich mit einer kalten Dusche herunterholte, daran konnte er sich einfach nicht gewöhnen.

»Und wo soll dieses heimliche Liebesnest gewesen sein?«

»Am Rand von Stowerton, Richtung Forby. Sie ist über die Felder gegangen, weil er sich dort mit ihr verabredet hatte, um sie zu seinem Haus zu begleiten. Sie hatten das so abgemacht für den Fall, daß seine Frau es sich doch anders überlegt hatte und nicht weggegangen war.« Er verzog angewidert das Gesicht, sein Anstandsgefühl war im Augenblick entschieden stärker ausgeprägt als seine romantische Ader. »Es gibt genug Leute, die sich auf so was einlassen, glauben Sie mir.«

»Sie jedenfalls scheinen das felsenfest zu glauben. Wir brauchen jetzt also nur nach einem Mann zu suchen, der in einem Haus am Nordende von Stowerton wohnt, der mit Dawn Stonor schon in den Kindergottesdienst gegangen ist und dessen Frau am Montag abend aushäusig war. Ach ja, und seine Frau müssen wir mal eben fragen, ob sie ein rotes Kleid vermißt.«

»Sehr entzückt scheinen Sie nicht zu sein.«

»Bin ich auch nicht«, sagte Wexford unverblümt. »Mag ja sein, daß Sie Leute kennen, die sich auf so was einlassen, aber mir sind solche Typen noch nicht begegnet. Die Leute, die ich kenne, benehmen sich wie lebendige Menschen und nicht wie Chargen in einem Film, dem es nur um Sensationshascherei geht und nicht um die Schilderung menschlicher Zustände. Etwas Besseres fällt mir allerdings auch nicht ein. Also sollten wir wohl mal Mrs. Stonor fragen, was für einen Bekanntenkreis Dawn in Stowerton und Umgebung hatte und ob es da irgendwelche langjährigen ›Liebesbande‹ gab.«

8

»Unsere Leute«, sagte Mrs. Stonor, »waren der Dawn ja nicht gut genug. Sie hat die Nase verdammt hoch getragen, obgleich ich finde, daß sie dazu überhaupt keinen Grund hatte.«

Obschon sie aus ihren unmütterlichen Gefühlen keinen Hehl machte, trug Mrs. Stonor tiefe Trauer. Sie und die alte Dame, die sie als »meine Mutter, Mrs. Peckham«, vorstellte, hatten im Halbdunkel gesessen, denn die Vorhänge waren vorgezogen. Als die beiden Polizeibeamten das Zimmer betraten, wurde Licht gemacht. Ein Wandspiegel war mit einem schwarzen Tuch verhängt.

»Wir halten es für möglich«, sagte er, »daß Dawn sich am Montag abend mit einem alten Bekannten verabredet hatte. Überlegen Sie doch bitte mal, mit wem sie befreundet war, ehe sie ihr Elternhaus verließ, oder ob sie später einmal die Namen von irgendwelchen Bekannten erwähnt hat.«

Mrs. Stonor wandte sich an die alte Dame, die sich, ihre

beiden Gehstöcke umklammernd, begierig vorgebeugt hatte. »Du kannst dich jetzt wieder hinlegen, Mutter, das hier ist nichts für dich. Du bist sowieso schon zu lange auf.«

»Ich bin nicht müde«, sagte Mrs. Peckham. Sie war sehr alt, weit über achtzig, klein und hager, mit einem faltendurchfurchten Äffchengesicht. Das spärliche weiße Haar war auf dem Kopf zu einem Knoten zusammengezwirbelt und mit Haarnadeln gespickt. »Ich will nicht ins Bett, Phyllis. Gönn mir doch das bißchen Abwechslung.«

»Ich höre immer Abwechslung! Ist das eine Art zu reden, wenn ein Irrer daherkommt und Dawn den Schädel einschlägt? Komm schon, ich bring dich rauf.«

Wexford ritt der Teufel. »Lassen Sie Mrs. Peckham ruhig bleiben, vielleicht kann sie uns sogar behilflich sein«, sagte er – mehr, um Mrs. Stonor zu ärgern als in der Hoffnung, von ihrer Mutter irgendwelche Informationen zu erhalten.

Mrs. Peckham lächelte, erfreut über den Aufschub, fletschte ihr etwas zu groß geratenes Gebiß, bediente sich aus einer Bonbontüte, die neben ihr auf dem Tisch lag, und begann knirschend zu kauen. Ihre Tochter zog die Mundwinkel herunter und faltete die Hände.

»Wer käme da wohl in Frage, Mrs. Stonor?«

Mrs. Stonor war anzumerken, daß es ihr gegen den Strich ging, wenn jemand ihre Pläne durchkreuzte. Ziemlich unliebenswürdig sagte sie: »Ihr Papa hat ihr nie erlaubt, daß sie sich einen Freund anschafft, sie sollte ein anständiges Mädchen werden. Dawn hat uns Kummer genug gemacht mit ihren Lügengeschichten, und immer ist sie später nach Hause gekommen, als sie sollte. Mit allen Mitteln hat mein Mann versucht, ihr Anstand und Sitte beizubringen.«

»Hauptsächlich mit dem Riemen«, ergänzte Mrs. Peckham, der die Anwesenheit der Polizeibeamten Mut gemacht hatte, und lächelte ihrer Tochter triumphierend zu. Wie so viele alte Menschen, die völlig von einem ungeliebten Kind abhängig sind – Wexford kannte den Typ nur zu gut –, konnte sie, je nach Laune oder Bedarf, unterwürfig, duckmäuserisch, aufmüpfig oder bösartig sein. Als Mrs. Stonor auf diese Bemerkung nicht einging, sondern nur das Kinn hob, stieß ihre Mutter nach: »Du und George, ihr hättet überhaupt keine Kinder kriegen dürfen. Ständig habt ihr sie geprügelt und angebrüllt. Treib einen Teufel aus und zwei neue fahren drein, sag ich immer.«

Wexford räusperte sich. »Das bringt uns wohl kaum weiter. Es will mir nicht in den Kopf, daß Dawn nie von irgendwelchen Männerbekanntschaften gesprochen hat.«

»Hab ich ja auch nicht behauptet. Du kriegst wieder deinen sauren Magen, Mutter, wenn du die Finger nicht von den Drops läßt. Die Sache bei Dawn war einfach die, daß sie das Blaue vom Himmel heruntergelogen hat. Zum Schluß hab ich bloß noch auf Durchzug geschaltet, wenn sie mir was erzählen wollte. Diesen Wickford hab ich gekannt, weil sie ihn letztes Jahr mal mitgebracht hat. Sie sind nicht lange geblieben. Dawn hat wohl gemerkt, was ich von ihm gehalten hab. Ein Geschiedener mit 'ner Tankstelle –, was Besseres hat sie offenbar nicht gefunden.«

»Sonst war da niemand?« fragte Wexford kühl.

»Ich weiß es beim besten Willen nicht. Sie wollen mir doch nicht erzählen, daß einer sie kaltgemacht hat, mit dem sie zur Schule gegangen ist, wie? Denn sonst hat sie hier am Ort keine Jungen gekannt.«

Mrs. Peckham, die ihr letztes Bonbon nicht sorgfältig genug ausgewickelt hatte, klaubte sich Papierreste aus dem Mund. »Bis auf Harold Goodbody«, sagte sie.

»Sei nicht albern, Mutter. Als ob Harold sich mit einer

wie der Dawn einlassen würde. Uber so was ist der doch raus.«

»Wer ist denn der Mann?« wollte Wexford wissen.

Mrs. Peckham brachte das Bonbon in einer schrumpeligen Backentasche unter und seufzte tief, aber nicht unglücklich. »Ein lieber Kerl, der Harold, alles was recht ist. Er und seine Eltern haben eine Straße weiter gewohnt. Ich war damals noch nicht hier, ich hatte selber ein Haus, aber ich kannte Harold von meiner Arbeit in der Schule her, da hab ich früher mal das Mittagessen ausgegeben. Das war einer, der Harold, immer am Witzereißen, das ganze Jahr über hat er die Leute in den April geschickt. Vom ersten Schultag an haben sie zusammengesteckt, er und unsere Dawnie. Später bin ich dann hierhergezogen, zu Phyllis und George, und Dawnie hat ihn zum Essen mitgebracht.«

»Das ist ja ganz was Neues«, sagte Mrs. Stonor scharf. »George hätte das nie erlaubt.«

»Der war ja nicht da. Und du hast hinter dem Ladentisch gestanden. Weshalb hätte Dawnie ihren Freund nicht mitbringen sollen?« Mrs. Peckham wandte ihrer Tochter den Rücken zu und schaute Wexford an. »Ausgesehen hat er wie 'ne Vogelscheuche, der Harold, nur Haut und Knochen, und sein Haar war fast so weiß wie meins jetzt. Mal hab ich harte Eier für uns drei gekocht, und als Dawnie und ich unsere aufschlagen wollten, waren's nur leere Schalen, die hatte Harold mitgebracht, um uns reinzulegen. Was haben wir mit dem Bengel für Spaß gehabt! Ein andermal war's ein nachgemachter Tintenfleck oder 'ne Gummispinne. Über die haben wir ganz schön gekreischt. Einmal hab ich ihn dabei ertappt, wie er am Telefon rumgemacht hat. Er wählte 'ne Nummer, und wie 'ne Frau sich meldet, sagt er, daß er von der Post ist. Es ist ein Notfall, hat er gesagt, sie soll kochendes Wasser in den Hörer gießen, es zehn Minuten stehenlassen und dann mit der Schere die Strippe durchschneiden. Das hätte die auch gemacht, die hat ihm aufs Wort geglaubt, aber da hab ich natürlich zwischengefunkt, obgleich ich mir den Bauch gehalten hab vor Lachen. Zum Quietschen war er, der Harold.«

»Ja, das glaub ich gern«, sagte Wexford. »Wie alt war er denn, als er sich diese Scherze geleistet hat?«

»So um die fünfzehn.«

»Und wohnt er noch hier in der Gegend?«

»Ach wo. Der Silk von Sundays hat sich dann ein bißchen um ihn gekümmert, und mit siebzehn ist er weg von zu Hause und ist nach London gegangen, und da ist er ja dann so berühmt geworden.«

Wexford blinzelte. »Berühmt? Harold Goodbody?«

Mrs. Peckham fuhr ungeduldig mit den gichtigen Händen durch die Luft. »Er hat einen anderen Namen angenommen, wie er mit der Singerei angefangen hat. Wie war der doch gleich? Ja, ja, das Alter, ich vergeß schon die einfachsten Sachen. Richtig, jetzt fällt's mir wieder ein. John Lennon hat er sich genannt.«

»Ich glaube kaum –«, setzte Wexford an.

Mrs. Stonor, die in stummer Verachtung zugehört hatte, zischte: »Zeno Vedast nennt er sich jetzt.«

»Dawn ist mit Zeno Vedast zur Schule gegangen?« fragte Wexford einigermaßen fassungslos. Demnach hatte sie diese Geschichte nicht ganz aus der Luft gegriffen. »Die beiden waren befreundet?«

»Hören Sie nicht auf Mutter«, sagte Mrs. Stonor. »Mag sein, daß Dawn manchmal mit ihm zusammen war, als sie noch zur Schule gingen. Aber in London haben sie sich nie getroffen.«

»Doch haben sie sich getroffen, Phyllis, das hat sie mir am

Montag noch erzählt. Mir hat sie Sachen erzählt, die sie dir nie sagen würde. Weil du ja doch nur alles runtergemacht hast.«

»Was hat sie Ihnen erzählt, Mrs. Peckham?«

»Ich hab im Bett gelegen, und sie ist zu mir ins Zimmer gekommen. Ob ich mich noch an Hal erinnere, hat sie gefragt. Wir haben ihn immer Hal genannt. Mit dem bin ich am Freitag essen gewesen, hat sie gesagt.«

»Und das hast du ihr abgenommen?« Mrs. Stonor lachte scheppernd. »Harold Goodbody war am Freitag abend in Manchester, im Fernsehen war eine Live-Aufnahme. Sie hat wieder mal geschwindelt, wie üblich.«

Mrs. Peckham kaute beleidigt an ihrem Drops. »Arme Dawnie... Hat sie sich eben im Tag geirrt.«

»Sei doch nicht so begriffsstutzig. Er ist ein berühmter Sänger. Wenn ich auch nicht kapiere, was so großartig an seiner Stimme sein soll. Richard Tauber, ja, *der* konnte singen...«

»Wohnen seine Eltern noch hier?« fragte Burden.

Am liebsten hätte wohl Mrs. Stonor auch ihm gesagt, er solle nicht so begriffsstutzig sein, aber sie nahm sich zusammen und erwiderte säuerlich: »Wie er reich geworden ist, hat er ihnen ein feudales Haus bei London gekauft. Manche Leute haben eben Glück. Ich bin immer anständig gewesen und hab meine Tochter anständig erzogen, und was hat sie für mich getan? Ich weiß noch, wie Freda Goodbody sich bei den Nachbarn ein Viertelpfund Tee geborgt hat, weil ihr Mann den ganzen Lohn beim Hunderennen gelassen hat. Harold hat nie mehr als ein Paar Schuhe auf einmal gehabt, und das waren abgelegte von seinem Vetter. ›Mein kleiner Schatz‹ hat sie immer gesagt, und ›mein liebster Hal‹, aber am Sonntag hat er von ihr Bohnen mit Tomatensoße aus der Dose gekriegt.«

Mrs. Peckham schlug plötzlich biblische Töne an. »Es ist besser ein Gericht Kraut mit Liebe denn ein gemästeter Ochse mit Haß.« Sie nahm sich den letzten Drops und lutschte ihn geräuschvoll.

»Hab ich's nicht gesagt?« meinte Burden, als sie wieder im Wagen saßen. »Eine langjährige Freundschaft.«

»Ganz so haben Sie es nicht gesagt, Mike. Zeno Vedast wohnt nicht in Stowerton, er ist nicht verheiratet, und ich glaube kaum, daß er sich allzuoft mit Kellnerinnen zu Picknicks aus Dosen niederläßt. Daß er sie gekannt hat, ist allerdings wirklich interessant. Es bestätigt das, was Joan Miall gesagt hat, daß nämlich selbst chronische Lügner öfter die Wahrheit als die Unwahrheit sagen. Wir kennen alle die Geschichte von dem Jungen, der so lange die Leute mit dem Ruf ›Wolf, Wolf!‹ erschreckte, bis eines Tages der Wolf leibhaftig vor ihm stand. Dawn Stonor war auf der Jagd nach Löwen – Partylöwen, wohlgemerkt –, und diesen einen scheint sie tatsächlich erlegt zu haben. Wir haben keinerlei Hinweise darauf, daß Vedast am letzten Montag mit ihr zusammen war. Es sieht so aus, als ob er da noch in Manchester gesteckt hat. Im Augenblick kann ich nur so viel sagen, daß es eine merkwürdige Geschichte ist.«

»Aber Sie sind doch bestimmt auch der Meinung, daß wir mit ihm sprechen müßten?«

»Natürlich. Wir müssen uns alle Männer vornehmen, die Dawn kannte, es sei denn, sie hätten für den bewußten Montag ein hieb- und stichfestes Alibi. Wir wissen auch noch nicht, was Wickford nach sieben Uhr gemacht hat.« Der Chief Inspector tippte dem Fahrer auf die Schulter. »Zurück ins Revier bitte, Stevens.«

Der Fahrer machte eine halbe Drehung zu Wexford hin. Er war erst vor kurzem aus Brighton zu ihnen versetzt worden und ziemlich schüchtern. Als Wexford ihn ansprach, wurde er so rot wie neulich unter Mrs. Peverils Blick.

»Wollten Sie etwas sagen?« fragte Wexford freundlich.

»Nein, Sir.«

»Gut, zurück zum Revier also. Wir können nicht den ganzen Tag hier sitzen.«

Am Mittwoch stand fest, daß Paul Wickford unverdächtig war. Nachdem er Joan Miall im *Townsman Club* in der Hertford Street abgesetzt hatte, war er in ein Pub am Shepherd Market gegangen, hatte dort einen Wodka-Tonic getrunken und war dann nach Earls Court zurückgefahren. Dort erwartete ihn sein Bruder mit der Nachricht, daß seine Mutter schwerkrank war. Paul müsse sofort mit ihm nach Sheffield fahren. Paul bat den Mieter im zweiten Stock, die Milch und die Zeitung für ihn abzubestellen und – falls er Dawn Stonor sehen sollte – ihr auszurichten, wohin er gefahren war. Die beiden Brüder trafen kurz nach Mitternacht im Haus ihrer Mutter in Sheffield ein, am nächsten Morgen war sie tot.

Obgleich nicht viel dafür sprach, daß Dawns Mörder in oder bei Stowerton wohnte, war am Dienstag nachmittag eine Haus-zu-Haus-Befragung im ganzen Bezirk durchgeführt worden. Niemand hatte Dawn gesehen. Niemand hatte eine junge Frau in Lila und in Herrenbegleitung gesehen. Nur zwei Ehefrauen waren an dem bewußten Abend nicht zu Hause gewesen, eine war mit ihrem Mann ausgegangen, die andere hatte ihn zur Betreuung ihrer vier Kinder zu Hause gelassen. Keine Ehefrau war die ganze Nacht weggeblieben, keine vermißte ein rotes Kleid. Wexfords Leute suchten die Felder nach dem Hosenanzug und den Lebensmitteln ab. Es war ein mühsames Geschäft, denn es regnete in Strömen, man befürchtete schon eine Uberschwemmung.

Außer Mrs. Clarke und Mrs. Peveril hatte nach wie vor niemand Dawn nach 17.20 Uhr gesehen. Mrs. Peveril war noch immer die letzte, die sie – mit Ausnahme des Mörders – lebend gesehen hatte. Wexford konzentrierte sich auf die beiden Frauen und vernahm sie eingehend, und schon sehr bald kam ihm etwas an ihrer Aussage nicht recht geheuer vor. Auf den Gedanken, daß die beiden sich womöglich persönlich kannten, verfiel er allerdings erst, als er in Mrs. Clarkes Wohnzimmer saß und hörte, wie sie am Telefon sagte:

»Ich kann jetzt nicht reden, Margaret, ich ruf später zurück. Hoffentlich geht es Edward bald wieder besser.«

Wer sie angerufen hatte, verriet sie nicht. Warum auch? Mit einem breiten, unaufrichtigen Lächeln setzte sie sich wieder hin. »Entschuldigen Sie vielmals. Was sagten Sie gerade?«

»Haben Sie eben mit Mrs. Peveril gesprochen?« fragte Wexford streng.

»Wie sind Sie bloß darauf gekommen? Ja, es war Mrs. Peveril.«

»Sie erwähnte neulich, daß sie nur mit einer Frau hier in der Gegend befreundet ist. Dann sind Sie das?«

»Die arme Margaret. Sie ist so neurotisch, und sie hat es furchtbar schwer mit Edward. Ja, ich bin wohl ihre einzige Freundin, sie schließt sich nicht schnell an.«

»Wenn ich nicht irre, sind Sie am Sonntag abend wegen Dawn Stonor vernommen worden, Mrs. Clarke. Wir haben zuerst die Bewohner auf dieser Seite der Siedlung befragt.«

»Das müßten Sie eigentlich besser wissen als ich.«

Sie wirkte leicht pikiert, gelangweilt, aber nicht erschrokken. Wexford überlegte. Burden, Martin und Gates hatten um sieben in diesen Häusern mit der Befragung begonnen. In den Pathway waren sie erst um neun gekommen. »Haben Sie am Sonntag abend vor neun mit Mrs. Peveril telefoniert?« Sie ging merklich in die Defensive. »Also ja«, stellte er fest. »Sie haben ihr erzählt, daß Sie vernommen wurden und der Polizei einen Hinweis geben konnten. Es lag ja nahe, daß Sie mit Ihrer Freundin darüber gesprochen haben. Vermutlich haben Sie ihr die junge Frau beschrieben und ihr erzählt, in welche Richtung sie gegangen ist.«

»War das verboten?«

»Zurückhaltung wäre klüger gewesen, aber lassen wir das. Geben Sie mir doch bitte eine Beschreibung von Dawn Stonor.«

»Aber das habe ich jetzt schon hundertmal gemacht«, ereiferte sich Mrs. Clarke. »Immer und immer wieder.«

»Tun Sie mir den Gefallen. Zum letztenmal!«

»Ich wollte zum Bus nach Kingsmarkham und sah, wie sie aus dem Bus stieg, der aus der Gegenrichtung kam. Sie überquerte die Straße und ging in den Pathway.« Mrs. Clarke sprach langsam und bedächtig wie eine Mutter, die einem nicht besonders intelligenten Kind zum zehntenmal die Pointe einer simplen Geschichte erklärt. »Sie hatte helles Haar, sie war um die zwanzig, und sie hatte einen lila Hosenanzug und lila Schuhe an.«

»Das haben Sie auch Mrs. Peveril erzählt?«

»Ja, und Ihnen und Ihren Leuten. Mehr kann ich nicht sagen, weil ich nicht mehr weiß.«

»Die große lila Tasche mit dem goldenen Bügel ist Ihnen nicht aufgefallen? Oder daß der Anzug an den Rändern dunkler abgesetzt war?«

»Nein, und daran kann ich mich auch jetzt nicht erinnern, wo Sie es sagen. Tut mir leid, aber ich habe Ihnen alles erzählt, was ich weiß.«

Wexford schüttelte den Kopf. Nicht, weil er Zweifel an ihrer Aussage hegte, sondern weil er mit sich selbst nicht im reinen war. Nachdem sie aufgelegt hatte, war er einen Augenblick davon überzeugt gewesen, daß Mrs. Peveril Dawn überhaupt nicht gesehen hatte, daß sie nach dem Anruf ihrer Freundin eine Möglichkeit gesehen hatte, sich wichtig zu machen, an einer Sensation teilzuhaben. Sie hatte zwar gesagt, sie habe sich das Aussehen der jungen Frau genau eingeprägt, um ihrem Mann von ihr zu erzählen, hatte ihm aber nichts erzählt. Inzwischen stand für ihn fest, daß sie Dawn gesehen haben mußte. Wie sonst hätte sie – und nur sie! – die Tasche und den dunkler abgesetzten Rand des Kasacks beschreiben können?

9

Drei Häuser grenzten mit ihren Grundstücken an das Gelände von Sundays, drei Gartenpforten führten auf einen schmalen Streifen Land, hinter dem der Steinbruch lag. Die Gärten waren durch hohe Flechtzäune voneinander abgegrenzt, der Streifen Land war mit dichtem Buschwerk und ziemlich hohen Bäumen bewachsen. Man hätte mühelos, überlegte Wexford, des Nachts eine Leiche aus einem dieser Häuser tragen und in den Steinbruch werfen können. Hätte aber Dawn eins dieser Häuser betreten und nicht den Weg über die Felder eingeschlagen, hätte Mrs. Peveril sie dabei beobachtet und wäre von Sensationsgier erfaßt worden – wäre es dann nicht eine viel größere Sensation gewesen, bei der Polizei mit einer solchen Auskunft herauszurücken?

»Ich dachte, Sie würden mich in Ruhe lassen, nachdem ich Ihnen die Wahrheit gesagt habe«, quengelte Mrs. Peveril. »Wenn Sie mich plagen, werde ich krank. Gut, es stimmt, daß Mrs. Clarke mich angerufen hat. Das bedeutet aber doch noch nicht, daß ich die Person nicht gesehen habe. Ich hab sie gesehen, ganz genau hab ich gesehen, wie sie über die Felder gegangen ist.«

»In einem dieser Häuser hätte sie sowieso nicht verschwinden können, Sir«, sagte Burden. »Höchstens in dem von Mrs. Peveril. Und dann hätte die Gute bestimmt nichts davon verlauten lassen, daß sie Dawn gesehen hat. Zu Dunsand oder zu Miss Mowler kann Dawn nicht gegangen sein. Wir haben uns in Myringham erkundigt, an der Uni, da ist Dunsand erst gegen sechs weggefahren, und dann war er bestenfalls um halb sieben zu Hause, eher zwanzig vor sieben. Miss Mowler war bis Viertel vor acht bei einer Freundin in Kingsmarkham.«

Sie gingen zurück zum Revier und standen schon vor dem Aufzug, als Wexford an einem scharfen Zugwind merkte, daß jemand die Doppeltür zur Eingangshalle aufgerissen hatte. Er wandte sich um. Was er sah, war erstaunlich genug. Der Mann war ein Riese, bedeutend größer als Wexford, der über eins achtzig war, und hatte buschiges, pechschwarzes Haar. Er trug einen knöchellangen gescheckten Mantel aus kurzgeschorenem Fell und hatte eine durchweichte Leinentasche in der Hand, aus der es auf den Fußboden tropfte. In der Halle blieb er stehen, sah sich selbstsicher um und ging zielbewußt auf Sergeant Camb zu, der hinter seinem Tresen saß und Tee trank. Wexford trat ihm in den Weg. »Mr. Mbowele, wenn ich nicht irre? Wir sind uns schon einmal begegnet.« Wexford streckte seine Hand aus, die sogleich in dem schmerzhaften Griff einer kupferfarbigen Tatze verschwand. »Was kann ich für Sie tun?«

Der junge Afrikaner sah auffallend gut aus. Er besaß diese unwiderstehliche männliche Ausstrahlung, die Modeschöpfer, Model-Agenturen und Fotografen dazu veranlaßt haben, sich den Slogan »Black is beautiful« anzueignen. Er sah Wexford aus sanften dunklen Augen an, gab seine Hand frei, ließ die durchweichte Tasche zu Boden fallen und knöpfte den Mantel auf. Darunter kam eine nackte Brust zum Vorschein, auf der eine Kette aus kleinen grünen Steinen hing.

»Ätzend, dieser Regen, Mann«, sagte er und schüttelte sich Wassertropfen aus dem Haar. »Und so was nennt ihr Juni?«

»Für das Wetter kann ich nichts.« Wexford deutete auf die Tasche. »Und für das da kann der Regen auch nichts – es sei denn, die Sintflut hätte schon begonnen.«

»Hab ich aus dem Wasser gefischt«, sagte Louis Mbowele. »Nicht hier. In Myringham. Euer Kingsbrook hat sich ja im Augenblick zu einem richtigen Fluß gemausert. Ich geh jeden Morgen dort spazieren, am Wasser kann ich denken.« Er reckte die Arme. Man konnte sich gut vorstellen, wie er mit langen Schritten an dem lebhaft dahinrauschenden Fluß entlangging, seine Gedanken in ebenso lebhafter Bewegung, sein Körper strotzend vor federnder Kraft. »Ich habe über Wittgensteins Atomizitätsprinzip nachgedacht...«

»Über *was*?«

»Für ein Referat. Aber das nur nebenbei. Und wie ich so ins Wasser sehe, schwimmt da dieser Fummel aus lila Seide...«

»*Der* ist in der Tasche?«

»Haben Sie's noch nicht gerafft? Natürlich hab ich gleich gewußt, was es ist, Mann, ich les schließlich Zeitung. Ich wate also rein und fisch das Ding raus und greif mir eine Tasche – sie gehört meiner Freundin – und bring es her.«

»Sie hätten es nicht anrühren dürfen, Mr. Mbowele.«

»Louis, Mann, Louis. Wir sind schließlich alle Freunde.

Ich hab nichts gegen die Bullen. In einem ordentlichen Staat haben auch die Bullen ihren Platz. Ich bin kein Anarchist.«

Wexford seufzte. »Na gut, dann kommen Sie mal mit nach oben. Nehmen Sie die Tasche mit.«

Im Büro machte es sich Louis sogleich gemütlich, indem er den Fellmantel auszog und sich mit dem Futter die Haare abtrocknete. Er setzte sich in einen Sessel wie jemand, der eher gewohnt ist, auf dem Boden zu sitzen, ein langes Bein hatte er von sich gestreckt, das andere ließ er über die Sessellehne hängen.

»An welcher Stelle haben Sie das gefunden, Louis?«

»Im Fluß zwischen der Mill Street und dem Campus. Muß von hier flußabwärts geschwommen sein. Jetzt flippen Sie bloß nicht aus, Mann. Hätt ich's nicht rausgefischt, wär's jetzt schon irgendwo im Meer. Immer cool bleiben.«

Wexford mußte lachen. »Ich bleib ja cool. War sonst noch was im Fluß?«

»Fische.« Louis feixte. »Und Stöcke und Steine und 'ne Masse Wasser.«

Es hatte keinen Sinn, nach einer Tüte mit Lebensmitteln zu fragen. Welche Papiertüte, welcher Pappbecher hätten sich zehn Tage lang und zwanzig Kilometer weit in einem reißenden Fluß gehalten? Die Konserven, das Glas mochten noch intakt sein. Aber es wäre ein Wunder, wenn sie an genau derselben Stelle angetrieben worden wären wie der Hosenanzug, den Louis Mbowele ihm gebracht hatte. Vielleicht waren im Wittgensteinschen Prinzip solche Zufälle vorgesehen, aber Wexford hütete sich, diesen Gedanken weiter auszuspinnen. Die Tasche und zum Teil auch der Mantel durchweichten seinen Teppich.

»Ich bin Ihnen sehr dankbar, soviel Gemeinsinn ist wirklich erfreulich.« Mit großer Selbstüberwindung streckte Wexford dem Afrikaner erneut die Hand hin und brachte es fertig, nicht zu zucken, als der eiserne Griff sich um sie schloß. »In zehn Minuten geht ein Bus nach Myringham, den könnten Sie noch erwischen.«

»Muß ich auch, wenn ich Lens Tutorium mitnehmen will.« Er sah zum Fenster. Es goß in Strömen. »Waren Sie schon mal in Marumi?«

»In Marumi?«

»Das ist mein Land. Manchmal regnet's da drei Jahre hintereinander nicht. Verdammt trocken, Mann. Mögen Sie Sonne?«

»Wäre zur Abwechslung gar nicht schlecht«, sagte Wexford.

»Wie haben Sie neulich gesagt? Gedenke mein, wenn du in dein Reich kommst. Na ja, Reich ist vielleicht zuviel gesagt, aber Bullen hat auch ein kleines Land nötig, und ich könnte Sie gebrauchen. Sie müssen bloß noch Ihre Komplexe über Bord werfen. Na, war das nicht scharf?«

»Bis dahin bin ich zu alt, Louis.«

»Jeder«, verkündete der Philosoph, »ist so alt, wie er sich fühlt.« Wexford schätzte ihn auf etwa zwanzig. »Es dauert gar nicht mehr so lange, ehrlich. Überlegen Sie sich's, Mann. Wär echt stark.«

Vom Fenster aus sah Wexford ihm nach, wie er, die nasse, leere Tasche schwenkend, die Straße überquerte. Er lachte leise vor sich hin. Als Burden hereinkam, sah er von den lila Fetzen auf, die er gerade untersucht hatte.

»Man hat mir gerade einen Job angeboten, Mike.«

»Und was sollen Sie da machen?«

»Mein eigenes Ding, Mann, mein eigenes Ding. Wenn ich hier vor Regen und Langeweile ausflippe, kann ich in einem schwarzen Ruritanien Polizeichef werden. Stellen Sie sich mal vor, wie ich da herumstolziere – mit goldenen Epauletten, eine Mauser an jeder Hüfte...«

»Du liebe Güte!« Burden zupfte mit spitzen Fingern an dem zerrissenen Stoff herum. »Ist das der gesuchte Hosenanzug?«

Wexford nickte. »Genau so, wie ihn unsere akkurate Mrs. Peveril beschrieben hat, einschließlich der dunkler abgesetzten Ränder. Louis Mbowele hat ihn im Kingsbrook gefunden, in Myringham. Er ist offenbar durch die starken Regenfälle so weit flußabwärts getrieben worden.«

»Von den Feldern?«

»Aus unserer Gegend jedenfalls. Sie ist hier umgebracht worden, das weiß ich ebenso gewiß, wie ich weiß, daß aus mir niemals der Maigret von Marumi wird.«

Wexford kannte Miss Mowler noch aus der Zeit, als sie Gemeindeschwester in Kingsmarkham gewesen war. Als seine Frau sich den Knöchel gebrochen hatte, war Miss Mowler dreimal in der Woche vorbeigekommen, um sie zu baden und nach ihrem Gips zu sehen. Sie begrüßte ihn wie einen guten alten Freund.

»Mrs. Wexford turnt hoffentlich nicht mehr auf Leitern herum? Und was machen Ihre reizenden Töchter? Letzte Woche hab ich Sheila im Fernsehen gesehen, sie ist ja schon enorm bekannt. Ein erstaunlich gutaussehendes Mädchen.«

»Erstaunlich, wenn man bedenkt, wie der Vater aussieht, was?«

»Aber, Mr. Wexford! Sie wissen ganz genau, daß ich es nicht so gemeint habe.« Miss Mowler errötete und wand sich vor Verlegenheit. Sie versuchte ihren Ausrutscher mit umständlichen Erklärungen wiedergutzumachen, aber Wexford lachte nur und unterbrach sie.

»Ich komme wegen des Mordes, Miss Mowler.«

»Da kann ich Ihnen leider nicht helfen, ich war ja nicht zu Hause.«

»Nein, aber später am Abend waren Sie da. Wenn Ihnen irgend etwas aufgefallen ist, irgend etwas Ungewöhnliches, und sei es auch nur eine Kleinigkeit...«

»Ich kann Ihnen wirklich nicht helfen«, versicherte sie. »Ich wohne erst seit einem Vierteljahr hier und kenne noch kaum meine Nachbarn.«

»Erzählen Sie mir, was Sie über Ihre Nachbarn wissen. Besonders interessieren mich die Peverils.«

Die Diele des Bungalows war mit einem grellbunten Teppichboden ausgelegt, Schwarz- und Goldtöne dominierten. Der Fußbodenbelag war am Rand hochgezogen und ging in eine außergewöhnlich häßliche Tapete über. Wexford überlegte, ob die mit lippenstiftroten Blüten gezierten Zweige mit gewundenen schwarzen Stengeln und goldglänzenden Blättern wirklich Miss Mowlers Geschmack entsprachen. Er sagte es nicht laut, aber sein Gesicht sprach offenbar Bände, denn sobald Miss Mowler ihn ins Wohnzimmer geführt hatte, fing sie bezeichnenderweise sofort an, sich wortreich zu entschuldigen.

»Scheußlich, nicht? Die Baugesellschaft hat die Bungalows schlüsselfertig und komplett tapeziert übergeben. Haarsträubender Geschmack. Hier im Wohnzimmer hab ich blaue Vögel und orangefarbene Lilien an der Wand. Und bei Mr. Dunsand nebenan ist es ganz genauso. Soviel ich weiß, will er in den Ferien neu tapezieren. Aber für eine alleinstehende Frau wie mich ist das zu teuer und zu anstrengend. Dummerweise ist es eine sehr gute Tapete, problemlos abwaschbar. Ob es bei den Peverils ebenso aussieht, weiß ich nicht, ich glaube, sie konnten sich die Tapeten selber aussuchen, aber ich war nie dort.«

»Mrs. Peveril ist eine eigenartige Frau.«

»Sehr neurotisch, finde ich. Ich hab sie mal im Garten mit ihrem Mann streiten hören. Sie hat hysterisch geheult.«

»Worüber haben sie gestritten, Miss Mowler?« fragte Wexford.

»Sie warf ihm vor, ihr untreu zu sein. Ich habe alles mitbekommen, ich konnte gar nichts dagegen machen.« Wexford, der eine weitere Abschweifung mit einer Flut von Entschuldigungen fürchtete, schüttelte lächelnd den Kopf. »Na ja, wenn man der Polizei so was erzählt, ist es ja kein Klatsch, nicht? Mrs. Peveril spricht mich manchmal auf der Straße an. Ich kenne sie kaum, aber das hindert sie nicht daran, die – die intimsten Sachen zu sagen. Ich finde es nicht gut, wenn der Mann zu Hause arbeitet, was meinen Sie?«

»Warum nicht, Miss Mowler?«

»Solche Ehepaare hocken ständig beieinander. Und wenn die Frau besitzergreifend und eifersüchtig ist, nimmt sie es übel und schöpft Verdacht, sobald er doch mal ohne sie weggeht. Mrs. Peveril scheint total auf ihren Mann fixiert zu sein, und natürlich verkraftet der Ärmste das nicht. Wer täte das schon? Ich glaube, er wollte nicht hierherziehen, sie war die treibende Kraft dabei. Sie ist eine von denen, die immer wegläuft, wenn Sie wissen, was ich meine.«

»Geht sie denn nie ohne ihren Mann aus?«

»Frauen wie sie begreifen einfach nicht, daß das, was dem einen recht ist, dem anderen auch billig sein müßte. Am Montagabend hat sie ihren Nähkurs, und manchmal geht sie abends noch einmal mit Mrs. Clarke aus.«

»Sie haben sicher Dawn Stonor gekannt?«

Jede Andeutung, sie sei mit einem Mordopfer bekannt gewesen, hätte eigentlich bei einer Frau von Miss Mowlers Veranlagung der Auslöser für weitschweifige Rechtfertigungsversuche sein müssen. Aber sie verzog nur den Mund und machte ein pikiertes Gesicht. »Eine sehr egoistische, oberflächliche Person. Ich kenne die Familie gut. Natürlich schaue ich immer noch hin und wieder bei ihrer Großmutter, Mrs. Peckham, herein. Es hätte der alten Frau unheimlich gutgetan, wenn Dawn sich hätte überwinden können, öfter mal nach Hause zu fahren. Aber so ist die Jugend von heute... Als ich noch nicht im Ruhestand war, habe ich das Dawn auch gesagt, aber sie wurde immer gleich ausfallend. Sie könne unsere Stadt und ihre Mutter nicht riechen, hat sie gesagt und von einer unglücklichen Jugend gefaselt. Wenn ich das schon höre! Sie kommen alle mit ihrer unglücklichen Jugend daher, Mr. Wexford, wenn sie was angestellt haben.« Sie warf den Kopf zurück. »Ich habe sie schon zwei, drei Jahre nicht mehr gesehen und kann nicht behaupten, daß es mir leid tut.«

Es war völlig untypisch für Miss Mowler, daß ihr etwas nicht leid tat. Dawns Ausfälligkeiten hatten sie demnach tief getroffen. Wexford bedankte sich und ging. Dunsands Bungalow bot den unzugänglich-abweisenden Anblick eines Hauses, das tagsüber meist unbewohnt ist. Die Fenster waren geschlossen, auf der Schwelle stand eine Milchflasche, unter die ein Zettel geschoben war. Nebenan goß Mrs. Peveril, angetan mit einer blütenweißen Kittelschürze, einen Blumenkasten. Sie sah Wexford, tat, als habe sie ihn nicht bemerkt, lief ins Haus und schlug die Tür hinter sich zu.

Mrs. Peveril war ziemlich massiv und vorzeitig in die Breite gegangen. Sie mochte zehn, zwölf Kilo mehr wiegen als die fünfundzwanzig Jahre ältere Miss Mowler. Mit Sicherheit hatte sie nicht Größe achtunddreißig, eher schon vierundvierzig. Aber in sieben Jahren können Frauen einiges an Gewicht zulegen. Und Joan Miall hatte gesagt, das Kleid sei mindestens sieben Jahre alt...

Er ließ sich in die Lower Road fahren. Dabei fiel ihm wieder die nervöse Unruhe seines Fahrers, des jungen Stevens, auf. Er hatte schon seit ein paar Tagen den Eindruck, daß der

Junge etwas auf dem Herzen hatte und es nicht herausbrachte. Er sagte wohl »Ja, Sir« und »Nein, Sir«, aber es klang nie ganz endgültig, immer schwang in den Antworten ein vages Zögern mit, oft folgte eine geistesabwesende Pause, ehe er sich abwandte und den Wagen anließ. Wexford erkundigte sich ein paarmal, was los sei. Nachdem er als Antwort immer wieder nur ein respektvolles Kopfschütteln bekommen hatte, dachte er sich, daß Stevens privaten Kummer haben mochte, über den er liebend gern gesprochen hätte, wenn er nur seine Schüchternheit hätte überwinden können.

Mrs. Stonor stand in der Küche und bügelte, ihre Mutter saß in einem Schaukelstuhl daneben. Der Schaukelstuhl quietschte bei jeder Bewegung, und Mrs. Peckham, deren boshafte Munterkeit an diesem Tag noch ausgeprägter war, schaukelte fleißig hin und her, freute sich diebisch an dem Geräusch – es heißt, daß einem selbst erzeugte Geräusche nicht auf die Nerven gehen – und kaute an einer Pfefferminzstange.

»Peveril? Nein, den Namen hat sie nie erwähnt«, sagte Mrs. Stonor und ließ ihr Bügeleisen über ein Paar rosafarbene Interlockschlüpfer gleiten, die nur ihrer Mutter gehören konnten, aber so voluminös waren, daß sie die kleine, dürre Person komplett hätten aufnehmen können. »Sie war richtig stolz darauf, daß sie keinen hier aus der Gegend kannte, Provinzheinis hat sie uns genannt, reizend, nicht? In unserer Reinigung ist eine unheimlich nette Frau, die kennt Dawn von klein auf, aber die Dawn hat immer völlig fremd getan, als ob sie die Frau noch nie gesehen hat. Wie finden Sie das?«

Wexford mußte seine Meinung für sich behalten. Wieder einmal machte er sich so seine Gedanken über gewisse gängige Irrtümer. Die Ansicht, die Liebe der Kinder zu ihren Eltern sei naturgegeben, hat sich wohl allmählich überlebt. Nach wie vor aber ist die Auffassung weit verbreitet, Eltern liebten ihre Kinder gewissermaßen automatisch, durch dick und dünn, ungeachtet aller Enttäuschungen und Ernüchterungen. Er selbst hatte bis vor kurzem geglaubt, der Verlust eines Kindes sei das unerträglichste Los, das einen Menschen treffen konnte. Wann würde die Welt begreifen, daß der Tod eines Sohnes oder einer Tochter, der die Eltern der Notwendigkeit enthebt, das Gesicht zu wahren, vor den Nachbarn zu schwindeln, eine Lebenslüge durchzuhalten, eine Wohltat sein kann?

»Hätte sie sich in einen Hiesigen verliebt«, sagte er vorsichtig, »wäre diese vorgefaßte Meinung vielleicht nicht so ins Gewicht gefallen.« Noch während er es sagte, begriff er, daß diese Ausdrucksweise für Mrs. Stonor eine Fremdsprache war.

Sie griff sich den einen Punkt heraus, mit dem sie etwas anfangen konnte. »Die Dawn konnte überhaupt nicht lieben.«

Mrs. Peckham schnaubte. Mit erstaunlichem psychologischen Gespür sagte sie: »Vielleicht hat sie nicht gewußt, wie man's macht. Kinder, die selber nicht geliebt werden, lernen's auch nicht. Ist mit Hunden genauso.« Sie reichte Wexford die Bonbontüte und lächelte grimmig, als er eine Pfefferminzstange nahm. »Und mit Affen auch«, fügte sie hinzu. »Hab ich im *Reader's Digest* gelesen.«

»Wir überlegen, Mrs. Stonor, ob sie zu einem Mann ins Haus gegangen ist.« Bei einer anderen Mutter, die gerade erst die Tochter verloren hat, hätte er es schonender ausgedrückt, hier war Takt offenbar nur sentimentaler Ballast. »Wir halten es für denkbar, daß sie sich mit einem Hiesigen verabredet hatte, während seine Frau aus dem Haus war.«

»Würde ich ihr ohne weiteres zutrauen. Sie war eine

durch und durch unmoralische Person. Aber zu einem Kerl ins Haus wär sie nicht gegangen, das begreif sogar ich. Wär doch bescheuert, wo sie 'ne eigene Wohnung hatte. Da macht sich doch die eine gern dünne, wenn die andere 'ne krumme Tour vorhat.« Das war, wenn auch haarsträubend ausgedrückt, unwiderlegbar. »Dawn hatte noch nicht mal den Anstand, mir so Sachen zu verschweigen«, sagte Mrs. Stonor giftig. »Sie hat mir erzählt, daß sie mit Männern zusammen war. Aufrichtigkeit hat sie das genannt und das Recht auf ihr eigenes Leben. Aufrichtigkeit? Daß ich nicht lache. Ich wär lieber gestorben, als der eigenen Mutter so was zu erzählen.«

Mrs. Peckham stieß ein schrilles Gekakel aus. »Du hast ja auch nichts zu erzählen, Phyllis, du bist überhaupt keine Frau aus Fleisch und Blut.«

»Sei nicht albern, Mutter. Der Sergeant wird sich schön bedanken, daß du dich ständig reinhängst, und überhaupt ist es Zeit für deinen Mittagsschlaf. Seit heute vormittag dieser junge Schnösel da war und dir Honig ums Maul geschmiert hat, bildest du dir wer weiß was ein.«

Wexford, der sich zu seiner Belustigung unerwartet um zwei Stufen degradiert sah, hatte sich schon erhoben, um zu gehen. Jetzt lächelte er der Alten verschwörerisch zu. »Ein Enkel, Mrs. Peckham?«

»Nee, ich hab keine Kinder gehabt außer Phyllis. Ein Jammer.« Das hörte sich nicht so an, als sehne sie sich nach einer zweiten Mrs. Stonor, sondern vielleicht eher nach deren Antithese. »Obgleich er in mancher Beziehung wie ein Enkel für mich war, der Hal.«

»Jetzt tu mir den Gefallen, Mutter, und leg dich hin.«

»Ja doch, Phyllis, ja. Ich geh ja schon.« Der Gedanke, daß sie ohne ihre Tochter kein Dach über dem Kopf und nichts zu essen hätte, stimmte Mrs. Peckham etwas milder, aber lange hielt das nicht an. Sie hievte sich hoch und griff nach den Bonbons. »Du kannst den armen Hal bloß nicht leiden, weil er zu dir nicht so ist wie zu mir. Geküßt hat er mich«, verkündete sie stolz.

»Gehe ich recht in der Annahme, Mrs. Peckham, daß Zeno Vedast Sie besucht hat? Während des Festivals? Das haben Sie mir bisher noch nicht erzählt.«

Sie stützte sich auf ihre Gehstöcke und zog die schmalen Schultern hoch. »Heut vormittag war er da. Er will sich ein Haus hier in der Gegend kaufen, einen dieser großen Kästen, Herrenhäuser haben wir sie genannt. Mächtig rausgemacht hat er sich, der Hal. In dem vornehmen Hotel im Forest hat er 'ne ganze Suite, aber um die alte Oma Peckham zu besuchen und ihr zu sagen, wie leid ihm das mit Dawnie tut, dazu war er sich nicht zu gut. In einem großen goldenen Auto ist er vorgefahren, einen Kuß hat er mir gegeben und 'ne Zweipfundpackung Pralinen hat er mir mitgebracht.« Ihre Augen glitzerten begierig bei dem Gedanken an das Konfekt, das vielleicht in ihrem Zimmer auf sie wartete. Sie seufzte zufrieden. »Jetzt geh ich und mach mein Nickerchen«, sagte sie.

10

Burdens Kinder waren jetzt alt genug, um sich selbst etwas zum Abendessen zu machen, wenn sie in das leere Haus zurückkamen. Häufiger allerdings gingen sie direkt von der Schule zu ihrer Tante Grace, und in den Ferien verbrachte Pat Burden fast den ganzen Tag dort und spielte mit dem Baby. Ihr Bruder streunte nach Art aller Halbwüchsigen mit einer kleinen Clique Gleichaltriger herum. Zusammen streiften sie über die Felder, fischten im Kingsbrook oder ließen im *Carousel*, ihrem Stammcafé, die Musikbox dudeln. Burden wußte genau, daß das Leben seines Sohnes nur wenig anders verlaufen wäre, wenn es in dem Haus in der Tabard Road noch eine Mutter gegeben hätte. Er hatte Verständnis dafür, daß Mädchen eine erwachsene Frau als Vorbild brauchen, und wußte, daß Pat dieses Vorbild in Grace gefunden hatte. Trotzdem war er ständig in Sorge um seine Kinder. Würde John in die Kriminalität abgleiten, wenn er sich nach neun Uhr abends noch draußen herumtrieb? Würde Pat bleibenden Schaden erleiden, weil man ihr mit dreizehn gelegentlich abverlangte, eine Konservendose aufzumachen oder Tee zu brühen? War das Taschengeld, das sie von ihm bekamen, zu reichlich oder zu knapp bemessen? War er es seinen Kindern schuldig, eine zweite Ehe einzugehen? Obgleich er sich im Grunde keiner Schuld bewußt war, plagten ihn schwerste Gewissensbisse.

Er gab sich geradezu lächerliche Mühe, ihnen nicht etwas zuzumuten, was man zu Lebzeiten seiner Frau nicht von ihnen gefordert hatte. Deshalb ging er sehr oft mit ihnen essen oder kaufte teure Tiefkühlkost. Pat durfte die Strecke vom Haus ihrer Tante Grace bis zur Tabard Road – ein guter Kilometer – nie zu Fuß gehen. Zu Jeans Lebzeiten hätte er sich dabei überhaupt nichts gedacht. Ein mutterloses Kind aber mußte selbstverständlich in Vaters Wagen abgeholt werden. Er quälte sich mit schrecklichsten Selbstvorwürfen, wenn ein dringender Fall ihn festhielt und Pat eine Stunde warten oder gar den ganzen Abend bei ihrer Tante verbringen mußte.

Das alles war Wexford bekannt. Er hätte deswegen Burden zwar nie wichtige dienstliche Pflichten erlassen, aber er verzichtete – wenn auch ungern – auf die frühere Übung, nach dem Dienst mit dem Inspektor auf ein Bier ins *Olive and*

Dove zu gehen, um anstehende Probleme mit ihm zu besprechen. Als Diskussionspartner war Burden nicht mehr zu gebrauchen. Er ließ die Uhr nicht aus dem Auge, jedes Glas war »aber nun wirklich das letzte«, und von Zeit zu Zeit fuhr er hoch und fragte sich laut und sorgenvoll, ob wohl John schon zu Hause war.

Doch alte Gewohnheiten sind zählebig. Wexford hätte wesentlich lieber im Pub gesessen als in Burdens unordentlichem Wohnzimmer, dem zwei Teenager ihren Stempel aufgedrückt hatten. Er hatte ein schlechtes Gewissen, wenn Pat nicht fürs Ballett üben konnte und John den Plattenspieler abstellen mußte, aber hin und wieder mußte er einfach mit Burden reden, mußte auch außerhalb der Dienstzeit das eine oder andere mit ihm erörtern. Als er an jenem Abend zum Haus kam, hörte er schon von draußen das Dröhnen der Bässe, das Kreischen und Jaulen von Popmusik.

Burden war in Hemdsärmeln und hatte sich eine Plastikschürze umgebunden, die er eilig ablegte, als er sah, wer vor ihm stand. »Bin gerade mit dem Abwasch fertig«, sagte er. »Ich hol uns schnell noch Bier.«

»Nicht nötig, ich hab uns was mitgebracht. Was glauben Sie denn, was ich in der Tasche habe? Weitere Schätze aus dem Fluß? Wer ist der Sänger, John?«

»Zeno Vedast«, sagte John ehrfurchtsvoll und sah seinen Vater an. »Ich mach gleich aus...«

»Mich stört's nicht«, sagte Wexford. »Ich hör seine Stimme ganz gern.«

Vedast sang keins der Lieder vom Sundays-Festival, sondern einen älteren Hit, der so lange die Nummer Eins in den Charts gewesen war, daß sogar Wexford ihn kannte. Ein-, zweimal war es ihm sogar passiert, daß er die Melodie vor sich hin gesummt hatte. Es war ein sanfter Folk-Song über eine Hochzeit auf dem Lande.

»Dad will mir das Sundays-Album zum Geburtstag kaufen.«

»Da werden Sie einige Scheinchen los, Mike.«

»Sechs Pfund«, bestätigte Burden düster.

»Ich möchte wohl wissen, ob sich der eine oder andere dieser Songs halten wird. Wir vergessen gern, daß so manches Stück, das heute berühmt ist, zu seiner Zeit zur Popmusik zählte. Es heißt, daß Mozart nach der Uraufführung von *Figaros Hochzeit* hörte, wie die Laufjungen auf der Straße *Non piu andrai* pfiffen. Und heute ist es immer noch beliebt.«

»Tatsächlich?« sagte Burden ebenso höflich wie verständnislos. »Jetzt stell den Plattenspieler ab, John. Mr. Wexford ist nicht zu einem Schwatz über Zeno Vedast oder Goodbody oder wie er heißt gekommen.«

»Doch, eben deshalb bin ich gekommen.« Wexford ging in die Küche, griff sich ein Geschirrtuch und begann, ohne sich um Burdens Proteste zu kümmern, Gläser abzutrocknen. »Ich glaube, wir sollten, ehe wir weitere Ermittlungen anstellen, Dawns Löwen einen Besuch abstatten.«

»Wenn wir wüßten, wo er zur Zeit steckt.«

»Das ist kein Problem, Mike. Er steckt hier in der Gegend, genauer gesagt im *Cheriton Forest Hotel.*« Wexford trank das Bier, das Burden ihm eingeschenkt hatte, und berichtete dem Inspektor von seinem Gespräch mit Mrs. Peckham. »Möglich, daß die Sache völlig belanglos ist. Vielleicht ist es seine Masche, alte Damen mit seinem Besuch zu beglükken, so wie Unterhauskandidaten Babies auf den Arm nehmen, um sich bei der Bevölkerung im besten Licht zu zeigen. Vielleicht ist er auch nur ein lieber Mensch, dem es ein aufrichtiges Bedürfnis war, der Großmutter zu kondolieren. Allein daraus können wir noch nicht folgern, daß er vor kurzem mit Dawn zusammen war.«

John steckte den Kopf zur Tür herein. »Ich geh weg, Dad.«

Sofort geriet Burden in helle Aufregung. »Wohin? Warum? Was willst du denn jetzt noch draußen?«

»Nur ins *Carousel.*«

»Das trifft sich ganz gut, John«, sagte Wexford beschwichtigend, »wir müssen nämlich auch noch weg. Dein Vater kommt erst gegen halb elf zurück. Am besten läßt du dir den Schlüssel geben, denn du bist ja bestimmt früher wieder zurück.«

In stummer Verblüffung reichte Burden seinem Sohn den Schlüssel. Der nahm ihn entgegen wie einen kostbaren Schatz und verzog sich eiligst, damit sein Vater es sich nicht noch anders überlegen konnte. »Sie haben mit ihm geredet wie mit einem Erwachsenen«, sagte Burden argwöhnisch.

»Kein Bier mehr, Mike, ich möchte, daß Sie fahren.«

»Ins *Cheriton Forest* vermutlich?«

»Ganz recht. Vedast ißt heute im Hotel, ich habe mich erkundigt.« Wexford sah auf die Uhr. »Er müßte eigentlich inzwischen fertig sein.«

»Ich weiß nicht recht. Pat ist bei Grace, aber John...«

»Der Junge ist froh, daß Sie weggehen, ihm ist ein Stein vom Herzen gefallen, haben Sie das nicht gemerkt? Seinetwegen hocken Sie ständig zu Hause. Soll es so weit kommen, daß er Ihretwegen nicht mehr weggehen kann?«

»Wissen Sie, was ich manchmal glaube? Daß zwischenmenschliche Kontakte und Kommunikation einfach nicht machbar sind.«

»Und wissen Sie, was Sie sind? Ein Weihnachtsmann«, sagte Wexford, aber es klang durchaus freundschaftlich.

Der Cheriton Forest, ein großer Fichtenwald, liegt etwa drei Kilometer südlich von Kingsmarkham. Den Wald durchziehen eine Reihe von Schneisen und eine asphaltierte Straße, an der, auf einer großen heidekrautbewachsenen Lichtung, das *Cheriton Forest Hotel* steht.

Es ist neuer und sehr viel eleganter als das *Olive and Dove* in Kingsmarkham. Das Haupthaus aus den dreißiger Jahren ist einem Herrenhaus der Tudorzeit nachempfunden, aber es hat zu viele Balken und Pfosten, der Putz ist zu weiß, die Balken sind zu schwarz, die Holzarbeiten mehr Dekoration als integraler Teil des Baus. Mit der Zeit hätte das Haus vielleicht eine gewisse Patina angesetzt, aber eine riesige verglaste Bar und Reihen von Motel-Bungalows, die in den sechziger Jahren dazugekommen sind, haben es ein für allemal verschandelt.

Als Wexford und Burden eintrafen, war es noch hell, ein trüber Sommerabend, windig und kühl. Eine frische Brise bewegte die Bäume vor einem blassen Himmel, an dem graue, im Westen rötlich geränderte Wolken vorüberzogen, sich zusammenballten, auseinanderdrifteten, vom Wind verweht wurden.

Am Samstagabend hätten sich um diese Zeit auf dem Hof die Wagen und in der Bar die Gäste gedrängt. Heute, in der Wochenmitte, sah man durch die Tüllgardinen einige wenige gesetzte Dinnergäste und Kellner, die ohne Eile mit Tabletts an den Tischen entlanggingen. Das Fenster des *Speisesaals* war geschlossen wie alle anderen Fenster im Haus, bis auf eine Glastür im ersten Stock. Sie führte auf einen Balkon, der überhaupt nicht zum Stil des Hauses paßte. Der Wind schlug die Tür mit den Antikglasscheiben zu und ließ sie wieder aufspringen, hin und wieder erfaßte er auch die Samtvorhänge und zog und zerrte an ihnen wie an Wäschestücken auf der Leine.

In den Parkbuchten war reichlich Platz für die fünf, sechs Wagen, die dort standen. Auf dem eigentlichen Vorplatz war nur ein Wagen zu sehen, ein goldener, schräg geparkter

Rolls-Royce. Die silberne Schnauze seiner Kühlerhaube hatte sich in eine Blumenrabatte gebohrt und die Geranienblüten zerquetscht.

Wexford besah sich das Gefährt aus den Fenstern seines Wagens, den Burden ordentlich, wie man das von einem pflichtbewußten Staatsdiener erwarten durfte, in eine leere Parkbucht manövrierte. Gehört hatte er schon von der Mode, Autokarosserien mit einem pelzigen, wie Fell oder grober Samt wirkenden Überzug zu versehen, gesehen hatte er so etwas bis jetzt allerdings nur auf den Anzeigenseiten der Hochglanzmagazine, noch nie mit eigenen Augen. Der Rolls hatte ein goldgelbes Fell, kräftig sandfarben wie eine Löwenmähne, mit einem sanften, satten Glanz, und auf der Haube, direkt über dem Kühlergitter, war die Figur eines springenden Löwen angebracht, der aus massivem Gold zu sein schien.

»Schon wieder das Raubtiermotiv«, sagte er und trat an den Wagen heran. In diesem Augenblick öffnete sich die Fahrertür, und eine Frau stieg aus. Es war Nell Tate.

»Guten Abend«, sagte er. »Wir sind uns schon einmal begegnet.«

»So? Ich wüßte nicht…« Sie hatte offenbar Übung darin, den Star vor aufdringlichen Fans abzuschirmen.

»Auf dem Festival.« Wexford stellte sich und Burden vor. »Ich möchte gern mit Mr. Vedast sprechen.«

Nell Tate sah ihn erschrocken an. »Sie können nicht zu Zeno, er ruht, wahrscheinlich schläft er gerade. Wir versuchen alle, uns heute abend etwas zu erholen. Ich bin nur heruntergekommen, weil ich etwas aus dem Wagen brauchte.«

Nell Tate, angetan mit einem engen Gewand aus Silberspitze, offensichtlich ohne etwas darunter, schweren Platinschmuck an Hals und Handgelenken, sah in der Tat erholungsbedürftig aus. Sie wirkte erschöpft und abgehetzt. Das linke Auge unter der silbern-violetten Schminke war dick angeschwollen und blutunterlaufen. Wexford, der sie unauffällig musterte, dachte bei sich, daß es beträchtlicher Selbstüberwindung bedurfte, um an dieses wunde Häutchen falsche Wimpern zu kleben.

»Es hat keine Eile«, sagte er beschwichtigend. »Wir können warten. Wohnen Sie im Motel?«

»Aber nein.« Ihre künstliche Sicherheit geriet sichtlich ins Wanken. »Wir haben die sogenannte Elisabethensuite. Können Sie mir sagen, worum es geht?«

»Um Dawn Stonor. Richten Sie ihm aus, daß wir mit ihm über Dawn Stonor sprechen wollen.«

Sie bemühte sich gar nicht erst, Verständnislosigkeit zu heucheln, fragte nicht, wer Dawn Stonor sei. »Gut, ich sag's ihm. Könnten Sie nicht morgen kommen?«

»Wir warten lieber«, sagte Wexford. Burden und er folgten ihr in die Hotelhalle. Ein Portier war hochgeschnellt und riß ihr die Tür auf. Als Wexford sah, wie sie mit hocherhobenem Kopf und wiegenden Schultern ohne ein Wort oder ein Nicken an dem Mann vorbeirauschte, verhärtete er sein Herz. »Wir geben Ihnen eine Viertelstunde, dann kommen wir nach.«

Sie ging zum Aufzug. Den Portier schien die Abfuhr nicht zu stören. Er sah ihr bewundernd nach. Als sie in der Aufzugkabine stand, warfen die Spiegelwände ihr Bild dreifach zurück. Vier silbrig glitzernde Blondinen, vier verschwollene Augen funkelten Wexford böse an, dann schlossen sich die Türen, und sie entschwebte nach oben.

»Astrein«, sagte der Portier aus tiefstem Herzen.

»Was machen die Herrschaften denn hier?« fragte Wexford.

»Mr. Vedast möchte einen Landsitz erwerben, Sir.«

Jeder normale Mensch, dachte Wexford, würde sich

schlicht und einfach ein Haus kaufen. Er angelte nach Kleingeld, erwischte aber nur ein Fünfzig-Pence-Stück. »Schon was gefunden?«

»Vielen herzlichen Dank, Sir. Sie fahren jeden Tag los, Sir, er und Mr. und Mrs. Tate. Ein paar Fans haben versucht, ihn abzufangen, aber die haben kein Glück gehabt, weil Mr. Vedast immer in seiner Suite ißt.«

»Sie hat einen Heidenschrecken bekommen, als Sie ihr gesagt haben, wer wir sind«, meinte Burden, als der Portier außer Hörweite war.

»Ich weiß, aber vielleicht scheut sie sich nur, ihn zu stören. Wer mag ihr wohl zu dem blauen Auge verholfen haben?«

»Ich tippe auf ihren Mann, den armen Hund. Wenn das keine *ménage à trois* ist… Was meinen Sie, ob die Suite zwei Schlafzimmer hat oder nur eins?«

»Für jemanden, der sich als Puritaner sieht, haben Sie ein höchst ungesundes Interesse an solchen Dingen, Mike. Hier haben Sie die *Nova* zum Lesen, mir können Sie *The Fields* rüberreichen.«

Eine Viertelstunde blätterten sie in den Hochglanzzeitschriften, die in der Shakespeare Lounge auslagen. Ein betagtes Paar kam herein. Die beiden schalteten den Fernseher ein. Als der Bildschirm farbig flimmerte und der Ansager Cricket-Ergebnisse herunterspulte, sahen sie nicht mehr hin und vertieften sich in ihre Romane. Ein Dalmatiner kam herein, lief ein bißchen in der Lounge herum und ließ sich dann mit einem dumpfen Plumps vor den kalten Elektrokamin fallen.

»Es ist soweit«, sagte Wexford. »Auf in die Höhle des Löwen.«

11

Die Suite war im ersten Stock. Die Tür öffnete ihnen nicht Nell, sondern ein kleiner, brünetter Mensch um die Dreißig, der sich als Godfrey Tate vorstellte und sie mit einem kargen Lächeln bedachte. Er hatte überhaupt etwas Karges, Sparsames an sich, von dem ziemlich langen, dünnen, schwarzen Haar und der Andeutung eines Schnurrbärtchens bis zu den auffallend kleinen Füßen, an denen er Schnürschuhe trug. Er hatte schwarze Röhrenhosen an und ein sehr kurzes, enges Hemd, und vermittelte den Eindruck, daß er sich in seinen Bewegungen, seinen Worten und seinem Benehmen auf das Mindestmaß dessen beschränkte, was sich in unserer Gesellschaft gerade noch vertreten läßt.

»Zeno kann zehn Minuten für Sie erübrigen.«

Sie standen in einem kleinen Vorraum, der voller Blumen war, Gestecken mit Rosen, Wicken und Stephanotis, deren Duft schwer und süßlich in der Luft hing. Als Burden eine der Vasen streifte, fiel eine Rose heraus. Er fluchte leise. Der Salon hatte ganz und gar nichts Elisabethanisches, sondern glich mit seinen rosafarbenen Spiegeln an den Wänden, den Alkoven mit weiteren Blumengestecken in vergoldeten Urnen und einer Glastür mit Samtvorhang, die auf einen Balkon führte, eher einem provinziellen Spielkasino. Hier war die Luft weder stickig noch einschläfernd. Sämtliche Türen standen offen, man konnte in ein Badezimmer sehen, in dem nasse Handtücher herumlagen, und in zwei Schlafzimmer, eins mit einem breiten Doppelbett und das andere mit zwei einzelnen Betten. Das zerwühlte Bettzeug ließ darauf schließen, daß beide bis vor kurzem noch benutzt worden waren, aber wer mit wem in welchem gelegen hatte, ließ sich nicht ausmachen. In den Schlafzimmern lagen – wie im

Salon auch – getragene Kleidungsstücke, Zeitschriften und Schallplatten herum, überquellende Koffer standen im Wege. Ein kräftiger Wind blies durch die geöffneten Fenster, rüttelte an den Blumen und ließ die geblähten Vorhänge flattern.

Nell Tate war blau vor Kälte und hatte Gänsehaut an den Armen. Ihr Gespiele hingegen saß mit nackter Brust an einem Tisch am Fenster und vertilgte mit der Hingabe eines Menschen, der in seiner Kindheit von Bohnen mit Tomatensoße gelebt hat, einen Entenbraten.

»Guten Abend, Mr. Vedast. Entschuldigen Sie, daß wir Sie beim Essen stören.«

Vedast stand nicht auf, aber über sein haarloses, wie poliert wirkendes Gesicht, das nur aus Haut und Knochen zu bestehen schien und einen fast slawischen Schnitt hatte, ging ein breites Grinsen. »Hallo. Guten Abend, miteinander. Kaffee?« Seine Stimme klang nicht affektiert, sie verriet noch immer die hiesige Mischung aus schnarrendem Sussex-Dialekt und Cockney-Anklängen. »Laß noch Kaffee kommen, Nello, und nimm das da weg.« Mit einer umfassenden Geste wies er auf die anderen beiden Teller mit erkaltetem, fast unberührtem Essen, die Schüsseln, das Körbchen mit Toast. »Los, sag dem Zimmerservice Bescheid.« Auch die Nachspeise hatte noch niemand angerührt. Vedast nahm kurzerhand die Schüssel auf den Schoß.

»Vielleicht möchten die Herren lieber was trinken«, sagte Godfrey Tate.

»Im Klartext: Du möchtest was trinken, Goffo. Weißt du nicht, daß ihnen Alkohol im Dienst verboten ist?«

Vedast löffelte die Nachspeise und griente Wexford an. Er hatte ein bei aller Häßlichkeit attraktives Gesicht, sehr blaß und seltsam nackt. Seine hellbraunen Augen wirkten manchmal fast gelb. »Das Schlimme bei Nello und Goffo ist, daß sie nichts lesen«, sagte er. »Sie sind nicht gebildet. Jetzt los, Kinder, ans Telefon und an die Flasche.«

Wie verdrossene Sklaven taten die Tates, was er verlangte. Tate nahm eine fast leere Flasche Brandy aus einem auf Louis-Quinze gequälten Schränkchen und kippte den Rest in ein Glas. Er trank im Stehen und betrachtete mit finsterer Miene seine Frau, die den Kaffee bestellte. Vedast lachte.

»Setz dich doch. Es ist dir hoffentlich nicht zu kalt?« Er streckte Nell eine Hand hin und winkte ihr, die Lippen wie zu einem Pfiff spitzend. Nell Tate kam bereitwillig – allzu bereitwillig – zu ihm herüber. Sie zitterte vor Kälte, nur mit Mühe brachte sie es fertig, nicht mit den Zähnen zu klappern. »Frische Luft ist gut für Nello und Goffo. Wenn ich nicht auf ihre Gesundheit achte, würden sie den lieben langen Tag im warmen Stall hocken wie die Hühner. Ich glaube fast, wir gehen morgen zu Fuß auf Haussuche, Nello.«

»Ohne mich«, sagte Tate.

»Ich bin untröstlich! Du hast aber sicher nichts dagegen, wenn Nello mich begleitet?« Vedast, der hager und ausgehungert wirkte, machte die für drei Personen gedachte Schüssel leer. »Vielleicht können unsere Besucher uns ein paar Tips geben, was hier an hübschen Häusern zum Verkauf steht?«

»Wir sind keine Grundstücksmakler, Mr. Vedast«, sagte Burden, »und wir sind hier, um Ihnen Fragen zu stellen, nicht um sie zu beantworten.«

Der Kaffee kam, ehe Vedast etwas erwidern konnte. Tate sah nur kurz hin, leerte sein Glas und suchte im Schrank nach einer neuen Flasche. Während seine Frau Kaffee einschenkte, fand er eine, sie war ganz hinten versteckt und offen, aber noch voll. Er goß sich einen großzügigen Schuß ein und nahm einen tiefen Zug.

Gleich darauf krümmte er sich, würgte und legte eine Hand vor den Mund.

»Pfui Deibel!« Feucht rann es durch seine Finger. »Das ist kein Brandy. Was, zum Teufel, ist das für ein Zeug?«

Vedast lachte mit schiefgelegtem Kopf. »Methylalkohol und kalter Tee, Goffo. Nur ein kleines Experiment, wollte mal sehen, ob du den Unterschied schmeckst.« Nell kicherte und schmiegte sich an den Sänger. »Den Brandy hab ich ins Klo geschüttet, da gehört er nämlich hin.«

Tate sagte nichts. Er ging ins Badezimmer und knallte die Tür hinter sich zu.

»Armes Kerlchen. Dafür nehmen wir ihn morgen mit in das tolle Restaurant in Pomfret. Küßchen, Nello? So ist's recht. Und nichts für ungut, Schätzchen, ich spiel deinem Alten eben zu gern einen Streich. Wie ist der Kaffee, Chief Inspector?«

»Zumindest scheint es Kaffee zu sein, Mr. Vedast. Offenbar ist es nicht ungefährlich, bei Ihnen etwas zu trinken.«

»Ich würde mich nie trauen, Ihnen was in den Kaffee zu tun, dazu hab ich viel zu großen Respekt vor der Polizei.«

»Das freut mich«, sagte Wexford trocken. »Dann haben Sie sicher nichts dagegen, mir zu verraten, welcher Art Ihre Beziehung zu Dawn Stonor war.«

Vedast schwieg einen Augenblick, schien aber nicht beunruhigt. Er wartete, während Nell Sahne in seine Tasse goß und vier Würfel Zucker hineingab.

»Danke, Liebling. Jetzt lauf und spiel schön mit deinem Malkasten. Dein armes Auge könnte sicher was daraus gebrauchen.«

»Muß ich?« fragte Nell wie ein Kind, das erfahren hat, daß ein Besuch beim Zahnarzt droht.

»Aber natürlich, wenn Zeno es sagt. Je eher du drangehst, desto schneller hast du's hinter dir. Jetzt lauf.«

Sie gehorchte – kein Kind mehr, sondern eine erwachsene Frau mit einem blauen Auge, die vor Kälte zitterte. Vedast lächelte nachsichtig. Er ging zur Badezimmertür und lauschte. Man hörte, wie Tate Wasser laufen ließ und sich die Zähne putzte. Dann kam Vedast zurück, stieß im Vorbeigehen die Tür des Barschranks zu und legte sich der Länge nach auf das rote Samtsofa.

»Sie fragen nach Dawnie«, sagte er. »Demnach haben Sie mit Mama Stonor oder gar mit Oma Peckham gesprochen?«

»Die beiden sagen, daß Sie mit Dawn zur Schule gegangen sind.«

»Stimmt. Aber da war noch ein Haufen anderer Leute. Weshalb picken Sie gerade mich heraus?«

»Weil«, sagte Wexford nachdrücklich, »Dawn ihrer Wohnungsgenossin gesagt hat, daß der Kontakt zwischen Ihnen seit der Schulzeit nicht abgerissen ist. Und ihrer Großmutter hat sie erzählt, Sie seien mit ihr an dem Freitag vor ihrem Tod zum Essen gewesen. Wir wissen, daß das nicht stimmen kann, weil Sie an dem Tag in Manchester waren, aber wir möchten wissen, wie gut Sie Dawn kannten und wann Sie sie zuletzt gesehen haben.«

Vedast nahm sich ein Stück Zucker und lutschte daran. Er schien völlig entspannt, ein Bein war nachlässig über das andere geschlagen. Wexford und Burden war nicht besonders warm, obgleich sie ihre Mäntel anhatten, aber den nahezu nackten Vedast schien der kalte, feuchte Wind nicht zu stören. Die goldenen Haare auf seiner Brust lagen unter der goldenen Kette flach auf der Haut.

»Als wir beide noch hier wohnten, war sie meine Freundin«, sagte er.

»Sie waren ein Liebespaar?«

Vedast nickte und lächelte verbindlich. »Ich war ihr erster Liebhaber. Wir waren sechzehn. Rührend, nicht? Dann hat Martin Silk mich entdeckt, und ich habe alle möglichen aufregenden Sachen erlebt, die Sie mit Sicherheit nicht interessieren würden. Dawnie und ich haben uns aus den Augen verloren, ich habe sie erst in diesem Jahr wiedergesehen.«

»Und wo, Mr. Vedast?«

Vedasts Antwort kam prompt. »Im *Townsman Club*. Ein Bekannter hatte Nello und Goffo und mich als Gäste mitgebracht. Und wen seh ich da? Dawnie als Kellnerin. Meine arme kleine Dawnie in gelber Satincorsage und Strumpfhosen. Ich hätte am liebsten laut losgelacht, aber das wäre nicht nett gewesen. Sie setzte sich an unseren Tisch, und wir haben lange über alte Zeiten geredet. Sie wußte sogar noch, was ich gern trinke, Orangensaft mit Zucker drin.«

»Hatten Sie danach noch mit ihr Verbindung?«

»Nur einmal«, sagte Vedast leichthin, fast unbeteiligt. Seine Finger spielten mit der goldenen Kette. »Nello und Goffo waren zu Goffos Mama gefahren, und ich war ein bißchen einsam, es war ganz komisch, so mutterseelenallein zu sein.« Er lächelte – der unverdorbene Star, der kleine arme reiche Junge. »Dawnie hatte mir die Telefonnummer von diesem Klub aufgeschrieben. Nello fand das übrigens gar nicht lustig, das können Sie sich ja vorstellen. Ja, und da habe ich mir gedacht, eigentlich könntest du Dawnie mal anrufen.«

»Und haben Sie Ihre Absicht ausgeführt?«

»Natürlich.« Vedasts Lächeln war jetzt entschuldigend und ein bißchen wehmütig, das Lächeln des unverdorbenen Stars, der zu gern von den Gefährten seines früheren, einfachen Lebens als der schlichte Junge vom Land behandelt werden möchte, der er im Grunde seines Herzens geblieben ist. »Aber es gibt Leute, vor denen man sich nicht retten kann, die einen immerzu anhimmeln und das finde ich ziemlich unsympathisch, können Sie das verstehen?«

»Mit anderen Worten – sie ist Ihnen auf den Wecker gegangen«, sagte Burden schroff.

»Das hört sich reichlich herzlos an, finde ich. Sagen wir so: Ich hielt es für besser, eine Beziehung, die tot und begraben war, nicht wiederzubeleben. Pardon, das war keine sehr geschmackvolle Formulierung. Ich habe Dawnie abgewimmelt. Es wäre wirklich nett, wenn wir uns wieder mal treffen könnten, habe ich zu ihr gesagt, aber im Augenblick habe ich einfach zu viel zu tun.«

»Wann hat dieses Telefongespräch stattgefunden, Mr. Vedast?«

»Vor drei, vier Wochen. Nur ein kleiner Schwatz, aus dem sich nichts weiter ergeben hat. Und Dawnie hat Oma Peckham erzählt, wir hätten uns getroffen? Nicht zu glauben... Nello und Goffo können Ihnen sagen, wann sie weggefahren sind.« Er sah Wexford aus schmalen, gelben Katzenaugen an, in denen ein durchtriebenes Glitzern stand. »Die beiden werden Ihnen auch sagen, wo ich am 6. Juni war, denn das dürfte Ihre nächste Frage sein.«

»Und wo waren Sie, Mr. Vedast?«

»In meinem Haus in Duvette Gardens, South Kensington. Mit Nello und Goffo. Wir waren am Sonntag spät aus Manchester gekommen und haben den ganzen Montag nur geschlafen und gefaulenzt. Da ist ja Goffo, schön sauber, wie frisch gereinigt, der wird es Ihnen bestätigen.«

Godfrey Tate war aus dem Badezimmer gekommen. Sein Gesicht war ausdruckslos, beherrscht und wachsam, aber offenbar trug er Vedast den demütigenden Schabernack nicht nach. »Wer lästert da über mich?« witzelte er matt.

»Sag den Herren, wo ich am 6. Juni war, Goffo.«

»Mit mir und Nell zusammen.« Das kam so prompt und

so geläufig, daß das Alibi ganz offenkundig geprobt war. »Wir waren den ganzen Tag und die ganze Nacht in Duvette Gardens. Nell kann Ihnen das bestätigen. Nell!«

Wexford war davon überzeugt, daß sie gehorcht hatte, denn sie schrie leise auf, als ihr Mann die Tür aufmachte, offenbar hatte sie sich gestoßen.

»Natürlich waren wir alle da«, sagte sie. Sie hatte einen langen Mantel übergezogen, fror aber immer noch und ging zum Fenster, um es zu schließen. Als Vedast lächelnd den Kopf schüttelte, setzte sie sich gehorsam hin und wickelte sich in den Mantel. »Wir sind den ganzen Tag nicht aus dem Haus gegangen. Nach Manchester waren wir fix und fertig«, sagte sie, seinem auffordernden Blick folgend. Sie hob eine Hand, als wolle sie das geschwollene Auge berühren, die Hand verharrte einen Augenblick zögernd und fiel dann in ihren Schoß zurück.

»Und jetzt«, verlangte der Sänger, »sag den Herren, wann du mit Goffo seine Mutter besucht hast.«

Wenn Tate nur gekonnt hätte, dachte Wexford, hätte er jetzt wohl am liebsten gewedelt. Wie ein dressierter Hund, der seinen Herrn liebt, aber auch fürchtet, und der völlig in seinem Bann steht, setzte er sich auf und hob eifrig den Kopf.

»Es muß etwa einen Monat her sein, nicht?« half Vedast nach.

»Am zweiundzwanzigsten Mai sind wir hingefahren«, sagte Nell, »und –«

»– am Mittwoch, dem fünfundzwanzigsten, sind wir zurückgekommen«, ergänzte ihr Mann.

Vedast machte ein zufriedenes Gesicht. Einen Augenblick sah es aus, als wolle er seinen Hunden den Kopf kraulen, dann aber lächelte er Tate nur zu und schenkte Tates Frau einen Luftkuß. »Da hören Sie es, Chief Inspector! Wir führen ein sehr ruhiges Leben. Ich habe Dawnie nicht aus Leidenschaft umgebracht. Goffo hat sie nicht auf mein Betreiben umgebracht – obgleich er sicher dazu bereit gewesen wäre, wenn ich es von ihm verlangt hätte –, und Nello hat sie nicht aus Eifersucht umgebracht. Somit können wir Ihnen nicht helfen. Wir müssen heute abend noch eine Menge Papierkram von unseren Maklern durchsehen. Wenn Sie nichts dagegen haben, würden wir gern die Suche nach unserem Haus fortsetzen.«

»Ich habe nichts dagegen, Mr. Vedast. Allerdings kann ich nicht versprechen, daß dies mein einziger Besuch bleibt.«

Vedast erhob sich geschmeidig. »Das brauchen Sie auch nicht, ich würde mich sehr freuen, Sie wiederzusehen. Es war wirklich ein nettes Gespräch. Wir haben nicht viele Bekannte, man muß ja so vorsichtig sein.« Herzhaft schüttelte er Wexford die Hand. »Bring sie hinaus, Goffo, und schließ den Wagen ab.«

»Viel Erfolg bei Ihrer Suche, Mr. Vedast«, sagte Wexford.

John Burden lag schon im Bett. Er hatte seinem Vater einen Zettel hingelegt: Pat würde bei ihrer Tante übernachten. Der Schlüssel lag unter einem Blumentopf, was Burden aus dienstlicher Sicht empörte, während er als Vater einen fast lächerlichen Stolz ob dieser Umsicht an den Tag legte. Er nahm die Vedast-Scheibe vom Plattenteller.

»Einer der Songs heißt: ›Wenn du pfeifst, komm ich zu dir, mein Schatz‹«, sagte er.

»Sehr passend.« Wexford warf einen Blick auf die Plattenhülle. »Den muß er als Kennmelodie für die Tates geschrieben haben.«

»Weiß Gott. Weshalb lassen sie sich das bloß gefallen?«

»Ihr geht's um Liebe, ihm ums Geld. Beiden um einen Abglanz des Ruhms. Vedast hat den Nagel auf den Kopf getroffen, als er sagte, ›Goffo‹ hätte Dawn umgebracht, wenn er es von ihm verlangt hätte. ›Das ist des Sklaven Art, daß ihm die Fessel, die langgewohnte, unentbehrlich wird.‹ Aber nicht nur Liebe und Geld und Ruhm sind im Spiel, sondern auch Vedasts starke persönliche Ausstrahlung. Die ganze Situation ist übel und unerfreulich. Unter diesen Umständen ist das Alibi keinen Pfifferling wert. Ein von Sklaven geliefertes Alibi ist keins. Die Römer haben auf dem Gipfel ihrer Macht Aussagen von Sklaven nur sehr sparsam als Beweismittel zugelassen.«

Burden lachte vor sich hin. »Wahr gesprochen, Cäsar. Woher wußte er übrigens, daß er ein Alibi für den 6. Juni brauchte? Wir haben es ihm nicht gesagt.«

»Vielleicht hat er es von Mrs. Stonor oder Mrs. Peckham erfahren. Auch die Presse hat sich in dem Sinn geäußert, daß wir den 6. Juni für den mutmaßlichen Todestag halten. Im Grunde glaube ich nicht, daß er etwas mit der Sache zu tun hat. Er hat einfach Spaß daran, mit uns zu spielen, bewegt sich gern ein bißchen am Rande der Legalität. Und vor allem hat er Freude daran, seinen Mitmenschen angst zu machen.« Und mit den Worten des Herzogs von Wellington fügte Wexford hinzu: »Bei Gott, mir graut vor diesem Menschen.«

12

Die Innenausstattung von Leonard Dunsands Bungalow war genauso wie bei Miss Mowler. Die gleiche Tapete mit den roten Punkten an den Dielenwänden, die gleichen Vögel und Lilien im Wohnzimmer taten dem Auge weh. Miss Mowler aber hatte ungeachtet ihrer abfälligen Bemerkungen über den verantwortlichen Innenarchitekten der Baugesellschaft selbst kaum einen besseren Geschmack bewiesen und das Haus mit billigen Möbeln und fließbandgefertigten Bildern vollgestopft. Dunsands tristes Mobiliar, die braunen Lederklubsessel und spätviktorianischen Tische und vor allem die vielen Regale voll gelehrter Bücher sahen hier geradezu unmöglich aus. Töpfe mit verschrumpelten Kakteen, leblosen grünlichbraunen Nadelkissen, zierten die Fensterbänke. In der Diele stand nur ein kahler Mahagonitisch, auf dem Boden lag kein Teppich. Es war das typische Heim eines intellektuellen Junggesellen und fiel nur insofern aus dem Rahmen, als hier ebenso peinliche Sauberkeit herrschte wie bei Mrs. Peveril und daß auf einem Tisch im Wohnzimmer ein Stapel von Reisekatalogen lag, deren Titelbilder in noch grelleren Farben leuchteten als die Tapete.

Dunsand, der gerade von der Hochschule zurückgekommen war, bat sie mit ausdrucksloser, aber gebildeter Stimme, Platz zu nehmen. Er war um die vierzig, hatte dünnes, mausfarbenes Haar und einen für das teigig auseinanderlaufende Gesicht überraschend schmalen Mund. Hinter den starken Brillengläsern schwammen verzerrt vorstehende Augen. Er trug einen makellosen, stockkonservativen dunklen Anzug mit weißem Hemd und dunklem Binder. Dunsand wiederholte – weder störrisch noch schmeichlerisch – das, was er schon Burden gesagt hatte: daß er am 6. Juni gegen 18.40 nach Hause gekommen und daß ihm an dem Abend nichts Ungewöhnliches in seiner Straße aufgefallen sei.

»Ich habe mir etwas zu essen gemacht«, sagte er, »und dann das Haus geputzt. Es ist sehr häßlich, aber deshalb braucht man es ja nicht verkommen zu lassen.«

»Haben Sie etwas von Ihren Nachbarn gesehen?«

»Mrs. Peveril ist um halb acht die Straße hinuntergegangen. Sie besucht irgendeinen Handarbeitskurs, soviel ich weiß.«

»Sie selbst sind nicht aus dem Haus gegangen? Es war ein schöner Abend.«

»Soso«, sagte Dunsand höflich. »Nein, ich bin nicht aus dem Haus gegangen.«

»Stehen Sie auf freundschaftlichem Fuß mit Ihren Nachbarn, Mr. Dunsand?«

»O ja, durchaus.«

»Sie machen dort gelegentlich einen Besuch? Oder laden sie ein?«

»Nein. Da habe ich Sie wohl mißverstanden. Ich meinte damit nur, daß wir uns zunicken oder mal ein Wort miteinander reden, wenn wir uns auf der Straße begegnen.«

Wexford seufzte lautlos. Dunsand deprimierte ihn, und seine Studenten taten ihm leid. Er wußte – auch wenn er nicht viel davon verstand –, daß zur Philosophie nicht nur Ethik, witzige Syllogismen und Anekdoten über Pythagoras gehören, sondern daß sie auch etwas mit Logik zu tun hat, mit abstruser Mathematik, mit Argumenten und Exempeln, epistemologischen Prämissen. Man stelle sich einmal diesen Typ bei einer zweistündigen Vorlesung über Wittgenstein vor...

»Sie können uns also nichts über Mr. und Mrs. Peverils Lebensrhythmus, ihre Gewohnheiten, Besucher oder dergleichen sagen?«

»Nein, nichts«, erwiderte Dunsand in unverändert farblosem Ton, aber Wexford meinte, für einen kurzen Moment eine leise Regung in seinen Augen gesehen zu haben, ein Zeichen von Leben, vielleicht eine Spur von Schmerz. Dann war es vorbei, die schwimmenden Augen blickten ausdruckslos. »Ich kann wohl sagen, Chief Inspector, daß ich keines Menschen Privatleben kenne – bis auf mein eigenes.«

»Und das ist...« Wexford zögerte.

»Was Sie hier sehen.« Dunsand räusperte sich. »Es regnet schon wieder. Wenn Sie keine Fragen mehr haben, fahre ich meinen Wagen in die Garage.«

»Sind Sie hin und wieder auch mal in London, Mr. Peveril?«

»Natürlich, aus beruflichen Gründen«, erwiderte Peveril mürrisch und mit gereizter Betonung der letzten Worte. Schon wieder hatte man ihn aus seinem Atelier geholt, seine Finger waren voller Tinte. Wexford drängte sich der Verdacht auf, daß die Tinte absichtlich aufgetragen, das Haar absichtlich zerzaust war und zu Berge stand. »Ich fahre öfter mal hin, alle vierzehn Tage oder einmal im Monat.«

»Und dann übernachten Sie dort?«

»Manchmal schon.«

»Wann waren Sie zuletzt in London?«

»Das muß am ersten Juni gewesen sein. Ich bin nicht über Nacht geblieben.« Peveril warf einen Blick auf die geschlossene Tür, die seiner Frau den Zugang verwehrte. »Es gibt Szenen«, sagte er steif, »wenn ich es wage, eine Nacht nicht im ehelichen Nest zu verbringen.« Er war ein typischer Misanthrop, und wenn auch sein Gebaren deutlich erkennen ließ, daß ihm die bohrenden Fragen gegen den Strich gingen, mochte er sich die Chance, boshafte Enthüllungen zum Besten zu geben, nicht entgehen lassen. »Eigentlich müßte doch eine Frau, die ein so schönes Leben führt, die sich einen Mann geangelt hat, bei dem sie nicht einen Penny mitverdienen muß, gern bereit sein, dem Ernährer auch mal ein paar freie Stunden zu gönnen. Aber nein, wenn ich nach London fahre, muß ich sie anrufen, sobald ich angekommen bin, und ihr eine Nummer hinterlassen, unter der sie mich erreichen kann, wann immer sie Lust dazu verspürt, und daß heißt ungefähr dreimal an einem Abend.«

Wexford zuckte die Schultern. Ehen, wie Peveril sie geschildert hatte, waren nichts Ungewöhnliches. Er war nur einer von vielen, die sich freiwillig dazu entschlossen hatten, die mühsamste und längste aller Reisen mit einem eifersüchtigen Widerpart zurückzulegen. Aber warum sprach er darüber? Weil er ihnen damit einreden wollte, daß die Bewachung ihn von anderen Frauen fernhielt? Über eine derartige Naivität konnte Wexford nur müde lächeln. Er wußte, daß gutaussehende, unzufriedene und kinderlose Männer vom Typ Peveril, die ihre Ehefrauen schon lange nicht mehr lieben, mit der Geschicklichkeit eines Zauberkünstlers häuslichen Banden zu entschlüpfen pflegen. Er schwenkte auf ein anderes Thema um.

»An dem bewußten Montag«, sagte er, »ist Ihre Frau zu einem Abendkurs gegangen. Was haben Sie gemacht, als sie aus dem Haus war?«

»Ich habe mich im Atelier an die Arbeit gesetzt und mich nicht von der Stelle gerührt, bis meine Frau um elf zurückkam.«

»So spät abends fahren keine Busse mehr. Hat sie Ihren Wagen genommen?«

In Peverils Ton schwang leise Verachtung. »Sie fährt nicht Auto. Sie ist zu Fuß nach Kingsmarkham gegangen, und eine Bekannte hat sie mit dem Wagen zurückgebracht.«

»Auf den Gedanken, sie hinzufahren, sind Sie demnach nicht gekommen. Es war ein schöner Abend, und es ist nicht weit.«

»Herrgott noch mal!« Peverils Jähzorn brach sich Bahn. »Weshalb, zum Teufel, sollte ich sie zu einem blödsinnigen Klatschverein fahren, in dem die Weiber doch nichts lernen? Ja, wenn sie einen Job hätte, dringend benötigtes Geld nach Hause bringen würde...« Mürrisch fügte er hinzu: »Aber sonst fahre ich sie meistens, das stimmt schon.«

»Und warum nicht an dem Abend?«

»Auch der Wurm krümmt sich, wenn er getreten wird«, sagte Peveril. »Darum. Und jetzt wäre ich Ihnen dankbar, wenn ich mich wieder an meine Arbeit setzen könnte.«

Am Freitag konzentrierte sich Wexford auf das rote Kleid. Er rief Burden, Dr. Crocker, Sergeant Martin und Polly Davies zu einer halboffiziellen Besprechung zu sich. Sie saßen im Kreis in seinem Büro, das Kleid lag auf dem Schreibtisch. Damit alle es während der Beratung besser sehen konnten, verfiel Wexford auf die Idee, es an die Decke zu hängen. Polly holte einen Kleiderbügel, und wenig später baumelten Kleid und Bügel an der Schnur von Wexfords Deckenlampe.

Im Labor war das Kleid genau untersucht worden. Es bestand aus Synthetikfasern und war häufig – wahrscheinlich immer von der gleichen Person – getragen worden, einer Weißen mit braunem Haar und heller Haut. Die Armbeugen wiesen keine Schweißflecken auf. Im Stoff hatten sich Spuren eines nicht identifizierten Parfums, von Talkumpuder, Antiperspirant und Tetrachlorkohlenstoff, einem Reinigungsmittel, nachweisen lassen. Weitere Nachforschungen hatten ergeben, daß das Kleid vor acht oder neun Jahren in einer Fabrik im Norden Londons angefertigt und an einen kleinen Konfektionär geliefert worden war, der hauptsächlich Kleidung der mittleren Preisklasse vertrieb. Es konnte in London, Manchester, Birmingham oder vielen anderen Städten auf den Britischen Inseln seinen Käufer gefunden haben. In Kingsmarkham gab es kein Geschäft, das Kleidung dieser Konfektionsfirma führte, aber in Brighton konnte man sie damals wie heute kaufen.

Das Kleid war dunkelrot mit einem kräftigen Blaustich. Es war antailliert, hatte einen schlichten runden Ausschnitt, dreiviertellange Ärmel, Bindegürtel und einen

Rock in knieumspielender Länge. Demnach war es für eine Frau gekauft worden, die etwa 1,67 m groß und schlank, wenn auch nicht übertrieben schlank gewesen war, es handelte sich um eine Größe achtunddreißig. Dawn Stonor war das Kleid zu knapp gewesen, und bei ihrer Größe hätte es für sie weder vor sieben, acht Jahren noch jetzt die modische Länge gehabt.

»Ich darf um Stellungnahmen bitten«, sagte Wexford.

»Machen Sie den Anfang, Polly, Sie sehen aus, als hätten Sie etwas zu sagen.«

»Ich hab mir nur gerade überlegt, daß sie darin bestimmt wie 'ne Grufti ausgesehen hat.« Polly war eine temperamentvolle junge Frau mit schwarzem Haar, die Miniröcke, flippige Westen und Samtbaretts bevorzugte. Da sie sich darüber hinaus den Mund erdbeerrot zu schminken und zwei kreisrunde rote Rougeflecken auf die Wangen zu klecksen pflegte, wirkte sie weniger intelligent, als sie in Wirklichkeit war. Sie sah an Wexfords Stirnrunzeln, daß die unpräzise Bezeichnung sein Mißfallen erregt hatte, und korrigierte sich schleunigst. »Es hat ihr bestimmt nicht gestanden, meine ich, sie muß grauenhaft spießig darin ausgesehen haben, eine richtige Vogelscheuche. Ich weiß, das klingt gemein – als sie gefunden wurde, sah sie natürlich furchtbar aus, ich will damit nur sagen, daß sie in dem Kleid immer furchtbar ausgesehen haben muß.«

»Würden Sie sagen, daß das Kleid an sich reizlos ist? Ich frage speziell Sie, Polly, weil Sie eine Frau sind und solche Sachen besser erkennen als unsereins.«

»Schwer zu sagen, Sir, wenn ein Kleid erst mal aus der Mode ist. Mit Schmuck und so weiter hätte es einer Brünetten, der es gut saß, vielleicht ganz gut gestanden, aber nicht Dawn mit ihrem rotblonden Haar, die in dem Kleid gesteckt haben muß wie die Wurst in der Pelle. Daß sie es freiwillig angezogen hat, kann ich mir beim besten Willen nicht vorstellen. Aber weil Sie meinen, Sir, daß ich solche Sachen besser erkenne... Ich würde Sie alle gern etwas fragen, nur so interessehalber: Hätte Ihnen so ein Kleid an Ihrer Frau gefallen?«

»Was meinen Sie, Doktor?«

Crocker, der die langen, schlanken Beine übereinandergeschlagen hatte, legte den Kopf schief. »Es ist nicht einfach, das Kleid von seinen unerfreulichen Assoziationen zu trennen, aber ich will es versuchen. Ich würde sagen, daß es ein ziemlich *braves* Kleid ist. Oder anders ausgedrückt: Wenn meine Frau es tragen würde, könnte ich mich überall mit ihr sehen lassen. Es hat, wie man wohl sagt, eine ›schlichte Linienführung‹ und zeichnet die weibliche Figur diskret nach. Wenn ich allerdings der Typ wäre, der gern mal fremdgeht, wäre ich vermutlich nicht begeistert, meine Freundin beim Rendezvous darin zu sehen. Es wäre mir nicht... nicht unternehmungslustig genug.«

»Mike?«

Burden hatte keine Frau mehr, aber mittlerweile hatte er diesen Zustand akzeptiert und konnte von Ehefrauen ohne geheimen Schmerz oder äußerlich erkennbare Befangenheit sprechen. »Ich bin ganz der Meinung des Doktors, daß es einem gegen den Strich geht, sich eine nahestehende Person darin vorzustellen, wegen der Begleitumstände und so weiter. Wenn ich versuche, es so zu betrachten wie ein Kleid, das im Schaufenster ausgestellt ist, würde es mir durchaus gefallen. Ich habe wahrscheinlich keinen Schimmer von Mode, aber ich finde es schick. Wenn ich – äh – verheiratet wäre, würde ich meine Frau gern darin sehen.«

»Sergeant?«

»Ein flottes Kleid, Sir«, sagte Martin eifrig. »Meine Frau hat ein ganz ähnliches, auch eine ähnliche Farbe. Ich habe es ihr zu Weihnachten selbst ausgesucht. Meine Tochter – sie ist zweiundzwanzig – sagt, daß sie es nicht geschenkt nehmen würde, aber Sie wissen ja, wie diese jungen Dinger sind, entschuldigen Sie schon, Polly. Es ist ein nettes, flottes Kleid. Oder war es mal.«

»Gut, dann will ich auch meinen Senf dazugeben«, meinte Wexford. »Mir gefällt das Kleid. Es sieht bequem aus und praktisch für alle Tage. Als Mann würde ich mir angenehm beständig und irgendwie geborgen vorkommen, wenn ich abends mit einer Frau zusammensäße, die dieses Kleid anhat. Und ich glaube, der richtigen Frau würde es stehen. Es zeichnet, wie der Doktor sagt, die natürlichen weiblichen Formen nach. Es ist nicht gewagt oder sensationell oder peinlich, es ist konservativ. So, Polly, da haben Sie unsere Meinung. Was sagen Sie dazu?«

Polly lachte. »Daß ich dadurch mehr über Sie als über das Kleid erfahren habe«, meinte sie ein bißchen vorlaut. »Aber soviel ist doch herausgekommen: Es ist ein Männerkleid. Ich meine, es ist ein Kleid, das ein Mann aussuchen würde, weil es der Figur schmeichelt und schlicht ist und irgendwie, wie Sie sagen, ein Gefühl der Geborgenheit vermittelt. Dr. Crocker sagt, daß er seine Freundin nicht gern darin sehen würde. Das alles deutet meiner Meinung nach darauf hin, daß es ein Kleid für eine verheiratete Frau ist, das ihr Mann ausgesucht hat, weil er spürte, daß sie darin wie eine brave Ehefrau aussieht und anderen Männern signalisiert, daß sie nicht zu haben ist.«

»Mag sein«, sagte Wexford nachdenklich. Das Fenster stand offen, und das Kleid drehte sich im Wind. Wenn ich weiß, wem es gehört, dachte er, ist der Fall schon fast gelöst. »Das ist eine intelligente Einschätzung, Polly, aber was bringt sie uns? Sie haben mich davon überzeugt, daß das Kleid früher einmal einer verheirateten Frau gehört hat, die es kaufte, um ihrem Mann eine Freude zu machen. Wir wissen bereits, daß es nicht Dawns Kleid war. Vielleicht hat die Besitzerin es zu einem Basar gegeben, der Frau von der Reinigung geschenkt oder es in einen Dritte-Welt-Laden gebracht.«

»Wir könnten uns mal umhören, Sir.«

»Ja, Sergeant, das müssen wir sogar. Mrs. Peveril leugnet, daß das Kleid ihr gehört, Mike?«

»Kann sein, daß sie lügt. Als wir es ihr zeigten, hab ich gedacht, sie fällt in Ohnmacht. Der Fleck ist ja wirklich kein schöner Anblick, und da sind, wie wir sagten, die Assoziationen. Aber sie hat sehr heftig reagiert. Andererseits wissen wir, daß sie nervös ist und zur Hysterie neigt, vielleicht ist so eine Reaktion da naheliegend.«

»Haben Sie noch einmal mit Mrs. Clarke gesprochen?«

»Sie sagt, daß ihre Freundin im letzten Jahr eine Art Nervenzusammenbruch hatte und stark abgenommen hat, es sieht also nicht so aus, als ob sie je schlank genug war, um das Kleid tragen zu können. Aber Mrs. Clarke kennt sie erst seit vier Jahren.«

»Vor acht Jahren«, sagte Wexford nachdenklich, »könnten bei den Peverils durchaus noch rosarote Zeiten geherrscht haben. Vielleicht hat er damals Sachen für sie ausgesucht, die ihm besonders gut an ihr gefielen. Aber ich bin ganz Ihrer Meinung, auf Grund der Größe ist das unwahrscheinlich. Ich will Sie nicht länger aufhalten. Was ich vorhabe, ist eine ziemlich umfangreiche Aktion, aber ich glaube, es ist der einzig gangbare Weg. Irgendwie müssen wir es fertigbringen, sämtliche Frauen zwischen dreißig und sechzig in Kingsmarkham und Stowerton zu vernehmen, ihnen das Kleid zu zeigen und ihre Reaktion zu beobachten. Jede einzelne muß gefragt werden, ob das Kleid ihr gehört oder ob sie es je an einer anderen Frau gesehen hat.«

Auf diese Ankündigung reagierten alle Anwesenden mit hörbarem Stöhnen – bis auf den Doktor, der sich rasch entfernte, weil er, wie er sagte, im Krankenhaus erwartet wurde.

13

Die Reaktion auf Wexfords Appell erfolgte prompt und umfassend. Vor dem Gemeindesaal der Baptistenkirche standen die Frauen Schlange wie am Morgen des ersten Schlußverkaufstages. Alles pflichtbewußte Staatsbürgerinnen? Wexford überlegte, daß diese Hilfsbereitschaft wohl eher dem Bedürfnis entsprang, auch einmal – und sei es noch so kurz – eine wichtige Rolle zu spielen. Der Mensch läßt sich nicht ungern in den Strudel eines aufsehenerregenden Falles hineinziehen, besonders, wenn er darin nicht bloße Masse ist, sondern kurzfristig ein Einzelwesen, das beachtet, angehört, ernst genommen wird. Bereitwillig gibt er Namen und Adresse preis und läßt sich registrieren. Wahrscheinlich weideten sie sich auch gern an dem Relikt einer Gewalttat. Und war das so schlimm? War es abartig, wie die jungen Festivalbesucher wohl gesagt hätten? Oder äußerte sich darin nicht vielmehr eine starke menschliche Vitalität, eine Neugier, die alles sehen, alles erfahren, und die nicht viel anders ist als der Wissensdrang, den – verfeinert und mit einem wissenschaftlichen Mäntelchen versehen – Historiker und Archäologen für sich in Anspruch nehmen?

Schon lange setzte er weniger auf Hoffnung als auf Erfahrung. Er rechnete nicht damit, daß eine Frau sich melden und aussagen würde, ihr Mann habe sich an dem bewußten Montag abend unerwarteter- und unerklärlicherweise das bewußte Kleid bei ihr ausgeliehen. Auch dramatische Szenen im Saal sah er nicht voraus, eine schreiende oder ohnmächtig zu Boden sinkende Ehefrau etwa, die das Kleid erkannt und gleichzeitig begriffen hatte, was dieses Erkennen bedeutete. Wer so eine Gewissenslast mit sich herumschleppte, würde gar nicht erst in den Gemeindesaal kommen. Doch auf irgend etwas hoffte er trotzdem. Eine dieser Frauen würde aussagen, daß sie das Kleidungsstück bei einer Freundin oder einer Bekannten gesehen hatte, würde zugeben, daß sie es besessen und dann verschenkt oder verkauft hatte.

Nichts dergleichen geschah. Den ganzen Freitag tappten sie in langer Reihe über die Dielenbretter des Korridors, in dem es nach Gesangbüchern und Pfadfindern roch, betraten den tristen braunen Saal, saßen auf den Stühlen des Frauenkreises und besahen sich die Anschläge mit den Einladungen zum Morgenkaffee und zu geselligen Abenden. Dann traten sie nacheinander hinter die Wandschirme, wo Martin und Polly das Kleid auf einem Tapeziertisch ausgebreitet hatten. Eine nach der anderen kam wieder heraus, mit dem frustrierten, mißvergnügten Ausdruck von Weltverbesserern, denen das Schicksal die Chance, sich wieder einmal nützlich zu machen, nicht gegönnt hat.

»Es wäre allenfalls noch denkbar«, sagte Burden, »daß ein Autofahrer sie mitgenommen hat. Nach vorheriger Verabredung natürlich. Der kann von Gottweißwo gekommen sein.«

»Warum hat sie dann aber einen Bus nach Sundays genommen und ist über die Felder gegangen? Mrs. Peveril sagt, sie habe Dawn über die Felder gehen sehen, und ihre Beschreibung ist so präzise, daß wir sie ihr wohl oder übel abnehmen müssen. Es könnte natürlich sein, daß Dawn zu früh dran war – es war, wie gesagt, der einzige Bus um diese

Zeit –, daß sie über den Feldweg gegangen ist, sich irgendwo hingesetzt und gewartet hat und umgekehrt ist. Weit ist sie dabei dann aber nicht gekommen.«

»Wieso?«

»Zwischen vier Uhr, als sie das Haus ihrer Mutter verlassen hat, bis halb sechs, als sie über die Felder ging, haben vier Zeugen sie beobachtet. Trotz aller Aufrufe und Befragungen haben wir niemanden gefunden, der sie *nach* halb sechs noch gesehen hat. Deshalb steht so gut wie fest, daß sie irgendwann kurz nach halb sechs in einem Haus verschwunden ist.«

Burden runzelte die Stirn. »In der Sundays-Siedlung, meinen Sie?«

»Ja, und ich will es noch weiter einengen: Im Pathway. Die Leiche lag im Steinbruch, Mike. Sie ist getragen oder geschleift und nicht mit einem Auto transportiert worden. Sie wissen ja, wieviel Mühe es uns gekostet hat, unsere Fahrzeuge dorthin zu bugsieren. Bei geschlossenem Tor kommt kein Wagen auf das Gelände.« Wexford sah auf die Uhr. »Es ist halb sechs, das *Olive* hat wieder auf. Können wir nicht für heute Martin seinem Schicksal überlassen und uns auf einen Drink zusammensetzen? Bei einem Bier läßt sich das alles viel besser bereden.«

Burdens Stirnfalten vertieften sich. Er biß sich auf die Lippen. »Und was ist mit Pat? Sie müßte sich ihr Abendessen selber machen und zu Fuß zur Ballettstunde gehen. John ist dann ganz allein im Haus.«

In einem Ton, den der Sprachgebrauch als geduldig bezeichnet, der aber in Wirklichkeit einen hohen Grad an beherrschter Ungeduld verrät, sagte Wexford: »Der Junge ist eins achtzig groß und fünfzehn Jahre alt. Mein Vater hatte in seinem Alter schon seit eineinhalb Jahren eine feste Arbeitsstelle. Was spricht dagegen, daß er seine Schwester zur

Ballettstunde bringt? Natürlich nur, sofern man davon ausgeht, daß die Entführer schon an der nächsten Ecke lauern, wenn sie an einem hellen Sommerabend dreihundert Meter ohne Begleitung zu Fuß geht.«

Burden lächelte verlegen. »Ich ruf sie an.«

Die Bar des *Olive and Dove* war fast leer und wirkte recht düster und wenig einladend, wie man es oft in niedrigen Räumen hat, wenn draußen die Sonne scheint. Wexford ging mit den Gläsern in den Garten, wo unter einer Pergola hölzerne Tische und Stühle aufgestellt waren. Weinlaub und Clematis bildeten ein Blätterdach. Es ging auf den Feierabend zu, um diese Zeit wurde die friedliche Stimmung hier draußen meist durch Brems- und Schaltgeräusche beeinträchtigt, mit denen sich der Verkehr über die Brücke des Kingsbrook quälte.

Heute übertönte das Rauschen des Flusses, der sich an dem terrassenförmig angelegten Garten hinzog, die Geräuschkulisse aus der Menschenwelt. Es war ein stetiges leises Brausen, konstant und unveränderlich, aber wie alle Naturlaute weder störend noch hinderlich bei der Unterhaltung. Es war ein beruhigender Laut. Er kündete von zeitlosen Kräften, die rein und unzähmbar in einer Welt der Abscheulichkeit und der Gewalt dem unbekümmert die Erde verschmutzenden Menschen widerstanden. Während Wexford dem Brausen nachhorchte, machte er sich seine Gedanken über diese Abscheulichkeit, über einen Weltenplan, in dem es möglich war, daß eine junge Frau erschlagen und wie Unrat weggeschafft wurde – in eine grüne Laube, die für die Liebe gemacht und die zur Liebe benutzt worden war.

Er fröstelte. Nie war es ihm ganz gelungen, sich an all das Schreckliche zu gewöhnen, das auf der Welt geschah, an ihren Irrwitz und ihre Sinnlosigkeit. Jetzt aber ging es um eine praktische Frage: Wie und warum war es zu diesem speziellen Fall von Abscheulichkeit gekommen, und als Burden an den Tisch kam, sagte er:

»Sie haben – im Gegensatz zu mir – mit den Bewohnern der anderen beiden Häuser im Pathway gesprochen. Würden Sie sagen, daß wir sie ausschließen können?«

»Die Streets sind verheiratet und haben vier Kinder, die alle den ganzen Abend bei ihren Eltern zu Hause verbracht haben. Keiner aus der Familie hat Dawn gesehen. Mrs. Street hat beobachtet, wie Miss Mowler um acht nach Hause kam. Ansonsten haben sie an dem Abend nichts von ihren Nachbarn gesehen oder gehört. Von etwa sechs bis zehn haben sie sich in den vorderen Räumen aufgehalten. Mrs. Streets Küche geht nach vorn hinaus.

Die Robinsons sind ältere Leute, er ist bettlägerig, und sie haben eine grimmig auf Anstand bedachte alte Haushälterin. Mr. Robinsons Schlafzimmer geht auf Sundays, aber nicht auf den Steinbruch hinaus. Mrs. Robinson hat den Abend wie gewöhnlich bei ihrem Mann verbracht und ist um halb zehn auf ihr Zimmer gegangen. Sie hat nichts gesehen und nichts gehört. Die Haushälterin hat Dunsand um zwanzig vor sieben und Miss Mowler um acht nach Hause kommen sehen. Die Peverils hat sie nicht gesehen. Sie selbst ist um zehn schlafen gegangen.«

Wexford nickte. »Und Silk?«

»War vom 6. bis 8. Juni in London, um letzte Vorbereitungen für das Festival zu treffen. Er selbst sagt aus, daß er Sundays am Abend des 6. verlassen hat.«

»Kann das jemand bestätigen?«

»Seine Frau und seine beiden erwachsenen Kinder sind in Italien, und zwar schon seit Ende Mai. Silk sagt, daß sie im Sommer immer für zwei Monate ins Ausland gehen, aber ich habe den Eindruck, daß sie nicht so scharf auf die Popszene sind wie er.«

»Und es ist sein Steinbruch«, sagte Wexford nachdenklich, »der für ihn besonders leicht zugänglich sein dürfte. Vermutlich ist er häufig in London. Er ist wohl nicht mit Dawn zur Schule gegangen?«

»Kaum«, sagte Burden. »Er ist in Ihrem Alter.« Großzügig fügte er hinzu: »Aber er wirkt bedeutend älter.«

Wexford lachte. »Sehr beruhigend. Dann brauche ich mir also nicht die Haare über den Kragen wachsen zu lassen. Es ist demnach wohl nicht sehr wahrscheinlich, daß Dawn etwas mit ihm angefangen hat. Oder aber sie wäre gleich zum Herrenhaus gegangen und hätte nicht versucht, sich hintenherum einzuschleichen. In Sundays gab es ja keine Ehefrau, vor der sie sich hätte verstecken müssen.«

»Und keinen ersichtlichen Grund für sie, Picknickverpflegung mitzubringen.«

»Nein, Silk können wir wohl ausschließen – auf Grund seines Alters und weil er auch sonst nicht in Frage kommt. Bleiben die Peverils, Dunsand und Miss Mowler. Peveril war um halb sechs nicht allein im Haus, und Miss Mowler und Dunsand waren gar nicht daheim. Aber wer außer den Bewohnern in einem der drei Häuser hätte Dawns Leiche unbemerkt in den Steinbruch schaffen können?«

Burden sah verstohlen auf die Uhr und rutschte unruhig auf seinem Stuhl herum. »Wir gehen also davon aus, Sir, daß sie kehrtmachte und in eins der Häuser eingelassen wurde. Von wem aber? Gewiß nicht von Dunsand oder Miss Mowler. Von Mr. oder Mrs. Peveril? Das würde bedeuten, daß die Peverils Dreck am Stecken haben. Warum hat dann aber Mrs. Peveril zugegeben, daß sie die Frau gesehen hat? Warum hat sie überhaupt etwas gesagt?«

»Vielleicht, weil sie wirklich unbeteiligt ist. Weil sie Dawn tatsächlich über die Felder gehen sah und von der Beziehung zwischen Dawn und ihrem Mann nichts wußte.

Dawn nahm diesen Bus, weil es der einzige war, der in Frage kam. Sie bummelte zwei Stunden im Freien herum – es war ja ein schöner, sonniger Tag – und betrat Peverils Haus, *nachdem* Mrs. Peveril zu ihrem Abendkurs gegangen war. Möchten Sie noch ein Glas?«

»Nein, danke«, sagte Burden rasch. »Besten Dank, wirklich nicht.«

»Dann gehen wir am besten zu Ihnen, dieses ständige Auf-die-Uhr-Sehen macht mich ganz verrückt.«

Die Schlange vor der Baptistenkirche war noch länger geworden. Die Hausfrauen, die inzwischen nach Hause gegangen waren und sich um das Abendessen kümmerten, waren von Berufstätigen abgelöst worden, die aus den Geschäften und Büros kamen.

»Ich will nur schnell noch was Nettes für die Kinder zum Abendessen holen«, sagte Burden, der Mustervater. »Am Freitag hat der Luximart länger auf. Essen Sie mit uns?«

»Nein danke. Meine Frau macht mir gegen acht etwas zurecht.«

Der Marktleiter erkannte sie sofort wieder. Er bestand darauf, ihnen persönlich zu zeigen, was Dawn damals gekauft hatte – von den sechs Tomaten in Plastikfolie bis zu der billigen Flasche Wein. Das Geschäft war voll und die Stimme des Marktleiters weithin hörbar, als versuche er aus einer besonders makabren Form der Werbung Kapital zu schlagen.

»Tomatenarie für eine Tote«, sagte Wexford angewidert.

Burden machte einen weiten Bogen um den Gemüsestand und sah weg, als die Erdbeerbecher in sein Blickfeld kamen. »Sie haben bei Ihrer Theorie die Lebensmittel vergessen«, flüsterte er. »Peveril hatte doch schon gegessen. Seine Frau hat ihm bestimmt sein Abendessen gemacht, ehe sie wegging.«

Ohne Rücksicht auf den Preis nahm er drei Pakete *Bœuf bourguignon* aus der Tiefkühltruhe. »Und Sie haben auch vergessen, daß sie über Nacht bleiben wollte. Oder hatte Peveril vor, sie in seinem Atelier zu verstecken, wenn seine Frau um elf zurückkam?«

»Alles in Ordnung, Sir?« fragte der Marktleiter. »Möchten Sie nicht eine Flasche Wein dazu?«

»Nein, danke.« Burden zahlte, und sie machten, daß sie wegkamen. Zehn, zwölf neugierige Augenpaare folgten ihnen. Die Sonne schien noch immer, der Wind war frisch. Martin befestigte ein neues, größeres Poster mit Dawns Bild an der Kirchentür.

»Schon Erfolg gehabt?« fragte Wexford.

»Es waren fünfhundert Frauen da, Sir, aber nicht eine einzige hat uns einen Hinweis geben können.«

»Machen Sie morgen weiter.«

Sie gingen die High Street entlang und bogen links in die Tabard Road ein. An dieser Stelle beschleunigte Burden stets den Schritt. Erst wenn er sicher war, daß kein Feuerwehrauto und kein Krankenwagen die Straße vor seinem Bungalow versperrte, atmete er auf und wurde ruhiger.

»Wollte Peveril sie die ganze Nacht verstecken?« fragte er. »Oder vielleicht ist sie durchs Speisekammerfenster in Dunsands Haus geklettert. Das wär doch was: Der arme Dunsand, der sich, wie ich, mühsam mit rasch noch vor Feierabend gekaufter Tiefkühlkost durchschlagen muß... Miss Mowler muß sie persönlich gekannt haben, Gemeindeschwestern kennen ja Gott und die Welt. Vielleicht hat sich Dawn bis acht in ihrem Garten versteckt und aus lauter Langeweile ein Kleid anprobiert, das sie in Miss Mowlers Geräteschuppen gefunden hat?«

»Für Ironie bin ich zuständig, Mike. Dieser Rollentausch verunsichert mich.« Wexford betrachtete mit erhobenen

Brauen die drei Fahrräder, die am Gartentor lehnten, und das Moped, das am Gehsteig geparkt war. »Sieht nicht aus, als ob Ihr Sohn allein zu Hause sitzt und Trübsal bläst. Nur gut, daß er so klug war, die Fenster zuzumachen.«

Die sechs Teenager, die in Burdens Wohnzimmer energische Verrenkungen vollführten, blieben leicht bedeppert stehen, als die Polizeibeamten hereinkamen, und Pat, die den Plattenspieler bediente, schaltete auf Reject. Vedasts Zeile *Kann es für uns ein Wir denn nicht mehr geben…* endete mit einem leisen Jaulen, das letzte Wort verröchelte in melancholischem Stöhnen.

Wexford lächelte. »Die Ballettstunde findet wohl heute zu Hause statt?«

Die beiden jungen Burdens stammelten hastige Entschuldigungen, während ihre Freunde sich mit einer Eile zur Tür bewegten, die den Verdacht der Fahnenflucht nahelegte, in Wirklichkeit aber eine Loyalitätsbekundung war, weil die jungen Leute, mit elterlichen Vorwürfen vertraut, wohl wußten, daß sie sich ohne Zeugen besser ertragen ließen. Wexford fand, daß sie sich für ein so harmloses Vergnügen eigentlich nicht zu entschuldigen brauchten, und unterbrach Burdens halbherzige Vorhaltungen.

»Spiel's doch bitte noch mal, Pat.«

Geschickt, ohne auf die Plattenhülle sehen zu müssen, fand sie die richtige Rille auf der Langspielplatte und senkte behutsam den Tonarm.

»So was macht man nicht«, sagte John. »Das gibt Kratzer auf der Scheibe.«

»Gibt es nicht. Meine Platten halten immer länger als deine, ätsch.« Die beiden kabbelten sich ständig und ließen selten eine Gelegenheit aus, sich gegenseitig eins auszuwischen. »Und überhaupt ist der Song echt Asche. Kitschiger Kiki-Kram. Bei Folk muß immer eine Aussage mit drin sein, und Zeno Vedast hat nie eine Aussage.«

»Was meinst du mit Aussage, Pat?«

»Na, daß man gegen den Krieg ist oder daß man alle Menschen lieben soll und nicht bloß eine blöde Tussi. Oder gegen die ganze Umweltschweinerei wie Betti Ho. Der Zeno Vedast singt immer bloß für sich selber.«

Wexford hatte interessiert zugehört, aber Burden bemerkte säuerlich: »Alle Menschen lieben, das sagt sich so leicht.« Er zog die Nase hoch. »Ich halte nichts von dieser Weltverbesserungsmasche.«

»Dann dürften Sie nicht bei der Polizei sein«, meinte Wexford. »Laß hören, Pat.«

Der Song begann mit einem kleinen knirschenden Kratzen, und John runzelte die Stirn und machte schmale Lippen. Dann schwirrten Vedasts Saiten, und die klare, ungekünstelte Stimme begann zu singen:

»Ihr Haar im Wind, ihr Lächeln kann ich missen,
Fernsein und Warten stören mich nicht mehr...«

»Schreibt er die Texte für seine Lieder selbst?« flüsterte Wexford.

»Ja, immer«, sagte John ehrfürchtig. »Der hier ist zwei Jahre alt, aber es ist sein bester.«

»Ist doch lahm.« Pat duckte sich hinter den Plattenspieler, um dem Zorn ihres Bruders zu entgehen.

Es war nicht lahm. Wexford hatte, als er sich die kleine, zarte Story anhörte, die in den Versen und dem Refrain erzählt wurde, ganz deutlich das Gefühl, daß der Sänger eine wahre Geschichte zum Besten gab.

Die Begleitung wurde jäh lauter, und Vedasts Stimme klang bitter und klagend:

»Der harsche Morgen hat sie fortgenommen,
Die Nacht mag nichts verraten, füg dich drein,
Mir bleibt das Warten, Hoffen auf ihr Kommen
Und ihren Wunsch, erneut ganz mein zu sein.

Sei mir nah, komm zu mir
Und erklär mir, wofür
Die einen
Nur weinen,
des andren beschieden
Die Lüge, die Not,
Das Sterben, der To-hod.«

Burden brach das Schweigen. »Ich mach mal das Essen warm.« Er ging in die Küche, aber Wexford blieb im Wohnzimmer stehen.

»Schreibt er auch hin und wieder Scherzlieder, John?«

»Scherzlieder?«

»Ich meine – es ist vielleicht nicht vergleichbar, aber Haydn und Mozart haben sich in ihrer Musik hin und wieder einen Spaß gemacht. Wer im Privatleben gern Schabernack treibt, tut das auch in seinen Werken. Kennt ihr die Symphonie mit dem Paukenschlag?«

»Hatten wir in der Schule«, sagte Pat. »Da ist die Musik eine Weile ganz zart und leise, und plötzlich kommt ein Riesenlärm, daß dir fast die Ohren abfliegen.«

Wexford nickte. »Ich überlege mir, ob Vedast...«

»Ja, bei manchen seiner Lieder ist es so ähnlich«, sagte John. »Plötzlich ganz laute Stellen oder ein komischer Tonartwechsel. Und alle Songs sind angeblich echte Erlebnisse von irgendwelchen Leuten oder haben eine spezielle Bedeutung für seine Freunde. Ich kann Ihnen noch mehr vorspielen...«

»Nicht jetzt.« Burden kam zurück, um den Tisch zu dekken. Pat versuchte, ihm die Bestecke aus der Hand zu nehmen, aber die Tochter, die gerügt worden war, weil sie nicht genug Liebe hatte erkennen lassen, durfte nun zur Strafe dem Vater nicht zur Hand gehen. Er hielt Messer und Gabeln fest und schüttelte mit Leidensmiene den Kopf. »In fünf Minuten ist das Essen fertig, wascht euch die Hände und setzt euch schon an den Tisch.«

Wexford folgte ihm in die Küche.

»Ich habe ein paar interessante Einzelheiten über unseren Sklaventreiber erfahren. Wie lange mag er unserer Gegend wohl noch erhalten bleiben?«

»Für immer«, sagte John. »Sie glauben doch nicht im Ernst, daß er etwas mit der Sache zu tun hatte?«

Wexford zuckte die Schultern. »Der Mann fasziniert mich, und sein Lied geht mir nach. Ich glaube, ich kaufe mir morgen die Single.«

Burden schaltete den Backofen aus. »Wir könnten sie bei Ihnen im Büro spielen«, sagte er sarkastisch. »Dann holen wir uns noch zwei Kolleginnen zum Tanzen und feiern eine rauschende Fete. Wenn keiner das Kleid identifiziert hat, haben wir ja sonst nichts zu tun.«

»Ich schon.« Wexford wandte sich zum Gehen. »Ich fahre nach London und rede noch mal mit Joan Miall.«

14

Wexford kaufte sich für die Bahnfahrt eine Lokalzeitung. Der *Kingsmarkham Courier* erschien immer freitags, und Dawns Leiche war am Montag gefunden worden, so daß die Nachricht selbst für Provinzverhältnisse abgestanden war.

Chefreporter Harry Wild hatte immerhin noch Wexfords Appell zur Identifizierung des roten Kleides zu einer Schlagzeile verarbeitet, aber hauptsächlich verbreitete sich die Titelseite über Zeno Vedast. Ein großes Bild, von einem nicht allzu befähigten Fotografen des *Courier* aufgenommen, zeigte den Sänger mit den Tates, alle drei lehnten an der Haube des goldenen Rolls. Nell lächelte heiter und streichelte mit einer Hand den goldenen Löwen. Wild hatte seine beiden Titelgeschichten miteinander verknüpft, indem er in seine Bildunterschrift Vedasts offenes Geständnis eingebaut hatte, daß er mit Dawn Stonor zur Schule gegangen war. Während er las, war Wexford mehr denn je davon überzeugt, daß Vedast nichts mit Dawns Tod zu tun haben konnte, daß er nichts zu verbergen hatte. Warum war er dann aber immer noch in Cheriton Forest, obgleich er inzwischen ein ihm zusagendes Haus gefunden hatte und die Verkaufsverhandlungen bereits liefen? Konnte es sein, daß er blieb, um den Fall auszusitzen, das Ergebnis abzuwarten?

Joan Miall wohnte im zweiten Stock eines hohen, schäbigen Hauses zwischen der Earls Court Road und Warwick Road. Die Wohnung selbst war alles andere als schäbig, sondern schick, ja, gewagt eingerichtet, die Decken waren in kühnen dunklen Farben gehalten, um den Zimmern etwas von ihrer Höhe zu nehmen. Ein aufmerksamer Beobachter hätte erkannt, daß die meisten Möbel aus zweiter Hand waren, aber die beiden jungen Frauen hatten die Sessel frisch bezogen, alte Rahmen mit neuen Bildern versehen und die Regale mit bunten Taschenbüchern bestückt. Es gab viele Topfpflanzen, die offenbar gut gepflegt wurden, denn sie prangten in üppigem Grün. Joan empfing ihn ohne Feierlichkeit oder besondere Vorbereitungen. Sie trug lange rote Hosen, einen rotgepunkteten Kittel und war nicht geschminkt. Ein großer, alter, vielleicht von wohlhabenden

Verwandten ausrangierter Staubsauger war neben der Eingangstür angeschlossen. Wexford hatte beim Klingeln gehört, wie das Jaulen verstummte.

Sie hatte ihn schon erwartet und stellte den Kessel für das Kaffeewasser auf. »Dawn fehlt mir«, sagte sie. »Besonders um die Mittagszeit, da waren wir eigentlich regelmäßig zusammen. Immer wieder denke ich, gleich muß sie aus dem Schlafzimmer rufen: Ich fall tot um, wenn ich nicht gleich eine Tasse Kaffee kriege. Tot umfallen... was man so für Sachen sagt... Aber den Ausdruck hat sie oft benutzt, tot umfallen vor Langeweile, tot umfallen, wenn nicht bald was zu trinken anrollt...«

»Ich weiß so wenig über Dawn. Wenn ich mehr wüßte, könnte ich vielleicht das Wie und das Warum begreifen. Sehen Sie, Miss Miall bei Mordopfern unterscheiden wir zwei Kategorien. Eine, die von Unbekannten aus Gewinnsucht oder aus obskuren pathologischen Gründen umgebracht wird, und eine zweite, bei der die Täter keine Unbekannten, sondern vielleicht mit dem Opfer befreundet sind oder waren. In diesen Fällen müssen wir den größten Wert darauf legen, soviel wie möglich über den Charakter, Neigungen und Eigenheiten des oder der Toten zu erfahren.«

»Ja, das leuchtet mir ein.« Sie hielt stirnrunzelnd inne. »Aber jeder Mensch ist doch eine kleine Welt für sich mit Tiefen und Schichten, einer Fülle fremder Länder gewissermaßen. Ich möchte Ihnen nicht das falsche Land zeigen...«

Das Kaffeekochen war eine längere Aktion, und Wexford erinnerte sich, daß Joan Miall es sehr genau nahm mit dem, was sie aß und trank. Er hörte und roch, wie sie die Bohnen frisch mahlte – gemahlenen Kaffee aus der Packung lehnte sie natürlich ab –, und als sie mit dem Tablett hereinkam, sah er, daß der Kaffee in einer Steinzeugkanne war. Aber sobald sie sich gesetzt harte, zündete sie sich eine Zigarette an und seufzte genüßlich, während sie den Rauch ausstieß. Er mußte an ihr Bild von den fremden Ländern denken. Sie hatte nichts von den Widersprüchen gesagt, die einem, wenn man sich näher mit dem Wesen eines Menschen befaßt, zuweilen ebenso große Rätsel aufgeben wie das Unbekannte in ihm.

»Arbeiten Sie jeden Abend im *Townsman*?« fragte er.

»So einfach läßt sich das nicht beantworten. Bei uns können die Mitglieder auch zu Mittag essen, und zwar zwischen zwölf und drei. Wir arbeiten entweder tagsüber, von elf bis fünf, oder von sieben Uhr abends bis zwei Uhr morgens. Wenn man die Nachtschicht hat, steht fest, daß man am nächsten Tag mittags keinen Dienst zu machen braucht, aber sonst ist die Einteilung ziemlich willkürlich. Wir haben in der Woche zwei ganze Tage frei, natürlich nicht unbedingt den Samstag und den Sonntag. Dawn und ich haben oft zusammen Dienst gemacht, aber ebenso oft auch nicht. Sie war häufig allein hier und hatte Besucher und Anrufe, von denen ich nichts wußte.«

»Von dem bewußten Anruf, von dem Sie mir erzählt haben, einmal abgesehen...«

»Ja«, bestätigte sie. »Darüber habe ich seither viel nachgedacht, und da sind mir alle möglichen Sachen eingefallen, die ich Ihnen nicht erzählt habe, die Ihnen aber kaum weiterhelfen werden. Die beweisen nämlich alle bloß, daß es nicht Zeno Vedast war, der sie angerufen hat.«

»Das macht nichts. Erzählen Sie nur...«

»Ich hatte vergessen, Ihnen zu sagen, daß sein Name lange vor dem Anruf zur Sprache kam. Es muß März oder April gewesen sein. Wir hatten ihn uns natürlich im Fernsehen angeschaut und in der Zeitung über ihn gelesen, und Dawn hatte gesagt, daß sie ihn seit Jahren kannte, aber daß sie sich mit ihm traf, davon war nie die Rede gewesen.

Dann, an einem Vormittag – es war Ende März –, erzählte sie, er sei am Abend zuvor im Klub gewesen. Ich hatte meinen freien Tag gehabt und – also ehrlich, ich habe es ihr zuerst gar nicht abgenommen. Ich wußte, daß er nicht Mitglied bei uns ist. Dann habe ich eins der anderen Mädchen gefragt, und die hat gesagt, Zeno Vedast sei dagewesen und hätte ein bißchen mit Dawn geschwätzt. Ich war noch immer nicht überzeugt und bin es auch jetzt noch nicht – was die Freundschaft zwischen den beiden betrifft, meine ich. Wir haben oft Prominente im Klub, und die quatschen manchmal auch die Bedienung an, aber dazu sind wir ja da.«

»Wann kam der Anruf, Miss Miall?«

»Es war ein Montag.« Sie runzelte die Stirn und dachte angestrengt nach. »Dawn hatte frei, ich war mittags im Dienst gewesen. Warten Sie, es war nicht der letzte Montag im Mai, ich glaube, es war der 13., abends gegen halb neun. Wir waren beide allein in der Wohnung und saßen vor dem Fernseher. Das Telefon läutete, und Dawn hob ab. Sie meldete sich, und dann sagte sie so was wie: ›Toll, daß du anrufst.‹ Sie legte die Hand über das Mundstück und flüsterte, ich solle den Fernseher leiser stellen. Dann sagte sie: ›Es ist Zeno Vedast.‹ Ich fand das peinlich. Ganz schön neurotisch, diese Spinnereien, hab ich gedacht.«

Wexford ließ sich eine zweite Tasse Kaffee einschenken. »Wie würden Sie reagieren, Miss Miall, wenn ich Ihnen sagen würde, daß Vedast Dawn Stonor im Klub erkannt hat, daß tatsächlich er es war, der sie an jenem Abend angerufen hat?«

»Ich würde antworten, daß ich Dawn gekannt habe und Sie nicht«, erwiderte Joan Miall eigensinnig. »Daß er im Klub war, weiß ich. Und auch, daß er sich mit ihr unterhalten hat. Mit mir hat sich mal abends ein Maharadscha eine halbe Stunde lang unterhalten, aber dadurch sind wir noch nicht Freunde fürs Leben geworden. Ich will Ihnen auch sagen, weshalb ich so sicher bin, daß es nicht Zeno Vedast war, der angerufen hat. Wenn irgendein Prominenter – ein Filmstar vielleicht – wirklich mal Notiz von Dawn genommen hat, sprach sie tagelang davon. Wenn sie nur so tat als ob, wenn sie sich ein Wunschtraumbild ausmalte, wie es in diesem Song heißt, wenn sie auf einem Foto oder im Fernsehen einen angeblichen Bekannten entdeckt hatte, sagte sie das, schwelgte ein bißchen in Erinnerungen, und das war's dann. Nach dem Anruf war sie kein bißchen aufgekratzt. Sie meinte nur: ›Ich hab dir ja gesagt, daß ich ihn kenne‹, und dann war sie richtig deprimiert, wie nach einem der gemeinen Briefe ihrer Mutter, oder wenn ein Typ sie versetzt hatte.«

»Wer hat sie denn Ihrer Meinung nach angerufen?«

»Ein neuer Freund«, erklärte Joan Miall überzeugt. »Einer, dem sie gefiel, der aber nicht so reich oder bekannt war, daß Dawn mit ihm hätte angeben können.« Ein Schatten ging über ihr hübsches Gesicht. »Dawn wurde allmählich ein bißchen alt für unser Geschäft, sie verbrauchte sich rasch. Ich weiß, das klingt lächerlich, sie war erst achtundzwanzig. Aber es hat sie sehr bedrückt, daß sie in ein, zwei Jahren weg vom Fenster sein würde. Sie würde sich einen anderen Job suchen – oder Paul heiraten müssen. Verzweifelt versuchte sie, sich und den anderen zu beweisen, daß sie noch genauso attraktiv wie früher war, und nach ihrer Ansicht war eine Frau um so attraktiver, je mehr erfolgreiche Männer sich fanden, die sie ausführten.«

Wexford seufzte. Für einen Fünfundzwanzigjährigen ist jemand mit dreißig alt, das ist durchaus in Ordnung so und liegt in der Natur der Sache. Aber müßte einem nicht, wenn man vierzig ist, eine Dreißigjährige jung vorkommen? Es widerte ihn an, daß diese junge Frau und ihresgleichen sich in einer Welt bewegten, in der für einen Fünfundzwanzigjährigen eine Achtundzwanzigjährige »weg vom Fenster« war.

»Sie haben aber keinen konkreten Beweis dafür«, sagte er, »daß es diesen neuen Freund tatsächlich gegeben hat, nicht wahr? Nur dieses Telefongespräch, das in Wirklichkeit Vedast geführt hat...«

»Doch. Sie ist in der Woche darauf mit ihm ausgegangen.«

»Das hätten Sie mir schon längst sagen müssen«, erklärte Wexford ziemlich streng. »Gehört das zu den Sachen, die Ihnen wieder eingefallen sind und die mir angeblich nicht weiterhelfen?«

»Eine der Sachen, die beweisen, daß es nicht Vedast war, ja. Aber ich weiß nicht, wie er heißt. Ich weiß nicht einmal, ob ihn Dawn sich nicht auch nur ausgedacht hat.«

Auf dem Kaminsims stand ein gerahmtes Bild, das vergrößerte Amateurfoto zeigte einen brünetten jungen Mann und eine junge Frau an einem Strand. Wexford nahm das Bild in die Hand und betrachtete es genau.

»Das ist Paul«, sagte Joan Miall.

Es dauerte einen Moment, bis er begriffen hatte, daß das Mädchen Dawn war. In Shorts, Bluse und mit windverwehtem Haar hatte sie nur wenig Ähnlichkeit mit dem geschminkten, aufgeputzten Wesen, dessen Porträt überall in Kingsmarkham auf Anschlägen prangte wie Werbung für einen Nachtklubstar. Endlich dachte er, hatte sie es zu einer – wenn auch zweifelhaften – Berühmtheit gebracht, stand posthum im Licht der Öffentlichkeit. Auf dem Schnappschuß wirkte sie glücklicher. Nein, das war nicht das richtige Wort. Zufrieden, ruhig – und vielleicht eine Spur gelangweilt? Sie hatte es nicht als erregend, als beglückend empfunden, mit einem ganz gewöhnlichen Verlobten am Strand herumzulaufen. Das war Mrs. Stonors Schuld. Indem sie ihre Tochter herabsetzte, unvorteilhafte Vergleiche mit anderen Mädchen zog, ihr Liebe versagte, hatte sie ihre Persönlichkeit verbogen, so daß normale Zuneigung Dawn nichts bedeutete. Für Dawn war Liebe nur noch etwas, was mit Geld und Erfolg verknüpft war, und deshalb wünschte sie sich die Liebe eines Mannes, der sie reich machen und ihren Namen in die Schlagzeilen bringen würde. Und dieser letzte Wunsch war ja nun in Erfüllung gegangen...

Wexford legte das Foto aus der Hand. »Erzählen Sie weiter, Miss Miall.«

»Der Tag, von dem ich Ihnen erzählen will, war der 1. Juni, ein Mittwoch, und Paul hatte Geburtstag.«

Wexford horchte auf.

»Am Dienstag, dem Tag davor, hatten Dawn und ich frei gehabt, und nachmittags war Dawn losgegangen und hatte sich das blaue Kleid gekauft, in dem sie zu ihrer Mutter gefahren ist. Ich weiß noch, daß ich sie gefragt habe, ob sie es für den Urlaub mit Paul haben wollte. Sie wüßte noch nicht, sagte sie, ob sie mit Paul Urlaub machen würde, wollte mir aber nicht sagen, warum nicht, sie meinte nur, es könnte langweilig werden. Sie hatten sich nicht gestritten. Paul verbrachte den Abend bei uns und blieb über Nacht bei Dawn, sie machten einen sehr glücklichen Eindruck.«

»Und was war nun am 1. Juni?«

»Paul ging zur Arbeit, ehe wir aufgestanden waren. Er wollte mittags zurück sein, Dawn wollte ein Geburtstagsessen für ihn machen und dann den Nachmittag freinehmen. Dawn und ich waren für die Abendschicht eingeteilt. Sie ging einkaufen – es sollte Steak und Salat geben, ich hatte auf frische Sachen bestanden –, und nachdem sie zurückgekommen war und gerade den Tisch deckte, läutete das Telefon. Ich hob ab, und ein Mann meldete sich und wollte Dawn sprechen. Ich habe nicht nach seinem Namen gefragt, und er hat ihn nicht genannt. Ich gab den Hörer an Dawn weiter und beschäftigte mich in der Küche mit den Vorbereitungen zum Essen. Als sie zu mir kam, war sie erhitzt und erregt, aber auch... ein bißchen sauer. Ich kann das schlecht erklären, aber ich erinnere mich noch deutlich daran. Sie war aufgeregt, und dabei auch verstimmt. Ich merkte, daß sie nicht sagen mochte, wer angerufen hatte, deshalb habe ich sie nicht gefragt.«

»Und Sie haben es auch später nicht herausbekommen?«

»Nein. Aber die Geschichte geht noch weiter. Um halb zwei sollte Paul kommen. Um Viertel vor zwölf war alles vorbereitet, wir brauchten, wenn Paul da war, nur noch die Steaks zu grillen. Dawn war schon angezogen und geschminkt, aber um zwölf ging sie in ihr Zimmer und zog sich um, und als sie wieder herauskam, trug sie das neue Kleid, hatte sich die Haare hochgesteckt und noch mehr Lidschatten aufgelegt, sie hatte sich mächtig aufgetakelt und viel zuviel Parfum genommen. Ich saß im Wohnzimmer und las eine Zeitschrift. Sie kam herein und sagte: ›Ich muß mal eine Stunde weg. Wenn Paul vorher kommt, erzähl ihm irgendwas. Sag, ich hätte den Wein vergessen oder so.‹ Wie gesagt, wir haben einander nie ausgefragt. Aber ich fand es nicht sehr gut, Paul anzuschwindeln. Der Wein stand schon auf dem Tisch, mit der Ausrede war es also nichts. Ich hoffte nur, daß sie bald wieder da sein würde.«

»Und war sie bald wieder da?«

»Sie ging zwischen zwölf und halb eins. Paul hatte sich ein bißchen verspätet. Er kam um zwanzig vor zwei, da war sie immer noch nicht zurück. Ich sagte, sie hätte in letzter Minute noch was besorgen müssen, aber ich merkte, daß er eingeschnappt war. Immerhin hatte er Geburtstag, und sie waren mehr oder weniger verlobt.«

»Wann ist Dawn denn gekommen?«

»Zehn nach drei. Ich weiß das so genau, weil ich ihr anmerkte, daß sie in einem Pub gewesen war, und die machen um drei zu. Sie hatte mehr getrunken, als sie vertragen konnte. Ihr Gesicht war verquollen, und sie sprach mit etwas schwerer Zunge. Paul ist ein sehr gutmütiger Mensch, aber inzwischen war er fast ausgeflippt.«

»Wo war sie denn angeblich gewesen?«

»Sie hätte eine Bekannte getroffen, erzählte sie, eine frühere Kollegin aus dem Klub, die Model geworden sei – die arme Dawn mußte einfach alles immer eine Nummer größer haben –, sie seien in ein Pub gegangen und hätten sich verplaudert.«

»Und das haben Sie ihr nicht abgenommen?«

»Natürlich nicht. Als Paul weg war, schrieb Dawn an ihre Mutter, daß sie am Montag der folgenden Woche kommen würde.«

»Und Sie haben den Besuch im Pub nicht mit dem Brief in Verbindung gebracht?«

»Damals noch nicht«, sagte Joan nachdenklich. »Jetzt schon. Spontane Entscheidungen sahen Dawn nämlich gar nicht ähnlich, wenn es um ihre Mutter ging. Daß sie hin und wieder nach Kingsmarkham fahren mußte, war ihr schon klar, aber meist fing sie Wochen vorher an, die Sache mit sich selbst zu bereden. Sie wissen schon, sie sagte, daß sie wohl fahren müßte, aber gar keine Lust hätte, und vielleicht könnte sie es noch ein paar Wochen aufschieben. Dann schrieb sie einen Brief und zerriß ihn wieder und schimpfte vor sich hin. Es dauerte Wochen, bis sie den Schrieb dann endlich zustande gebracht und zur Post gegeben hatte. Diesmal war das anders, sie setzte sich hin und machte den Brief in einem Zug fertig.«

»Hat sie Ihnen später mal verraten, was am 1. Juni geschehen war?«

Joan nickte und machte ein unglückliches Gesicht. »Am Samstag, ihrem ersten Urlaubstag, da hat sie gesagt: ›Was würdest du von einem Typ halten, der sagt, daß er tot umfallen würde, wenn er dich nicht wiedersehen kann, und der dich dann auf ein paar Drinks in ein Pub einlädt?‹ Sie ging zu dem Spiegel dort drüben, ganz dicht ging sie heran, betrachtete sich genau und zupfte an der Haut unter ihren Augen. ›Bei einem Mann, nach dem du wirklich verrückt wärst‹, sagte sie, ›wär dir das egal, stimmt's? Du würdest einfach mit ihm zusammensein wollen. Du würdest dir keine Gedanken darüber machen, daß er zuviel Schiß hat oder zu geizig ist, um für eine Nacht mit dir ins Hotel zu gehen.‹

Ich wußte nicht recht, ob sie mich oder sich meinte. Vielleicht spricht sie von mir, hab ich gedacht, weil mein Freund kein Geld hat. Dann hat Paul sie abgeholt, und ich war der Meinung, daß sie nun doch mit ihm Urlaub machen wollte.«

Joan Miall seufzte. Sie griff nach der nächsten Zigarette, aber die Packung war leer. Das Zimmer war blau vor Rauch. Wexford bedankte sich und ging. In einem Schallplattengeschäft in der Earls Court Road kaufte er die »Wunschtraumbild«-Single.

15

Das rote Kleid war wieder in Wexfords Büro gelandet. Mehrere tausend Frauen hatten es vor Augen und in der Hand gehabt und waren beim Anblick der dunklen Verfärbung zurückgewichen. Keine einzige hatte es erkannt. Es lag auf der Rosenholzplatte, zu der es im Ton paßte, ein schäbiges altes Fähnchen, zerknittert und schmutzig, und bewahrte eisern sein Geheimnis.

Wexford fuhr über den Stoff, warf noch einen Blick auf das Etikett und die weißen Talkumspuren um den Ausschnitt herum. Dawn hatte das Kleid getragen, aber es hatte ihr nie gehört. Sie hatte es in Kingsmarkham gefunden und aus irgendeinem unerfindlichen Grund angezogen, sie, die so modebewußt war, daß sie Kleid, Schuhe und Tasche farblich aufeinander abzustimmen pflegte. Sie hatte es in Kingsmarkham gefunden, aber keine Frau aus Kingsmarkham oder Stowerton hatte – wenn die Polizei nicht belogen worden war – es je besessen. Ein Kleid, das eine Frau einmal getragen hat, bleibt ihr unvergeßlich, sie wird es nach fünfzig Jahren noch wiedererkennen. Um wieviel leichter aber muß ihr das fallen, wenn sie es erst vor sieben oder acht Jahren abgelegt hat!

Burden kam ins Büro, warf einen Blick auf Wexford und betrachtete das Kleid böse, als wollte er sagen: Wozu die Mühe? Weshalb muß uns dieses dumme Ding immer noch aufhalten und in die Irre führen? Laut sagte er: »Was haben Sie bei der Miall erfahren?«

»Es sieht so aus, als habe Dawn noch einen Freund gehabt. Ich überlege mir, Mike, ob das Peveril gewesen sein könnte. Er war am 1. Juni in London, und an dem Tag hat sich Dawn mit einem Mann in einem Pub getroffen. Sie ist heimlich hingegangen, obgleich sie zu Hause fest verabredet war. Dieses Rendezvous fand nur fünf Tage vor ihrem Todestag statt.«

»Und weiter?« fragte Burden gespannt.

»Dawn war Ostern in Kingsmarkham. Ostern wohnten die Peverils schon im Pathway. Nehmen wir an, Peveril hat sie irgendwo in Kingsmarkham aufgegabelt, mit ihr was getrunken, sich ihre Telefonnummer geben lassen...«

»Hat er sie nie angerufen?«

»Nach der Aussage von Joan Miall hatte Dawn am Montag, dem 23. Mai, ein ziemlich mysteriöses Telefongespräch mit einem Mann, der Peveril gewesen sein könnte. Am Montagabend ist seine Frau nicht zu Hause, da hätte er es riskieren können.«

»Hört sich vielversprechend an.«

»Ist es aber leider nicht. Wir wissen, daß um diese Zeit Zeno Vedast bei Dawn angerufen hat, das gibt er offen zu, und Dawn hat zu Joan Miall auch gesagt, daß er es war. Joan hat ihr das nicht abgenommen, weil Dawn hinterher nicht glücklich oder aufgeregt war. Aber Vedast selbst sagt, daß er sie mit vagen Versprechungen abgewimmelt hat. Dawn war nicht dumm, sie merkte, daß sie ihm auf die Nerven ging, und das hat sie so sehr getroffen, daß sie es nicht einmal mehr fertigbrachte, mit der Bekanntschaft zu prahlen oder eins ihrer Märchen zu erzählen. Daraus müssen wir wohl folgern, daß es Vedast war, der sie an jenem Abend angerufen hat, und daß Vedast danach keinerlei Kontakt mehr mit ihr hatte. Er ist demnach aus dem Schneider. Das bedeutet aber noch nicht, daß Peveril sie nie angerufen hat, er konnte das ohne weiteres tun, wenn Joan nicht da war.

An dem Wochenende nach dem Treff im Pub, an dem Wochenende vor ihrem Tod, gab sie Joan zu verstehen, daß sie sich mit einem Mann eingelassen hatte, der zu geizig oder zu ängstlich war, um mit ihr in ein Hotel zu gehen. Diese Beschreibung würde auf Edward Peveril passen. Peveril hat ein Haus, das an jedem Montagabend auf ein paar Stunden so was wie eine sturmfreie Bude ist. Peveril paßte uns auf dem Festival ab und versuchte, sobald er herausbekommen hatte, wer wir waren, unsere Aufmerksamkeit von dem Steinbruch abzulenken. Peveril macht sich nichts mehr aus seiner Frau und geht nach Miss Mowlers Aussage gelegentlich fremd.«

Burden überlegte. »Was hat sich also Ihrer Meinung nach an dem bewußten Abend abgespielt?«

»Was es auch war – Mrs. Peveril muß davon wissen.«

»Sie wollen doch nicht sagen, daß sie mitgemacht hat, Sir?«

»Bei den Vorbereitungen bestimmt nicht. Möglich, daß sie einen Verdacht hatte. Vergessen Sie nicht, daß sie um halb sechs nur per Zufall im Haus war. Ihr Mann hatte ihr nahegelegt, sie solle nachmittags nach Kingsmarkham ins Kino und von dort aus gleich in ihren Kurs gehen. Warum ist sie seinem Vorschlag nicht gefolgt? Weil ihr seine Motive nicht recht geheuer vorkamen? Er hatte offenbar fest damit gerechnet, sie überreden zu können, und hat deshalb Dawn gebeten, für sie beide etwas zu essen mitzubringen. Aber Mrs. Peveril tat ihm nicht den Gefallen, sie blieb im Haus. Sie hat Dawn zu der zwischen Dawn und Mr. Peveril verabredeten Zeit, um halb sechs, gesehen – und Dawn hat Mrs. Peveril gesehen und mit ihrer Lebensmitteltüte im Freien gewartet, bis sie sich auf den Weg nach Kingsmarkham machte.

Danach hat Peveril Dawn ins Haus gelassen, sie machte sich an die Vorbereitungen zum Abendessen und zog dazu ein altes Kleid an, das Peveril ihr gab, um das gute lila Stück zu schonen. Noch vor dem Abendessen aber fragte sie Peveril, ob sie über Nacht bleiben könne. Natürlich wußte er, daß das nicht ging, aber weil er Dawn unbedingt an sich fesseln wollte, hatte er es ihr versprochen. Als er ihr nun sagte, daß daraus nichts werden könne, gerieten sie sich in die Haare, sie drohte dazubleiben und ein offenes Wort mit seiner Frau zu sprechen. Er drehte durch und brachte sie um.«

»Und als Mrs. Peveril heimkam«, nahm Burden den Faden auf, »lieferte er sich ihr auf Gnade und Barmherzigkeit aus. Er brauchte sie ja – zum Saubermachen und zum Wegschaffen der Leiche.«

»Also sehr überzeugend kommt mir diese Theorie nicht vor, Mike. Wieso hat Mrs. Peveril dann überhaupt zugegeben, daß sie Dawn gesehen hat? Bei diesem Beweisstand bekomme ich nie einen Haussuchungsbefehl. Aber morgen frage ich Peveril, ob er uns erlaubt, sein Haus zu durchsuchen. Morgen ist Sonntag, und Sie haben frei.«

»Keine Sorge, ich komme mit.«

»Nein, nein, genießen Sie nur den Tag mit den Kindern. Wenn wir etwas finden, sage ich Ihnen sofort Bescheid.«

Wexford sah noch einmal auf das Kleid herunter, das eine Lichtbahn der Abendsonne anstrahlte wie ein Bühnenscheinwerfer. Er versuchte, sich Margaret Peveril schlanker und jünger vorzustellen, aber er sah sie nur in ihrer jetzigen Gestalt vor sich, größer und breiter als Dawn, mit einer Figur, der man ansah, daß sie dieses Kleid seit ihrer Teenagerzeit nie hätte tragen können. Er zuckte die Schultern.

Er versuchte gar nicht erst, sich einen Haussuchungsbefehl ausstellen zu lassen, sondern fuhr mit Martin und drei Constable am nächsten Tag direkt in den Pathway. Es war ein dunstiger, kühler Morgen, der einen schönen Tag versprach. Der Sonnenschein hing wie ein goldfarbiges Satintuch unter einem dünnen Tüllschleier.

Peveril murrte zwar, weil er meinte, seine Unterlagen würden durcheinanderkommen, erklärte sich aber ohne wesentlichen Widerstand bereit, die Durchsuchung über sich ergehen zu lassen, sehr zu Wexfords Enttäuschung, der mit Feindseligkeit, ja Aggression gerechnet hatte. Sie hoben den Teppichboden hoch, untersuchten Scheuerleisten und Vorhangsäume. Mrs. Peveril sah ihnen nägelkauend zu.

Nach dieser empörenden Entweihung ihres Heims hatte sie sich in Apathie und Schweigen zurückgezogen. Ihr Mann war in seinem Atelier sitzen geblieben, während Wexfords Leute auf dem Boden herumkrochen und unter die Schränke spähten. Er zeichnete Kringel und Zickzacklinien auf seinen Zeichenbogen, sinnlose Skizzen, die nie einen Käufer finden würden.

Miss Mowler, die aus der Kirche kam, trat zu Wexford ans Gartentor und erkundigte sich, ob sie Tee für seine Leute machen solle. Wexford lehnte ab. Wieder einmal fiel ihm auf, daß Kirchgängerinnen, für die es gewiß bequemer wäre, das Gesangbuch in der Handtasche mitzuführen, es statt dessen stets ostentativ in der Hand halten – ein äußeres und sichtbares Zeichen geistlich-frommer Überlegenheit. Dunsand mähte seinen Rasen und füllte den Rasenschnitt in eine grüne Schubkarre. Wexford ging wieder ins Haus. Als er aus dem Fenster schaute, sah er zu seiner Überraschung Louis Mbowele, der auf Dunsands Haus zuging. Sein Mantel stand offen, die sanfte Sommerluft streichelte seine braune, perlenbehängte Brust. Louis betrat Dunsands Garten, der Rasenmäher wurde abgestellt, und die beiden gingen zusammen ins Haus. Besonders verwunderlich war der Besuch im Grunde nicht, schließlich studierte Louis an der Uni von Myringham Philosophie, an der Dunsand als Philosophieprofessor tätig war.

»Wie kommt ihr voran?« fragte er Martin.

»Hier ist sie nicht umgebracht worden, Sir. Allenfalls im Badezimmer. Da könnten Sie vermutlich ein Schwein abstechen, ohne daß Spuren nachbleiben.«

»Tja, dann rücken wir am besten wieder ab, und ich verbringe den Rest meines Sonntags zu Hause.«

»Da wäre noch eine Sache, Sir... Stevens möchte Sie sprechen, ehe er heimgeht. Er wartet im Revier. Das hat er mir schon gestern abend gesagt, aber durch unseren Einsatz hatte ich es ganz vergessen. Irgendwas drückt ihn, aber mir gegenüber hat er nichts rausgelassen.«

Im Haus wurde die Ordnung wiederhergestellt. Wexford entschuldigte sich ziemlich knapp bei Mrs. Peveril. Sie sah ihn halb eingeschüchtert, halb vergrätzt an. »Ich hab Ihnen doch gesagt, daß sie nicht hier war. Sie ist in die andere Richtung gegangen. Über die Felder.«

Wexford setzte sich neben Martin in den Wagen. »Immer wieder stimmt sie diese alte Leier an. Ich kann's schon nicht mehr hören.« Er schlug die Tür zu. Martin zog ein höflich-aufmerksames Gesicht, war aber in Gedanken bei seinem Sonntagsessen, das auf ihn wartete. »Warum sagt sie das, wenn es nicht stimmt«, murrte Wexford.

»Vielleicht stimmt es ja wirklich, Sir.«

»Warum hat dann nach halb sechs niemand mehr Dawn Stonor gesehen? Um sechs kommen in der Sundays-Siedlung und in Stowetton die Männer haufenweise zum Essen nach Hause. Die hätten sie sehen müssen. Eine Frau wie sie macht Eindruck auf Männer.«

Das Stichwort ›Essen‹ schien Martins ohnehin nicht allzu schnelle Auffassungsgabe zusätzlich zu bremsen. »Vielleicht hat sie stundenlang da draußen rumgesessen. Bis es dunkel wurde.«

»Quatsch«, sagte Wexford grob. »Wenn sie stundenlang hätte warten müssen, hätte sie sich zu ihrer Mutter gesetzt, oder wenn sie das nicht ertragen hätte, wäre sie in Kingsmarkham ins Kino gegangen.«

»Aber der letzte Bus, Sir?«

»Sie hatte nur einen Kilometer zu gehen, Mann, sie war eine kräftige, gesunde Frau. Bestimmt wäre sie lieber später zu Fuß gegangen, als irgendwo herumzusitzen wie bestellt und nicht abgeholt.«

»Demnach hat Mrs. Peveril sie überhaupt nicht gesehen.«

»O doch. Sie hat Dawn sogar ganz genau beobachtet, in allen Einzelheiten.«

Der Wagen hielt. Martin begab sich zu einem ausgedehnten, verdienten Abendessen, Wexford zu Stevens, der schon in seinem Büro saß. Der schüchterne, wortkarge junge Polizeibeamte stand stramm, was Wexford in noch schlechtere Laune versetzte und ihn gleichzeitig zum Lachen reizte. Er forderte Stevens auf, Platz zu nehmen, der aber fühlte sich auf dem Sessel sichtlich unbehaglicher als in strammer Haltung.

Wexford verbiß sich das Lachen. Er sagte freundlich: »Wir haben einen Sozialarbeiter, Stevens, für den Fall, daß unsere Leute private Probleme haben, die ihnen beim Dienst in die Quere kommen.«

»Aber es ist was Dienstliches, was mir beim Dienst in die Quere kommt«, stotterte Stevens.

»Das müssen Sie mir schon ein bißchen genauer erklären.«

Stevens schluckte. »Sir.« Er verstummte. »Sir«, sagte er noch einmal, und dann stieß er hervor: »Mrs. Peveril, Sir. Ich hab Ihnen das schon seit Tagen sagen wollen, ich mochte mich bloß nicht vordrängen, ich hab einfach nicht gewußt, was ich machen soll.«

»Wenn Sie etwas über Mrs. Peveril wissen, was für mich wichtig ist, müssen Sie es mir gleich sagen, Stevens, das wissen Sie doch. Jetzt los, Mann, reißen Sie sich zusammen.«

»Letztes Jahr bin ich von Brighton hierher versetzt worden, Sir.« Er wartete, bis Wexford ihm ermutigend, wenn auch eine Spur ungeduldig zunickte. »Dort hatten wir letzten Sommer einen Bankraub. Mrs. Peveril hat den Überfall gesehen, und sie... sie ist freiwillig zur Polizei gekommen, um eine Aussage zu machen. Der Superintendent hat sie lange vernommen, und sie sollte versuchen, die Täter zu identifizieren. Wir haben die Burschen nie gekriegt.«

»Sie haben die Frau wiedererkannt? Ihren Namen? Ihr Gesicht?«

»Ihr Gesicht, Sir, und als ich den Namen hörte, fiel mir die Sache wieder ein. Sie hat mich auch erkannt. Sie war sehr hysterisch, Sir, eine schlechte Zeugin, ständig hat sie gesagt, daß sie krank davon wird. Es hat mir die ganze Woche auf der Seele gelegen, und dann habe ich mir gesagt, na wenn schon, sie hat ja schließlich die Bank nicht überfallen. Aber zuletzt war es so, daß ich gedacht habe... ja, also dann mußte ich es Ihnen einfach sagen, Sir.«

Wexford seufzte. »Sie müssen noch viel lernen, Stevens. Aber Schwamm drüber, jetzt haben Sie ja reinen Tisch gemacht. Gehen Sie ruhig essen, ich lasse mir die Einzelheiten aus Brighton geben.«

Nach und nach konnte er sich zusammenreimen, was geschehen war. Aber ehe er dem Haus im Pathway einen weiteren Besuch abstattete, mußte er Gewißheit haben. Für ihn würde das Sonntagsessen heute ausfallen.

Die Peverils hatten es gerade hinter sich. Wexford fiel auf, daß er Peveril heute zum erstenmal nicht bei der Arbeit sitzend oder auf dem Weg von der oder zurück zu seiner Arbeit erlebte.

»Was gibt's denn jetzt schon wieder?« Peveril sah von seinem traditionellen Roastbeef auf.

»Entschuldigen Sie, daß ich Sie beim Essen störe, Mr. Peveril. Ich möchte mit Ihrer Frau sprechen.«

Peveril griff eilfertig nach seinem Teller, steckte sich die Serviette in den Pulloverausschnitt, holte sich noch den Senftopf und steuerte die Tür zu seinem Atelier an.

»Laß mich nicht allein, Edward«, bat seine Frau mit hoher, dünner Stimme. Ein wenig mehr Lautstärke – und es wäre ein Schrei geworden. »Ich habe überhaupt keinen Halt an dir, das war schon immer so. Am Ende werde ich wieder krank. Ich vertrage diese Vernehmungen einfach nicht. Ich habe Angst.«

»Du mit deiner albernen Angst. Häng dich nicht immer an mich.«

Er schob sie weg. »Du siehst doch, daß ich einen Teller in der Hand habe.«

»Begreifst du nicht, was er von mir will, Edward? Ich soll sagen, wer es war, er wird mich zwingen, mit dem Finger auf jemanden zu zeigen.«

»Setzen Sie sich, Mrs. Peveril, bitte setzen Sie sich. Ich wäre Ihnen dankbar, wenn Sie bleiben würden, Sir. Es steht mir nicht zu, mich einzumischen, aber ich meine, Mrs. Peveril müßte vielleicht nicht so große Angst haben, wenn sie an Ihnen den Halt fände, den sie sich wünscht. Wenn ich also bitten darf…«

Wexford hatte sehr scharf und bestimmt gesprochen, und die Tonart tat ihre Wirkung. Maulhelden knicken rasch ein, wenn man sie ein bißchen hart anfaßt. Peveril näherte sich zwar seiner Frau nicht und gönnte ihr keinen Blick, aber er setzte sich, stellte seinen Teller an den Tischrand und schlug mürrisch die Arme übereinander. Mrs. Peveril schlängelte sich an ihn heran, blieb zaudernd stehen und kaute am Daumennagel. Sie warf Wexford den halb verschlagenen, halb verzweifelten Blick einer Hysterikerin zu, die ihre Neurose bedroht sieht.

»Ich möchte Sie beide bitten, mich ganz ruhig anzuhören.« Wexford wartete. Sie schwiegen. »Ich will Ihnen jetzt schildern, Mrs. Peveril, was sich meiner Meinung nach zugetragen hat. In Brighton wurden Sie Zeugin eines Banküberfalls.« Sie machte große Augen und murmelte etwas Unverständliches. »Das war ein sehr belastendes Erlebnis für Sie, aber Sie haben sich anerkennenswerterweise bei der Polizei gemeldet, um auszusagen, was Sie mit angesehen hatten. Sie waren eine wichtige Zeugin. Natürlich wurden Sie eingehend vernommen. Sie fühlten sich bedrängt und bekamen Angst, wurden vielleicht krank vor Angst, sowohl durch die ständigen Besuche der Polizei als auch durch die Vorstellung, daß man sich möglicherweise an Ihnen rächen könnte, weil Sie der Polizei Auskünfte gegeben hatten. Um alldem zu entkommen, zogen Sie hierher. Ist das soweit richtig?«

Mrs. Peveril schwieg, aber ihr Mann, der sich nie eine Gelegenheit für spitze Bemerkungen entgehen ließ, bestätigte: »Allerdings! Wo ich meine Wurzeln, meine Kontakte, mein ideales Atelier hatte, war ja unwichtig. Die gnädige Frau wollte Reißaus nehmen, also nahmen wir Reißaus.«

»Ich bitte Sie, Mr. Peveril!« Wexford wandte sich Mrs. Peveril zu. Er spürte, daß er jetzt sehr vorsichtig, sehr schonend vorgehen mußte. Ihre Reglosigkeit, das zwanghafte Nägelkauen, die tief eingekerbten Gesichtsfalten verhießen nichts Gutes. »Sie waren erst wenige Monate hier, als Ihnen auf Grund einer Beobachtung klar wurde, daß Sie in Kürze bei einer weiteren, womöglich noch weit folgenschwereren Ermittlung würden aussagen müssen. Wir wissen, daß Sie Dawn Stonor am Montag, dem 6. Juni, gesehen haben. Sie haben die Frau genau beschrieben, genauer als alle anderen Zeugen. Ich behaupte nun – bitte regen Sie sich nicht auf –, daß Sie die Frau entweder ins Haus ließen oder beobachteten, wie sie ein anderes Haus betrat. Sie haben uns gesagt, Sie hätten Dawn Stonor über die Felder gehen sehen, weil Sie glaubten, damit am besten die gefürchtete Aufmerksamkeit der Polizei von Ihnen und Ihrer unmittelbaren Umgebung ablenken zu können.«

Es hätte noch alles gutgehen können. Sie nahm die Hand vom Mund, biß sich auf die Lippen, sprach leise vor sich hin. Es war wie ein Anlauf. Es hätte gutgehen können, wenn Peveril nicht aufgesprungen wäre und seine Frau angeschrien hätte: »Herrgott noch mal, ist das wahr? Du dumme Kuh! Ich hab mir doch gleich gedacht, daß da was faul ist, ich hab's ja gewußt. Du hast die Polizei angeschwindelt und mich beinah auch noch reingezogen. Hat man so was schon erlebt...«

Sie begann zu schreien. »Ich hab sie überhaupt nicht gesehen, ich hab sie nie gesehen.« Eine Ohrfeige hätte vielleicht geholfen. Statt dessen begann ihr Mann sie zu schütteln, so daß die Schreie zu einem erstickten Keuchen wurden. Sie sackte zusammen und fiel zu Boden. Peveril wich zurück, er war kalkweiß geworden.

»Holen Sie Miss Mowler«, fuhr Wexford ihn an.

Als Peveril mit der Krankenschwester zurückkam, lag seine Frau im Sessel und stöhnte leise. Miss Mowler lächelte sonnig.

»Wir bringen Sie ins Bett, Schätzchen, und dann mach ich Ihnen eine schöne, starke Tasse Tee.«

Mrs. Peveril duckte sich. »Gehen Sie weg. Ich will Sie nicht, ich will Edward.«

»Schon gut, Schätzchen, ganz wie Sie wollen. Edward kann Sie ins Bett bringen, ich mach inzwischen den Tee.«

Peveril zog ein böses Gesicht, als Miss Mowler so einfach seinen Vornamen benutzte, aber er reichte seiner Frau den Arm und half ihr die Treppe hoch. Miss Mowler ging geschäftig hin und her, räumte das erkaltete Essen ab, setzte den Kessel auf, suchte nach Aspirin. Die kleine, dünne Person arbeitete schnell und umsichtig. Dabei redete sie ununterbrochen und entschuldigte sich für eingebildete Vergehen. Ein Jammer, daß sie nicht gleich zur Stelle gewesen war, als »es« passierte. Wäre sie zum Beispiel im Garten gewesen... Wie ärgerlich, daß sie sich noch die Hände waschen und die Kittelschürze ausziehen mußte, ehe sie mit Mr. Peveril herüberkommen konnte. Wexford sagte nicht viel. Er überlegte bedrückt, daß er aus Mrs. Peveril heute kaum mehr etwas herausbekommen würde.

Miss Mowler brachte den Tee nach oben. Peveril ließ sich nicht mehr sehen. Wexford begleitete Miss Mowler in ihren Bungalow, wo der Teppich in der Diele mit Zeitungen abgedeckt war und offenbar ein verspäteter Frühjahrsputz stattfand.

»Ich hab eine Tasse Kakao fallen lassen und die ganze Wand bespritzt. Ein Segen, daß die Tapete abwaschbar ist. Was werden Sie von mir denken – Hausputz am Sonntagnachmittag...«

Wexford widersprach höflich. »Was du heute kannst besorgen, das verschiebe nicht auf morgen. Ich möchte mich noch einmal im Steinbruch umsehen, Miss Mowler. Darf ich durch Ihren Garten gehen?«

Das wurde ihm gestattet, aber erst, nachdem er nachdrücklich den angebotenen Tee, Kaffee und Sherry sowie einen Imbiß abgelehnt hatte. Als er Miss Mowler überdies glaubhaft versichert hatte, er brauche weder ihre Begleitung über den Gartenweg noch Hilfe beim Öffnen des Gartentors, machte sie sich wieder an die Arbeit.

Wexford betrat den schmalen Streifen Niemandsland, der die Siedlung von Sundays trennte.

16

Nach den heftigen Regenfällen herrschte wieder herrlicher Sonnenschein. Aber noch zeigte sich kein frisches Grün, keine Spur des grünen Teppichs, der bis zum Herbst wieder die dürre Ebene bedecken würde, in die der Park von Sundays sich verwandelt hatte. Wexford setzte sich an den Rand des Steinbruchs. Hier hatte die Natur sich schon wieder erholt, denn nur fünf, sechs Fußpaare hatten Blumen und Büsche, das zarte und doch saftige Junigrün, zertrampelt. Neue Rosen, neue Glockenblumen waren neben den zerstörten Blumen aufgeblüht. Wexford besah sich den niedergetretenen Drahtzaun, die Mauer, die drei Gartenpforten, aber die Betrachtung brachte ihm keine neuen Erkenntnisse, und allmählich wehte die sonnenwarme, weiche, duftende Luft ihm alle dienstlichen Gedanken aus dem Kopf. Ein Zitronenfalter flatterte gemächlich an ihm vorbei und ließ sich auf einer Rose nieder, deren Blütenblätter heller und zartfarbiger waren als die dottergelben Flügel. Es gab heutzutage weniger Schmetterlinge als zu seiner Kinderzeit. Als seine Töchter klein waren, hatte es noch mehr gegeben. Er ertappte sich dabei, daß er leise eine Melodie summte. Zuerst dachte er, es sei dieser verflixte Song von Vedast, der sich in seinem Hirn eingenistet hatte und ihn nicht in Ruhe ließ, dann aber wurde ihm klar, daß es eine von Betti Hos Balladen war, in der sie prophezeite, daß ihre Kinder Schmetterlinge nur noch im Museum würden sehen können. Der Zitronenfalter flog wieder auf, hing in der Luft, schwebte…

»Privatgrundstück, Betreten verboten! Wußten Sie das nicht?« Wexford sprang auf und kehrte mit einem Ruck in die Wirklichkeit zurück.

»Betreten verboten«, wiederholte Silk nur halb im

Scherz. »Andauernd trampeln die Polizisten auf meinem Grund und Boden herum, das brauche ich mir nicht gefallen zu lassen.«

Wexford sah zu dem verärgerten weißen und dem lächelnden schwarzen Gesicht hoch. »Von Trampeln kann bei mir zumindest nicht die Rede sein. Ich habe dagesessen und nachgedacht. Was brüten Sie beide denn aus? Pläne für das nächste Festival?«

»Nein, wir wollen versuchen, in den Semesterferien hier eine Kommune aufzuziehen. Louis und ich und seine Freundin und noch fünf, sechs Leute. Louis möchte gern sehen, wie so was läuft, er will nämlich in Marumi ein Kibbuz-System einführen.«

»Ah, so«, sagte Wexford verblüfft. Die Einquartierung einer Handvoll junger Leute in einem voll möblierten und mit allem Notwendigen versehenen Herrenhaus schien ihm als Generalprobe für ein Kibbuzleben in Äquatorialafrika nicht recht geeignet, aber diesen Gedanken behielt er für sich. »Tja, dann will ich mal weitertrampeln.«

»Ich auch«, erklärte Louis unerwartet. Er beglückte Silk mit seinem strahlenden Lächeln und tätschelte den grauen Kopf, der ihm knapp bis zur Schulter reichte. »Friede sei mit dir.«

Sie gingen am Zaun der Peverils entlang durch den Pathway in Richtung Hauptstraße. In Mrs. Peverils Schlafzimmer waren die Vorhänge zugezogen. Dunsand rupfte mickrige Unkräuter aus seinen Rabatten, in denen nichts blühte. Neben Miss Mowlers Wagen stand ein Eimer mit seifigem Wasser. Es war ein strahlender, heißer Tag. Engländer pflegen nicht in ihren Vorgärten im Liegestuhl herumzuliegen, und bis auf die gebückte Gestalt des Philosophieprofessors war kein Mensch zu sehen. Louis winkte ihm huldvoll zu.

»Soll ich Sie nach Kingsmarkham mitnehmen?« fragte Wexford.

»Gern«, sagte Louis. »Dann krieg ich vielleicht noch den Fünfzehn-Uhr-dreißig-Bus nach Myringham.«

Wexfords Wagen war nicht klein, aber um Louis Mbowele bequem unterzubringen, wäre wohl – vielleicht mit Ausnahme von Vedasts Rolls – kein Fahrzeug geräumig genug gewesen. Lachend wickelte er sich in seinen gescheckten Mantel und schob den Beifahrersitz so weit wie möglich zurück.

»Werden Sie, wenn Sie in Ihrer Heimat ans Ruder kommen, die Leute *zwingen*, in Kommunen zu leben?«

»Was anderes ist bei uns gar nicht drin, Mann.«

»Und ihnen allgemeine Gleichheit verordnen, ihnen die Form ihrer Häuser und die Studienfächer vorschreiben, die Zensur einführen und andere politische Parteien verbieten?«

»Auf Zeit, Mann, nur auf Zeit. Es muß sein. Meine Leute haben noch viel zu lernen. Wenn sie erst gerafft haben, daß das alles so funktioniert, und wenn die neue Generation herangewachsen ist und wir Frieden und volle Bäuche haben, können wir alles lockerer sehen. Man muß sie zu ihrem Glück zwingen, im Augenblick sind sie einfach noch zu dämlich, um es aus eigener Kraft zu erreichen.«

»Es gibt da einen Ausspruch von James Boswell, vielleicht kennen Sie ihn: ›Wir haben kein Recht, die Menschen gegen ihren Willen glücklich zu machen …‹«

Louis nickte. Er lächelte nicht mehr.

»Kenn ich, Mann, und ich kenn auch den Zusammenhang. Ihm ging's um den Sklavenhandel. Die Sklavenhändler haben sich damit herausgeredet, daß meine Leute auf Plantagen glücklicher wären als im Busch. Das hier ist was anderes, das ist 'ne reelle Sache. Und es ist ja nur auf Zeit.«

Wexford bog auf die Forbyer Straße ein. »Ach, Louis, das sagen sie alle.«

Schweigend fuhren sie nach Kingsmarkham hinein. Die Hitze und die Tatsache, daß der Fall nicht von der Stelle kam, nervten Wexford. Für den Nachmittag blieb ihm nun wohl nichts weiter übrig, als heimzufahren, ein aufgewärmtes Sonntagsessen zu verdrücken und vielleicht eine kleine Siesta zu halten. Als sie sich der Bushaltestelle näherten, wurde ihm das anhaltende Schweigen seines Beifahrers bewußt. Hatte er den jungen Afrikaner gekränkt? Louis sah aus, als habe er einen gesunden Appetit, und das Sonntagsessen im *Olive and Dove* war recht ordentlich...

»Haben Sie schon gegessen?« fragte er.

»Ja, ich hab bei Len Brot und Käse geschnorrt.«

»Geschnorrt? Ist Mr. Dunsand nicht gastfreundlich?«

Louis griente. Offenbar war er nicht gekränkt, sondern nur müde von der Sonne. »Er ist ein Einsiedlertyp«, sagte er. »Mit Kommunikation tut er sich schwer. Ich hab ihn vor einiger Zeit – Mittwoch vor vierzehn Tagen war das – in Myringham zum Essen eingeladen, da hatte ich wohl noch was bei ihm gut.«

»Komisch. Man sollte doch denken, daß ein Philosophieprofessor...«

»...wissen müßte, wo's langgeht? Daß er sich selbst gefunden hätte?«

Louis sprang aus dem Wagen und ging zu Wexfords Tür hinüber. »Ein weit verbreiteter Irrtum, Mann. Leben lernt man nur durch das Leben – das Leben in seiner ganzen Breite – und nicht durch die Philosophie. Die Philosophie lehrt dich nur das Denken.«

Der Bus hatte Verspätung. Louis verschmähte es, sich in die Warteschlange einzureihen, und hockte sich statt dessen auf die Stufen der Schneeweiß-Reinigung. Wexford ließ den Wagen am Randstein stehen und folgte ihm.

»Wie kommen Sie mit ihm aus?«

Louis überlegte. Die zehn, zwölf Wartenden musterten ihn mit schlecht verhehlter Neugier. Hier in der Provinz gab es noch nicht viele dunkelhäutige Männer und Frauen. Für die Leute in der Schlange mochten der Mantel, die Perlen, der um den Kopf gewundene grüne Seidenschal, die im Grunde nur von Schwarzen wie von Weißen getragenes modisches Beiwerk waren, Zeichen einer bestimmten Stammeszugehörigkeit sein. Er quittierte die Blicke mit dem huldvollen Lächeln eines regierenden Fürsten und sagte zu Wexford:

»Als Lehrer ist er okay, in seinem Fach hat er was drauf. Aber Menschen scheint er nicht zu mögen, er hat Angst vor ihnen.«

»Wovor sollte man auch sonst Angst haben?« Wexford war diese profunde Erkenntnis ganz unversehens gekommen, wie ein Blitz aus heiterem Himmel. »Außer vielleicht vor Gewittern und Überschwemmungen, vor höherer Gewalt, wie die Versicherungen es nennen. Wenn jemand behauptet, Angst vor Bomben oder vor dem Krieg zu haben, sind es ja letztlich Menschen, die Bomben und Krieg produzieren.«

»Stimmt, Mann, aber es gibt sehr viele Menschen, und alle haben sie Angst. Und es ist noch schlimmer, wenn einer von den Menschen, vor denen du Angst hast, du selber bist.«

Louis sah in den Glast der Nachmittagssonne. »Irgendwer hat mir mal erzählt, daß Len besser drauf war, als er seine Frau noch bei sich gehabt hat. Damals ist er noch auf Urlaub gefahren, auf den Rummel in Mallorca, an den Costa Brava-Grill. Jetzt kennt er bloß noch Lesen und Renovieren und Rasenmähen. Aber daß er *die* zur Frau gehabt hat, ist ja auch leicht abartig, was?« Louis stand auf und hob die Hand. »Da ist der Bus.«

»Kennen Sie denn seine Frau?«

Louis streckte einen kräftigen Arm aus, um einer zerbrechlich wirkenden alten Dame in den Bus zu helfen. Errötend, kichernd, völlig aufgelöst, bot sie das Bild einer Frau, deren Mädchenträume, einmal in die Gewalt eines Scheichs zu geraten, endlich wahr geworden sind. Die anderen Fahrgäste rissen die Augen auf und flüsterten miteinander. »Mach schon«, sagte der Fahrer. »Wir haben nicht den ganzen Tag Zeit.«

Louis, der die anderen Fahrgäste um Haupteslänge überragte, zahlte feixend. Über den Hut eines dürren Weibleins hinweg sah er Wexford an.

»Kennen wär zuviel gesagt. Silk hat mir auf dem Festival gesagt, wer sie ist, er hat sie mir gezeigt, als Zeno Vedast seinen Auftritt hatte. Sie haben neben ihr gestanden, Mann.«

»Ich?«

Der Bus fuhr an.

»Friede sei mit dir«, rief Louis.

»Und mit dir«, rief Wexford zurück.

Der goldene Wagen war nicht da, er hätte wohl auch nicht damit rechnen dürfen. An einem so schönen Nachmittag waren sie sicher alle zu dem Haus gefahren, das Vedast sich ausgesucht hatte. Auf dem nahezu leeren, in dem gleißenden Sonnenlicht fast aschefarbenen Vorplatz nahm sich Wexfords Wagen geradezu verloren aus. Das *Cheriton Forest Hotel* machte einen verschlafenen Eindruck, der Portier aber, der Nell Tate so bewundert hatte, war noch nicht entschlummert. Er saß in der leeren Hotelhalle, las den *Sunday Express* und rauchte eine Zigarette, die er rasch ausdrückte, als Wexford zu ihm trat.

»Leider nein, Sir«, antwortete er auf dessen Frage. »Mr. Vedast und Mrs. Tate sind nach dem Essen in Mr. Vedasts Wagen weggefahren.«

»Und Sie haben keine Ahnung, wann sie zurück sein wollten?« Die Erinnerung an ein leicht verdientes Fünfzig-Pence-Stück aktivierte das Gedächtnis des Portiers. Er mochte Wexford offenbar nicht enttäuschen. »Mr. Tate nimmt seinen Kaffee im Garten, Sir. Soll ich…«

»Nein, ich gehe selbst.«

»Wie Sie wünschen, Sir«, sagte der Portier und besah sich gefaßt den geringeren Betrag, den ihm sein Entgegenkommen eingebracht hatte.

Wexford ging langsam um das Haus mit seinen Giebelchen, Erkern, tüllverhangenen Fenstern und Kletterrosen. Kein Mensch war zu sehen. Vögel sangen schläfrig in den Laubbäumen am Rande des Fichtenwäldchens. Auf der Terrasse hinter dem Haus ruhten die beiden Alten, mit denen er in der Shakespeare Lounge zusammengesessen hatte, sanft schnarchend in Liegestühlen. Ein Kiesweg schlängelte sich zwischen Rosenbeeten hindurch zu einem Rasenrondell, auf dem unter einem Sonnenschirm ein Tisch und ein Sessel standen. In dem Sessel saß, mit dem Rücken zur Terrasse, ein Mann. Der Portier, ein taktvoller Domestik, hatte gesagt, Tate nehme seinen Kaffee im Garten, und tatsächlich stand auf dem Tisch – weitgehend unbeachtet – ein zierliches Täßchen, während Tate fleißig Gehaltvollerem zusprach. Er hatte gerade die Hand nach der Courvoisierflasche ausgestreckt, um das noch halbvolle Glas aufzufüllen.

»Guten Tag, Mr. Tate.«

Wenn Wexford gehofft hatte, Tate einen gelinden Schrekken einzujagen, sah er sich getäuscht. Völlig ungerührt schenkte Tate sich ein und schraubte die Flasche wieder zu. »Hallo! Trinken Sie was?«

Wexford, der noch fahren mußte und mittags nichts gegessen hatte, verzichtete dankend. »Ich möchte mit Ihnen reden. Haben Sie was dagegen, wenn ich mir einen Stuhl heranrücke?«

»Nein«, sagte Tate einsilbig.

Wexford holte sich einen Liegestuhl und stellte ihn unter den Schirm. Tate schwieg. Mit ausdruckslosem Gesicht sah er auf das leicht ansteigende Wäldchen, das schwarzgezackt unter einem wolkenlos blauen Himmel lag. Er war nicht beduselt, Alkoholiker sind das nie. Und eben dies, überlegte Wexford, war wohl Tates Unglück – daß er so viel und so chronisch trank, daß er, auf Dauer alkoholisiert, nie mehr die Seligkeit jenes Zustands genießen konnte, den man im allgemeinen einen Schwips nennt. Seine Haut war rauh und rötlichgrau, die Augen rot geädert, die Augenränder entzündet und feucht. Dabei war er noch relativ jung, schlank und faltenlos, mit einem durchaus attraktiven Gesicht und ohne eine Spur von Grau im Haar.

»Eigentlich wollte ich mit Ihrer Frau sprechen, Mr. Tate.«

»Sie ist mit Zeno weggefahren, sie wollen sich das neue Haus ansehen.«

»Mr. Vedast hat also etwas gefunden, was ihm zusagt?«

Tate bejahte. Er nahm einen Schluck Cognac. »Es heißt *Cheriton Hall*.«

»Ich glaube, das Haus kenne ich. Auf der anderen Seite des Wäldchens, Richtung Pomfret. Und Sie werden alle dort wohnen?«

»Wir sind immer da, wo Zeno ist.«

Wexford wagte einen Schuß ins Blaue. »Und Ihre Frau stört sich nicht daran, daß sie dann relativ nah bei ihrem früheren Mann wohnt?«

Tates Gesicht nahm eine noch ungesundere Farbe an, es war jetzt mehr grau als rot. Er sagte nichts, sondern sah Wexford nur aufsässig und etwas verblüfft an.

»Es stimmt doch, daß Ihre Frau früher mit Mr. Dunsand verheiratet war?« Tates Schulterzucken signalisierte nicht Zweifel, sondern Gleichgültigkeit. »Seit einer Woche«, fuhr Wexford fort, »bemühe ich mich, Verbindungen zwischen Dawn Stonor und Bewohnern der Sundays-Siedlung, besonders der vom Pathway, aufzuspüren, bislang ohne Erfolg.«

»Die Welt ist klein«, sagte Tate mit offenkundigem Unbehagen.

»Finden Sie? Ich finde sie im Gegenteil sehr, sehr groß. Ich finde es erstaunlich, daß Dawn zuletzt lebend im Pathway gesehen wurde, wo Mrs. Tates geschiedener Mann wohnt. Besonders eigenartig erscheint mir diese Tatsache, nachdem ich weiß, daß Dawn früher eng mit Zeno Vedast befreundet war, der jetzt ein – äh – guter Freund Ihrer Frau ist. Und da sagen Sie, die Welt ist klein...«

Tate hob erneut die Schultern. »Zeno und Nell und ich waren an dem Abend, den Sie meinen, in Duvette Gardens.« Wexford nahm interessiert zur Kenntnis, daß er Vedasts Namen vor dem seiner Frau nannte. »Wir waren alle zusammen, und gegen zehn kam Silk vorbei, um irgendwas wegen des Festivals mit uns zu besprechen.« Finster fügte er hinzu: »Wir haben Ihr dämliches Nest nicht mal von weitem gesehen.«

»Aber während des Festivals haben Sie es gesehen, und zwar aus beträchtlicher Nähe. Hat Ihre Frau Ihnen nicht Mr. Dunsands Haus gezeigt?«

Der schwerfällige Tate tappte prompt in die Falle. »Das da ist Lens Haus, ja, so was hat sie gesagt.«

Wexford schlug zu. »Sie kannte es also? Er wohnt erst seit wenigen Wochen in seinem neuen Haus, aber sie kannte es.

Nicht nach dem Straßennamen und der Hausnummer, sondern vom Aussehen her.«

»Ihren Job möcht ich nicht haben. Ewig im Privatleben fremder Leute rumschnüffeln – pfui Deibel!«

»Ihren Job hätte ich auch nicht gern, Mr. Tate«, schoß Wexford zurück. Er lehnte sich über den Tisch und zwang Tate, ihn anzusehen. »Ist Nell eigentlich Ihre Frau, oder gehört sie diesem Popstar, vor dem Sie katzbuckeln? Oder gar dem Mann, von dem sie geschieden ist? Was ist das für ein Arrangement bei Ihnen? Oder machen Sie stets das, was man von Ihnen verlangt... lügen, kuppeln, die Arbeit der Polizei behindern, kurzum alles, was die beiden Ihnen auftragen?«

Um auf diese Vorwürfe entsprechend zu reagieren, hätte Tate nicht so sehr den Geist des Weines als seinen eigenen bemühen müssen. Er fuhr sich mit der Hand über die glasigen Augen, als habe er Kopfschmerzen, und sagte säuerlich, aber hörbar eingeschüchtert: »Regen Sie sich bloß ab, Mann. Mit meiner Frau werd ich schon allein fertig.«

»Indem Sie ihr ein Veilchen verpassen?«

»Hat sie Ihnen das gesteckt? Aber wie's dazu gekommen ist, das hat sie Ihnen nicht verraten, woll 'n wir wetten?«

»Weil Sie herausbekommen haben, daß sie bei Dunsand gewesen ist, schätze ich. Auf dem Festival, als sie Ihnen sein Haus zeigte, ist bei Ihnen der Groschen gefallen. Die Sache mit Vedast störte Sie nicht, das war was anderes. Möglicherweise haben Sie mitbekommen, daß sie einen Schlüssel für Dunsands Haus hatte, haben sie zur Rede gestellt und sie grün und blau geschlagen.«

Tate rang sich ein leichtes Lächeln ab. Es war ein Lächeln widerwilliger Bewunderung, wie man es bei Menschen findet, die es gewöhnt sind, sich einem überlegenen Intellekt unterzuordnen. Er langte in die Hosentasche und legte einen Schlüssel auf den Tisch. »Den hab ich in ihrer Handtasche gefunden. Bei Ihnen ist er besser aufgehoben. Sie luchst ihn mir womöglich wieder ab und treibt weiter Unfug damit.« Er stand unvermittelt auf, griff sich die Flasche, ging sehr behutsam und ohne Schwanken die Terrassenstufen hinauf und verschwand im Hotel.

Wexford steckte den Schlüssel ein. Er ging auf Zehenspitzen an dem alten Paar vorbei und durch einen kühlen, schattigen Gang zum Hoteleingang. Als er sah, daß der goldene Wagen inzwischen eingetroffen war, verzog er sich wieder in die Halle und wartete.

Nell und Zeno Vedast stiegen aus. Nells Auge war abgeschwollen, das geschminkte Gesicht wirkte fast heiter. Das frisch gewaschene Haar umwallte das Gesicht wie eine gelbe Wolke, aber in dem gleißenden Licht war der dunklere Ansatz zu erkennen. Vedast, in Jeans und einer dünnen gestickten Weste, ging mit federndem Schritt auf Wexfords Wagen zu und betrachtete ihn lächelnd, mit schiefgelegtem Kopf. Er machte ein Gesicht wie in dem Augenblick, ehe Tate den gepanschten Brandy getrunken hatte.

»Was meinst du, sollen wir ihm unseren Strafzettel unter die Windschutzscheibe klemmen?« fragte er Nell.

»Wozu?«

»Aus Spaß, Schätzchen. Er wird sehr schnell merken, was los ist, aber überleg mal, was der im ersten Augenblick für eine Wut haben muß. Hol den Wisch, Nell, er liegt auf dem Rücksitz.«

Sie öffnete die hintere Tür des Rolls und brachte ihm, willfährig und unterwürfig wie immer, den Strafzettel. Doch als er einen der Scheibenwischer hochhob, brach es aus ihr heraus:

»Ich hab die Späße satt. Können wir nicht endlich erwachsen werden und uns wie normale Menschen benehmen? Ich hab die Nase voll von der ewigen Ulkerei.«

»Wirklich, Nello? Du bist schon ein merkwürdiges Mädchen.« Lachend schob Vedast den Strafzettel unter den Scheibenwischer und warf das Haar zurück. Die gelben Augen glühten. »Das nehm ich dir nicht ab. Ich schätze, daß dir die komische Verkleidung Spaß gemacht hat, daß du es lustig gefunden hast, das brave Weibchen zu spielen.« Er nahm ihre Hand und gab ihr einen flüchtigen Kuß auf die Wange. »Deshalb verstehen wir beide uns ja so gut, wir mit unserem Hang zum Fabulieren. Jetzt komm, wir wollen Goffo aus seinem Sonntagstran wecken.«

Sie nickte und hakte sich bei ihm ein. Arm in Arm gingen sie zum Rosengarten hinüber. Als sie außer Sicht waren, verließ Wexford sehr nachdenklich die Halle. Da er prinzipiell etwas gegen Umweltverschmutzung in Form von herumliegendem Papier hatte, steckte er den Strafzettel dem goldenen Löwen unter die Pfoten. Dann fuhr er los.

17

Ein Gutes hatte Mrs. Peverils hysterischer Anfall immerhin gehabt. Die Auskünfte, mit denen sie jetzt herausrückte, kamen zu spät, um noch viel zu nützen – das meiste wußte Wexford bereits –, aber ihre Verzweiflung war für ihren Mann doch ein heilsamer Schock gewesen.

»Sie haben sich wirklich sehr anständig verhalten und viel Geduld bewiesen«, sagte er ernst. »Mir war bis dahin gar nicht klar, wie schlimm es um sie stand. Wird sie als Zeugin auftreten müssen?«

»Das kann ich noch nicht sagen, Mr. Peveril. Noch weiß

ich ja nicht in allen Einzelheiten, was sie gesehen hat. Ich muß ein letztes Mal mit ihr sprechen.«

»Wenn sie vor Gericht erscheinen muß, begleite ich sie, dann fällt es ihr nicht so schwer. Ich habe mich einfach zu sehr von meiner Arbeit vereinnahmen lassen. Die Sache in Brighton mußte sie allein durchstehen, und das war zuviel für sie. Wenn diese Geschichte hier überstanden ist, kratze ich unser Bares zusammen und mache mit ihr einen schönen Urlaub.«

Wexford wußte wohl, daß Peveril die Rolle des besorgten Ehemannes nicht lange würde durchhalten können. In einer Ehekrise kommt es schon mal zu einer Läuterung, aber nur im Liebesroman wird sie zum Dauerzustand.

Peveril selbst ließ erkennen, wie oberflächlich sein Sinneswandel war, als er Wexford auf der Treppe zuflüsterte: »Manche Frauen brauchen eben ein ganzes Leben lang ein Kindermädchen. Wenn Sie mich in der nächsten halben Stunde nicht brauchen, kann ich vielleicht ein bißchen was von meiner Arbeit aufholen.«

Mrs. Peveril saß blaß, aber gefaßt im Bett. Sie hatte einen bestickten Morgenmantel an, der einmal bessere Tage gesehen hatte. »Es war so, wie Sie gesagt haben«, gab sie zu. »Ich wollte den Eindruck erwecken, daß sie in eine ganz andere Richtung gegangen ist, weil ich meine Ruhe haben wollte. Erst habe ich Edward von ihr erzählen wollen, aber das hab ich dann gelassen, weil er so böse wird, wenn ich tratsche, wie er es nennt. Ich schufte den lieben langen Tag für dich, sagt er, und du hast nichts Besseres zu tun, als aus dem Fenster zu starren und über die Nachbarn zu tratschen.« Sie stieß einen tiefen Seufzer aus. »Als Mrs. Clarke mich dann am Sonntag abend anrief und erzählte, daß Sie überall herumgehen und Fragen stellen, hab ich mir vorgenommen zu sagen, daß sie über die Felder gegangen ist. Hätte ich gesagt, daß sie in dem Haus nebenan verschwunden ist, hätten Sie mich immer weiter geplagt. Und hätte ich gesagt, daß ich sie überhaupt nicht gesehen habe, wäre das wohl eine Falschaussage gewesen.«

Wexford schüttelte den Kopf. Es war sinnlos, ihr erklären zu wollen, daß sie sich mit ihrer vorherigen Auskunft ebenso einer Falschaussage schuldig gemacht hatte.

»Sie haben also Miss Stonor zu Mr. Dunsand gehen sehen, nicht wahr? Um welche Zeit?«

»Um halb sechs, das hab ich ja gesagt«, erklärte Mrs. Peveril, eifrig darauf bedacht, ihre Unbescholtenheit wiederherzustellen. »Ich hab sie um halb sechs gesehen, ganz genau hab ich sie gesehen. Sie ist bis zur Haustür gegangen, und irgendwer muß sie hereingelassen haben, denn sie ist nicht wieder herausgekommen.« Einmal aus der Reserve gelockt, war Mrs. Peveril in ihrer verspäteten Aussagefreude kaum zu bremsen. Wexford spürte, daß sie jetzt die Wahrheit sagte. »Das hat mich sehr interessiert, ich konnte mir nämlich beim besten Willen nicht erklären, wer das sein mochte. Mr. Dunsand hat nie Besuch, nur der eine oder andere von seinen Studenten kommt hin und wieder vorbei.«

»Nie?« vergewisserte sich Wexford.

»Nein, das wäre mir aufgefallen«, versicherte sie naiv. »Ich sitze viel am Fenster, wenn Edward in seinem Atelier ist, und jetzt, wo es abends noch so hell ist, sieht man ja alles. Deshalb hat mich diese Frau ja auch so fasziniert.« Dann aber bekam sie es erneut mit der Angst zu tun und wirkte wieder matt und schwach. »Sie werden mich beschützen, nicht? Ich meine, wenn ich im Prozeß ausgesagt habe, daß es Mr. Dunsand war, passen Sie doch auf, daß mir nichts passiert...«

»Wenn Sie im Prozeß die Wahrheit gesagt haben, Mrs. Peveril«, stellte Wexford richtig, »werden wir für Ihre Sicherheit sorgen.«

Er warf noch einen nachdenklichen Blick auf Dunsands Bungalow mit den an diesem schönen Sommerabend geschlossenen Fenstern, dann fuhr er zur Tabard Road. Burden und die Kinder hielten sich – ausnahmsweise ohne musikalische Untermalung – im Garten auf. Als konservativer Mensch mit stark ausgeprägtem sozialen Gewissen hätte Burden nie erlaubt, daß Plattenspieler oder Transistorradios im Freien dudelten. Die Kinder saßen an einem Korbtisch, kabbelten sich und erledigten ziemlich lustlos ihre Hausaufgaben. John, in dessen Augen der Chief Inspector ein Verbündeter und Freund der unterdrückten Jugend war, holte ihm einen Stuhl.

»Ob Sie mir wohl ein bißchen helfen könnten, Mr. Wexford? Ich muß einen Aufsatz über die Französische Revolution schreiben, und Paps ist dazu nicht zu gebrauchen, der hat keine Bildung.«

»Na hör mal!« empörte sich Burden. »Was soll denn diese Frechheit...«

Sein Sohn kümmerte sich gar nicht um ihn. »Ich hab mein Buch in der Schule liegenlassen und kann mich nicht mehr an die neuen Namen erinnern, die der Nationalkonvent für die Monate eingeführt hat. Die brauch ich aber, und da hab ich gedacht...«

Wexford überlegte. »Zur Zeit haben wir *Messidor*, das ist der Juni. Eigentlich fängt man wohl mit dem September an. Mal sehen... *Vendemiaire, Brumaire, Frimaire; Nivose, Pluviose, Ventose;* dann *Germinal* wie der Roman von Zola, *Floreal und Prairial; Messidor, Thermidor* und... warte mal...«

»*Fructidor*«, ergänzte John.

Wexford lachte. »Vielleicht interessiert dich auch, wie

Zeitgenossen das ziemlich boshaft übersetzt haben: ›Der Schluck, der Schnief, der Bibber, der Rutsch, der Tropf, der Braus, Keim, Blüten, Wiese, Ernte – da kenn sich einer aus.‹ Wenn du das in deinem Aufsatz bringst, kriegst du vielleicht eine Eins.« Er wehrte ab, als John sich bedanken wollte. »Eine Hand wäscht die andere. Jetzt brauche ich nämlich deine Hilfe.«

»Meine?«

»Ja. Und zwar im Zusammenhang mit Zeno Vedast, oder vielmehr mit Godfrey Tate. Über den weißt du sicher auch Bescheid, du hast ja deinem Vater erzählt, wer seine Frau ist.«

»Das hab ich im *Musical Express* gelesen«, sagte John. »Die bringen doch alles, was mit Zeno zu tun hat.« Er legte den Kugelschreiber aus der Hand und warf seinem Vater einen triumphierenden Blick zu. »Was möchten Sie denn wissen, Mr. Wexford?«

»Alles über Zeno, was du so gelesen hast.«

»Zeno hat sie mit seinem Rolls überfahren...«

»Das darf ja nicht wahr sein...«

»Also das war so: Er ist nach Myringham gekommen, um ein Konzert zu geben, Sponsor war dieser Silk, Silk Enterprises, und hinterher war ein Riesenrummel vor dem Konzertsaal, und sie ist ihm vor den Wagen gelaufen und hat sich verletzt. In der Zeitung stand, daß Silk Enterprises für sie das Einzelzimmer gezahlt und ihr Blumen und Obst und so Sachen geschickt hat. Zeno hat sich wohl Publicity davon versprochen. Es muß vor zwei oder drei Jahren gewesen sein. Dad erlaubt nicht, daß ich die alten Zeitschriften aufhebe«, vermerkte John grollend. »Ich soll das Zeug nicht horten, sagt er. Sie war damals mit einem anderen Mann verheiratet. Dunn hieß er oder so ähnlich.«

»Und weiter?«

»Als sie wieder geheiratet hat, stand das in der Zeitung, weil Zeno zu der Hochzeit gekommen ist und der Silk auch. Wahrscheinlich hätte sie lieber den Zeno geheiratet.«

»Das glaube ich auch, John, aber als der sie nicht wollte, hat sie den Zweitbesten genommen. Wer hat, der hat.«

»Verdammt zynische Ansichten, die Sie da verbreiten«, sagte Burden verärgert. »Muß das sein?«

Wexford zwinkerte dem Jungen übertrieben zu und ließ das Thema zunächst auf sich beruhen. Er überdachte die karge Geschichte, die er gehört hatte. Die zahlreichen Lükken darin vermochte nur jemand mit mehr Lebenserfahrung auszufüllen. Nell war noch jung. Als sie Dunsand geheiratet hatte, mußte sie blutjung gewesen sein. Wie war es wohl zu der Verbindung zwischen so ungleichen Partnern gekommen? Was hatte Nell bewogen, sich für den introvertierten, gehemmten Hochschullehrer zu entscheiden? Eine unglückliche Kindheit wie bei Dawn Stonor? Das Bedürfnis, einem tristen Provinznest zu entkommen? Dabei war sie aus dem Regen in die Traufe geraten. Er versuchte, sie sich in Gesellschaft der Professorenfrauen vorzustellen, die um Jahrzehnte älter waren als sie, oder an den langen Abenden zu Hause mit Dunsand, seinen Klubsesseln, Wittgenstein, dem Rasenmäher... Im Grunde war sie ja noch immer nicht ganz erwachsen, sie mußte sich nach jüngeren Menschen, nach Musik, nach Abwechslung gesehnt haben. Andererseits hatte sie etwas von einer Sklavin an sich. War sie auch Dunsands Sklavin gewesen? Vielleicht. Aber sie war ihm entflohen – in ein Leben voller Aufregung, Luxus, Glanz und Glitzer, das dennoch Sklaverei bedeutete. Etwa zwei Jahre war das her – und vor zwei Jahren war auch der Song entstanden.

»Sei mir nah, komm zu mir
Und erklär mir, wofür
Die einen
Nur weinen,
Indes andren beschieden
Die Lüge, die Not,
Das Sterben, der Tod.«

Er hatte die Zeilen laut gesungen, und die anderen sahen ihn mit großen Augen an. Pat gickerte.

»Große Klasse, Mr. Wexford«, sagte John.

»Viel Kohle würde ich damit nicht machen können, John«, gab Wexford zurück. »Erstens kann ich nicht singen, zweitens hab ich nicht die entsprechende Figur.« Er hievte seinen massigen Körper aus dem Sessel und sagte ziemlich scharf zu Burden: »Kommen Sie mit ins Haus.«

»Als erstes«, sagte Wexford, »möchte ich Sie bitten, morgen einen Haussuchungsbefehl für Dunsands Bungalow zu beantragen.«

»Noch ein Schuß in den Ofen?«

»Vielleicht haben wir diesmal mehr Erfolg.«

Burden räumte Pats Ballettschuhe von einem und Johns Tennisschläger von einem zweiten Sessel. »Können Sie mir mal verraten, wie ich den Antrag begründen soll?«

»Wenn wir Mrs. Peverils Aussage glauben dürfen, verschwand Dawn Stonor in Dunsands Haus. Sie wurde zuletzt davor beobachtet, niemand hat sie wieder herauskommen sehen, niemand hat sie hinterher irgendwo gesichtet. Er dürfte von allen Anwohnern den kürzesten Weg vom Garten zum Steinbruch haben. Sie ist in seinem Haus umgebracht worden, Mike.«

»Werden Sie erst Dunsands Erlaubnis einholen?«

»Ja, aber ich rechne mit einer Ablehnung. Ich werde ihn auch ersuchen, morgen nicht in die Uni zu fahren. Ende der Woche fangen die Semesterferien an, da kann eigentlich für ihn nicht mehr viel Dringendes anliegen.«

Burden machte ein ziemlich ratloses Gesicht. »Bei Peveril waren Sie sich Ihrer Sache ebenso sicher. Wollen Sie behaupten, sie hätte Dunsand gekannt, hätte sich am 1. Juni in dem Pub mit Dunsand getroffen?«

»Nein, das nicht. Dunsand war am 1. Juni in Myringham. Das weiß ich von Louis Mbowele.«

»Und Dunsand kann sie am Montag nicht hereingelassen haben, er war um halb sechs nicht daheim. Wir können ziemlich sicher sein, daß sie Dunsand nicht kannte. Halten Sie es für vorstellbar, daß er eine Frau anspricht und sie sich ins Haus bestellt?«

»Bedenken Sie, daß Dunsand nicht der einzige ist, der sie hereinlassen konnte. Nell Tate hatte einen Schlüssel.«

»Hat sie öfter Besuche bei ihrem Mann gemacht?« fragte Burden skeptisch.

»Kaum. Das hätte Mrs. Peveril beobachtet, und Mrs. Peveril hat sie vorher nie zu Gesicht bekommen. Vielleicht hat er ihr den Schlüssel geschickt, weil er sich Hoffnungen auf einen Besuch machte. Daß sie einen Schlüssel hatte, steht jedenfalls fest, sie kann um halb sechs in Dunsands Haus gewesen sein. Haben Sie das Alibi in Duvette Gardens nachgeprüft?«

Burden sah ihn leicht gekränkt an. Er war gewissenhaft und stolz auf seine Gründlichkeit. »Natürlich. Obgleich es nach Ihrem Interesse an Peveril nicht sehr sinnvoll schien. Ich hab die Londoner Kollegen draufgesetzt.«

»Und?«

»Vedasts Wagen parkte den ganzen Tag und die ganze Nacht vor dem Haus, er hat die üblichen Strafzettel kassiert. Ob die drei tatsächlich daheim waren oder einer aus dem Trio sich vielleicht draußen irgendwo herumtrieb, läßt sich nicht sagen.«

Wexford nickte. »Die Tates würden das Blaue vom Himmel herunterschwindeln, um ihren Herrn und Meister zu schützen, und er hätte im Interesse seiner lieben Kleinen bestimmt auch keine Hemmungen, die Unwahrheit zu sagen. Allerdings habe ich den Eindruck, daß ihm ›Goffo‹ sehr viel mehr am Herzen liegt als ›Nello‹. Wenn ich nur ein Motiv erkennen könnte! Es wäre denkbar, daß Nell eifersüchtig auf Dawns Beziehung zu Zeno Vedast war, nur gab es ja diese Beziehung nicht mehr. Oder daß Vedast sich irgendwo in der Gegend mit Dawn verabredet hatte, daß Nell es herausbekam und sie ins Haus lockte, um sie umzubringen. Was halten Sie von dieser Theorie?«

»Nicht viel.«

»Tate könnte sich bei einem Besuch im *Townsman Club* in Dawn verliebt und seiner Frau den Schlüssel geklaut haben, um Dunsands Haus als Liebesnest zu benutzen, woraufhin Vedast Dawn umbrachte, um die für ihn so bequeme heilige Dreieinigkeit nicht zu gefährden. Ist Ihnen das lieber?«

»Bei diesen Typen ist wahrscheinlich alles drin.«

»Stimmt. Noch eine Möglichkeit: Nell hat sich mit Dawn dort verabredet, weil ihr wegen Dunsands Vereinsamung das Gewissen schlug. Sie sah in Dawn eine passende zweite Ehefrau – jedenfalls nicht weniger passend als die erste –, aber als Dawn gestand, daß Vedast sie angerufen und Interesse an ihr gezeigt hatte, geriet Nell in Wut. Ja, und außerdem hatte sie Dawn gebeten, ein abgelegtes rotes Kleid mitzubringen, weil Dunsand abgelegte Kleider schätzt, Rot seine Lieblingsfarbe ist und er es knalleng liebt.«

»Ich weiß nicht recht, was das soll, Sir«, sagte Burden

ziemlich ablehnend. »Mir scheint, Sie führen hier eher ein Selbstgespräch. *Sie* wollen das Haus durchsuchen, nicht ich.«

»Recht haben Sie, Mike. Ich habe keine Ahnung, wie das alles zusammenhängt, aber zweierlei weiß ich bestimmt: Wir werden morgen in Dunsands Haus Blutspuren finden, und Dunsand wird den Mord an Dawn Stonor gestehen – ein Ritter ohne Fehl und Tadel, der sich vor seine noch immer sehr geliebte Ex-Frau stellt. Es dürfte ein harter Tag werden, da fahre ich am besten jetzt erst mal nach Hause.«

18

Während seine Leute den Bungalow auf den Kopf stellten, saß Wexford mit Dunsand in dessen düsterem Wohnzimmer. Sie hatten ihm den Haussuchungsbefehl gezeigt, und er hatte ihn langsam und gründlich gelesen, ohne ein Wort zu sagen. Dann hatte er stumm die Schultern gezuckt, hatte genickt und war Wexford ins Wohnzimmer gefolgt. Am Fenster war er kurz stehengeblieben, um eine Blüte von einer der dürren Kakteen zu zupfen. Dann hatte er sich hingesetzt und angefangen, in einem Reiseprospekt zu blättern, als säße er beim Arzt im Wartezimmer. Das Licht ließ die dicken Brillengläser aufblitzen und machte die Augen dahinter unsichtbar, der breite Mund war geschlossen, so daß das Gesicht völlig ausdruckslos wirkte. Doch als er beim Blättern an eine Seite geriet, an deren Rand ein paar Worte mit Bleistift notiert waren, spannten sich die schlaffen Wangen wie in jähem Schmerz.

»Ihre Frau hatte einen Schlüssel zu diesem Haus, Mr. Dunsand.«

Er sah auf. »Ja, den habe ich ihr geschickt. Aber sie ist nicht mehr meine Frau.«

»Ich bitte um Verzeihung. Wir glauben, daß sie oder eine Bekannte von ihr sich am 6. Juni in diesem Haus aufgehalten hat.«

»Nein«, sagte er. »Bestimmt nicht.«

Wexford hatte das Gefühl, daß Dunsand die Augen geschlossen hatte. Es war erschreckend still im Zimmer. Die Stille war so tief, daß die Geräusche aus der Diele und über ihrem Kopf sie noch unterstrichen. Dunsand hatte äußerlich und vom Verhalten her ganz und gar keine Ähnlichkeit mit Godfrey Tate, aber die eigenartig zurückgenommene Art war beiden gemeinsam. Nell Tates erster Mann besaß genau wie ihr zweiter die seltene Gabe, eine bohrende Frage mit einem lakonischen Ja oder Nein zu beantworten. Hatte Nell sich deshalb für diese Männer entschieden – oder hatte sie die beiden erst zu dem gemacht, was sie waren? Hatte sie überhaupt eine bewußte Wahl getroffen? *Einen* Mann, dachte Wexford, hat sie sich ganz bestimmt bewußt ausgesucht, und der ist gesprächig wortgewandt, extrovertiert – vielleicht auch charmant. Das war allerdings Geschmackssache.

Er machte einen neuen Anlauf. »Treffen Sie sich gelegentlich mit Ihrer früheren Frau?«

»Nein.«

»Überhaupt nicht, Mr. Dunsand?«

»Jetzt nicht. Das ist vorbei – ein für allemal.«

»Sie wußten, daß sie im *Cheriton Forest Hotel* wohnt?«

»Ja, es stand in der Zeitung, sie haben ein Foto von ihr gebracht mit einem Haufen Blumen. Sie hatte immer das Haus voller Blumen.« Er warf einen Blick auf die kümmerlichen Kakteen, dann griff er sich wieder seinen Prospekt vom Stapel. Darunter kamen ein Katalog für Geschirrspülmaschinen und einer für Gartengeräte zum Vorschein. »Entschuldigen Sie, aber ich möchte jetzt nicht mehr reden.« Und mit einem seltsamen Unterton fügte er hinzu: »Ich bin doch nicht verpflichtet, etwas zu sagen, oder?«

Wexford ging in eins der Schlafzimmer, wo Bryant, Gates und Loring auf dem Teppich herumkrochen.

»Hat er Damenkleidung im Schrank?«

»Nein, Sir, und wir finden kein Blut. Wir sind im ganzen Haus durch, das ist das letzte Zimmer, wir waren sogar im Dach.«

»Ich hab's gehört. Was mit dem Kühlschrank?«

»Leer. Er hat ihn abgetaut. Der Mann muß einen richtigen Putzfimmel haben. Falls Sie das wegen der Lebensmittel fragen, die sie gekauft hat – seit dem 6. Juni war die Müllabfuhr schon zweimal da.«

Bestürzt und plötzlich entmutigt stieß Wexford hervor: »Ich weiß, daß sie hier umgebracht worden ist.«

»In der Diele liegt ein flüssig und fugenlos aufgebrachter Kunststoffbelag. Wir könnten ihn natürlich aufnehmen lassen. Das gleiche gilt für die Kacheln im Bad.«

Wexford ging zu Dunsand zurück. Er räusperte sich und merkte plötzlich, daß er nicht recht wußte, was er sagen sollte. Er sah Dunsand an, aber sein Blick begegnete nicht Dunsands Augen, sondern den dicken Gläsern, die wie ein Schutzschild waren. Dunsand stand auf und gab ihm zwei identische Schlüssel.

»Der eine gehört mir«, sagte er ruhig und nüchtern. »Den anderen habe ich meiner früheren Frau geschickt, und sie hat ihn mir mit der Post zurückgesandt.« Der eine Schlüssel war verkratzt, man sah ihm an, daß er täglich benutzt wurde, der andere war so gut wie neu. »Mrs. Tate war nie hier«, betonte Dunsand. »Das möchte ich ausdrücklich festhalten.« Es läuft also tatsächlich ungefähr so, wie ich es erwartet habe, dachte Wexford. Dunsand schluckte und sah zu Boden. »Ich fand die Frau hier vor, als ich am 6. Juni zurückkam. Sie muß durch ein Fenster eingedrungen sein. Das Oberlicht in der Küche stand offen. Ich sah sie, sobald ich aufgeschlossen hatte. Sie hat wohl die Lage gepeilt, wie man so sagt. Wir gerieten aneinander, und ich – ich tötete sie. Ich schlug mit einer Weinflasche auf sie ein, die sie auf dem Tisch in der Diele abgestellt hatte.«

»Mr. Dunsand…«, begann Wexford fast bittend.

»Nein, lassen Sie mich ausreden. Sie hatte außer dem Wein noch dies und das mitgebracht, Lebensmittel in einer Tüte und etwas an Kleidung. Vielleicht dachte sie, mein Haus sei leer, und wollte sich hier einnisten. Hausbesetzungen sind ja sehr beliebt heutzutage. Nach Anbruch der Dunkelheit habe ich die Leiche in den Steinbruch geschafft und die Sachen, die sie mitgebracht hatte, an der Brücke in den Fluß geworfen. Dann habe ich Fußboden und Wände abgewaschen.« Er sah Wexford einen Augenblick wartend an, dann sagte er schroff: »Wo bleibt die Rechtsbelehrung? Brauchen Sie nicht Zeugen, wenn das alles protokolliert wird?«

»Sie bestehen darauf, dieses Geständnis abzulegen?«

»Natürlich. Es ist die Wahrheit. Ich habe die Frau umgebracht. Ich wußte, daß meine Verhaftung nur eine Frage der Zeit sein würde.« Er setzte die Brille ab und putzte sie an seinem Ärmel. Die ungeschützten Augen wirkten beängstigend. Etwas Schreckliches, aber Undefinierbares stand in ihrer Tiefe, ein Licht, das von Leidenschaft, von einem rücksichtslosen Fanatismus hinter dem laschen Äußeren künden mochte. Das Unterweisen lag ihm im Blut, und in lehrhaftem Ton fuhr er fort:

»Das beste wird jetzt sein, wenn ich auf der Polizeiwache meine Aussage zu Protokoll gebe.« Er setzte die Brille wieder auf und wischte sich ein paar Schweißtropfen von der linken Augenbraue. »Ich kann meinen Wagen nehmen oder auch mit Ihnen fahren, wenn Sie das für besser halten. Ich bin bereit.«

»Sie lagen also richtig«, sagte Burden mit widerwilliger Anerkennung.

»Nur bis zu einem gewissen Grade. Wir haben keinerlei Blutspuren gefunden.«

»Er muß verrückt oder ein Heiliger sein, wenn er das alles auf sich nimmt, um eine Frau wie Nell Tate zu schützen.« Burden lief in steigender Erregung im Zimmer auf und ab. »Seine Aussage paßt auch nicht im entferntesten zu den Tatsachen. Erstens: Jemand muß Dawn ins Haus gelassen haben, wir wissen, daß sie nicht durchs Fenster geklettert ist. Zweitens: Weshalb sollte sie sich eingebildet haben, daß Dunsands Haus leer, ich meine unbewohnt war? Außerdem gab es für sie überhaupt keinen Grund, dort zu kampieren, sie hatte ja noch ihr Elternhaus. Können Sie sich vorstellen, daß Dunsand eine Frau totschlägt, weil er den Verdacht hat, sie sei bei ihm eingestiegen? Crocker sagt, der Mörder sei rasend vor Wut gewesen. Dieser Phlegmatiker und rasend?«

»Möglicherweise«, sagte Wexford, »sind er und Tate nur scheinbar phlegmatische Typen, stille Wasser, die nicht nur tief sind, sondern unter Umständen gefährliche Strudel haben. Es ist doch eigenartig, daß Dunsand keinen Anwalt verlangt, sich überhaupt nicht zur Wehr gesetzt hat. Ein fast fatalistisches Verhalten. Diese Frau vernichtet die Männer, an denen ihr nichts liegt, aber bei dem Mann, den sie haben will, kann sie nichts ausrichten.«

Burden schüttelte ungeduldig den Kopf. »Und wie geht es jetzt weiter?«

»Wir werden wohl noch einmal zu Dunsand fahren, uns

dort umsehen und ein bißchen mit den Schlüsseln experimentieren müssen.«

Der Pathway lag im Schein der heißen Mittagssonne, es war der bisher wärmste Tag des Jahres, das einen Jahrhundertsommer zu liefern versprach. In Miss Mowlers Garten hatte die Sonne rosa Blütchen hervorgelockt. Auf den Wiesen in der »Armbeuge« der Straße schnitten Bauern Heu und Blumen, die weit saftiger und lebenskräftiger waren als die vom Menschen herangezogenen. Das flirrende Licht hatte das grelle Pink von Dunsands Bungalow zu rosiger Blässe gemildert.

Wexford ging zur Haustür und probierte Dunsands Schlüssel aus. Beide paßten. Der dritte Schlüssel, den Tate ihm gegeben hatte, sah anders aus. Was er vermutet hatte, traf ein: Mit Tates Schlüssel ließ sich die Haustür nicht öffnen.

»Der Schlüssel ist ein viel älteres Modell«, sagte Burden. »Hat sich Tate einen Scherz mit uns erlaubt?«

»Gehen wir hinein.«

Das Haus war schon einmal von oben bis unten durchsucht worden, aber neulich hatten sie nach Spuren eines Verbrechens, nicht nach Spuren eines Lebens gefahndet. Wexford fiel ein, daß Dunsand hatte renovieren wollen, und hielt den Gedanken fest, er war gewiß von Bedeutung. In einer Woche wären vielleicht diese häßlichen Tapeten, die sich windenden schwarzen Stengel, die goldenen Blumen verschwunden. Dunsand hätte sie heruntergerissen und durch andere Muster ersetzt. Aber Dunsand hatte gestanden…

Zögernd, weil ihm die Aufgabe widerstrebte, ging Wexford ins Wohnzimmer, wo die Kakteen standen, wo Dunsand gesessen und blicklos in seinen Prospekten geblättert hatte, und trat an den Schreibtisch heran. Keine Briefe, keine Fotoalben, nur Rechnungen. Immerhin entdeckte er in einem kleinen Fach unter dem Rolldeckel Dunsands Adreßbuch, einen braunen Lederband mit sehr spärlichen Eintragungen. Unter dem Buchstaben T stand eine Londoner Telefonnummer, dahinter ein Bindestrich und der Name Helen. Wexford nahm den Code zur Kenntnis. Möglicherweise war das Vedasts Anschluß. Er sah unter S und D nach, fand aber keinen Hinweis auf Dawn Stonor.

Plötzlich kam ihm in den Sinn, daß diese Tote, die doch die Ermittlungen erst ausgelöst hatte, seit ein paar Tagen mehr und mehr in den Hintergrund gedrängt wurde. Es war, als habe sie, die doch ein lebendiger Mensch, eine eigene Persönlichkeit gewesen war, ihre Bedeutung verloren, als suche er jetzt nach dem Weg aus einem rätselhaften Labyrinth, in dessen Verästelungen ihr Tod sich mehr oder weniger zufällig zugetragen hatte. Und er sah sie – deutlich, aber nur kurz – als ein Bauernopfer, ein ausgenutztes Wesen, dessen Leben anderen, helleren Existenzen in die Quere gekommen und durch Torheit und Eitelkeit ausgelöscht worden war.

Dann verblaßte das Bild, und er war nicht klüger als zuvor. Erneut tastete er die Schreibtischfächer ab und wurde schließlich doch noch fündig. Die Fotos waren in einem Umschlag, der in einem Schlitz an der Seite des Rolldeckels steckte. Die meisten zeigten einen wesentlich jüngeren Dunsand, offenbar mit seinen Eltern, darunter aber waren zwei größere Aufnahmen, mit denen Wexford ans Fenster trat. Das helle Licht fiel auf ein Hochzeitsbild. Der junge Dunsand strahlte eine Braut im schlecht sitzenden Hochzeitskleid an. Der Schleier wehte im Wind, magere junge Hände krampften sich um ein braves Rosenknospenbukett. Wenn er nicht zweimal Hochzeit gehalten hatte, mußte die Braut Nell sein. Die Jahre – acht? Zehn? – und die Kniffe der

Kosmetik hatten sie fast bis zur Unkenntlichkeit verändert. Auf dem Foto hatte sie dunkles, kurzgeschnittenes Haar, ein frisches, kindliches Gesicht. Aber es war Nell, kein Zweifel, Nell mit ihren großen, sehnsüchtigen Augen und der kurzen, schon damals verdrießlich gekräuselten Oberlippe.

Er griff nach der letzten Aufnahme des Stapels. Wieder Nell, nur wenig älter, das Haar noch immer kurz und locker, die Haut offenbar ungeschminkt. Es war ein in alten Porzellanfarben getöntes Porträt – rosenrot, sepia, eisblau, pflaumenfarben. Nells Trauring hob sich messinggelb von dem stumpfen Rot des Kleides ab, und auf dem schlichten Oberteil, knapp unterhalb des runden Ausschnitts, hing ein Perlenanhänger an einer goldenen Kette.

Mit schweren Schritten ging Wexford in die Diele hinaus.

19

Burden kroch auf allen vieren auf dem Boden herum und besah sich die scheußliche Tapete mit dem Muster aus kleinen goldenen Blüten und regelmäßig verteilten scharlachroten Blättchen, die sich ohne Scheuerleiste direkt an den Fußbodenbelag anschloß.

»Steh auf, Mike, es ist sinnlos. Das haben wir alles schon durchexerziert.«

»Irgendwas muß man ja machen«, sagte Burden gereizt. Er erhob sich und klopfte sich den Staub von den Händen. »Haben Sie was gefunden?«

»Das hier.«

»Das Kleid! Aber wer ist die Frau?«

»Nell Tate.«

Burden betrachtete ungläubig das Porträt. Dann hielt er es neben das Hochzeitsbild und nickte. »Mir hätte sie so, wie sie auf dem Bild war, besser gefallen«, meinte er sachlich.

»Den meisten Männern hätte sie so besser gefallen, aber vielleicht weiß sie das nicht.« Wexford steckte die beiden Bilder wieder in den Umschlag. »Ich habe das komische Gefühl, Mike, daß ich den Kontakt mit Dawn Stonor verliere, daß sie mir entgleitet und dafür etwas Seltsameres in den Vordergrund tritt, etwas, was fast noch abscheulicher ist als ihr Tod. Es muß viele Mordopfer geben«, fügte er hinzu, »die in den Tod gehen, ohne daß sie eine Ahnung davon haben, weshalb sie sterben.«

»Die meisten, würde ich sagen. Giftopfer, alte Leute, die in ihrem Laden überfallen werden und wissen, daß die Kasse leer ist, alle Kinder...«

»Sie war kein Kind«, sagte Wexford. »Vielleicht ist Ihre Liste nicht ganz vollständig. Eine komische Situation, Mike. Ich träume nur und komme nicht weiter. Ein düsterer Kasten, dieses Haus. Riesige Fenster, und trotzdem hat man den Eindruck, daß nicht genug Licht hereinkommt. Natürlich ist das Einbildung, irgendwie hängt es mit dem stumpfen, glanzlosen Wesen dieses Dunsand zusammen.«

Sie gingen zurück ins Wohnzimmer, wo die Bücher mit strengem Blick auf die blauen Vögel und orangefarbenen Lilien an den Wänden sahen.

»Also ich habe ja mit Träumen nicht viel am Hut«, sagte Burden. »Mir wäre wohler, wenn ich das mit den Schlüsseln begreifen würde, wenn ich wüßte, wie Dawn in dieses Haus gekommen ist.«

»Jemand hat sie hergebeten und eingelassen, als sie um halb sechs eintraf. Aber es war nicht Dunsand.«

»Aber Dunsand hat den Dreckskram weggeputzt. Er

mußte die Leiche loswerden, die er gefunden hatte, als er heimkam.«

»Mag sein. Aber wo ist der Dreck, Mike? Wo sind seine Spuren? Ist das der erste Mörder, den wir kennenlernen, der ein derart blutiges Verbrechen begehen kann, ohne Spuren zu hinterlassen? Das glaube ich einfach nicht.«

»Wir werden das Haus auseinandernehmen müssen.« Burden betrat das Badezimmer. »Wenn die Tat ohne sichtbare Spuren begangen worden ist, muß sie hier geschehen sein.« Er betrachtete die blitzenden Armaturen, das fleckenlose Waschbecken. Selbst in der gleißenden Sonne sah man keine Staubschicht auf den Gläsern, keine Fingerabdrücke auf den Spiegeln.

Wexford nickte. »Ja. Wir müssen die Kacheln abschlagen und die Leitungen herausnehmen. Und wenn das nichts bringt, müssen wir es in der Küche genauso machen.«

»Vielleicht kapituliert Dunsand und verrät uns, was er bisher noch eisern verschweigt.«

»Wenn er etwas zu verschweigen hat.«

»Na, hören Sie mal! Er muß mehr wissen als das, was er uns gesagt hat. Er muß wissen, warum seine Frau eine Unbekannte in seiner Wohnung umgebracht hat, muß den Tatablauf, die Umstände kennen.«

»Meinen Sie?« sagte Wexford. »Weiß er mehr, als daß seine Frau – denn das ist Nell Tate für ihn im Grunde immer noch – möglicherweise in Gefahr ist? Ich glaube, er weiß sehr wenig, Mike, so wenig wie die Frau, die sterben mußte.«

Er sah zur Decke auf und ließ seinen Blick prüfend über die glatten, glänzenden Wände gleiten. Überall roch es nach Seife, nach makelloser Sauberkeit.

»Stolpern Sie nicht«, warnte Burden. »Ihr Schnürsenkel ist aufgegangen. Dort hinauf brauchen Sie gar nicht zu schauen. Wenn sie hier umgebracht worden ist, hat jemand ganze Arbeit geleistet.«

Wexford bückte sich, um den Schnürsenkel neu zu binden. Ein heller Kringel, ein durch eine Scheibe gebrochener Sonnenstrahl, tanzte an der Wand neben seinem linken Bein. Er sah auf das zitternde Licht. Die goldenen Blüten waren in senkrechten Reihen in etwa fünf Zentimeter Abstand auf der Tapete verteilt, ein dünner schwarzer Streifen trennte sie, und die birnenförmigen roten Blätter waren in Dreiergruppen zwischen jeder Blüte angeordnet. Blüte, Blätter, Blüte folgten einander gleichmäßig bis hinunter zum Fußbodenbelag. Das Muster war leicht verwischt, als sei die Tapete abgewaschen worden, aber getilgt war nichts. Drei Blätter, eine Blüte, drei Blätter...

»Mike, Sie sehen besser als ich. Schauen Sie sich das mal an«, sagte Wexford.

»Ich war vorhin gerade dabei, aber Sie haben ja gemeint, daß es nichts bringt. Die Tapete ist abgewaschen worden. Na und?«

»Sie wollten herausbekommen, ob jemand die Tapete abgewaschen hat, haben vielleicht nach einem fehlenden Musterstück gesucht. Schauen Sie noch einmal hin.«

Ungeduldig ging Burden in die Knie und konzentrierte sich auf den Lichtkringel.

»In dem Muster fehlt kein einziges Blatt«, sagte Wexford. »Im Gegenteil. Die unterste Gruppe hat nicht drei Blätter, sondern vier.«

Sie hockten jetzt nebeneinander und betrachteten die Dielentapete.

»Sehen Sie«, sagte Wexford aufgeregt, »hier und hier und hier, überall drei birnenförmige Blättchen, wie bei einer Schwertlilie. Aber bei dieser Gruppe sitzt unter dem mittleren Blatt noch ein viertes.«

»Und es hat nicht die gleiche Farbe, es ist dunkler. Mehr braun.«

»Es ist Blutt«, sagte Wexford und fügte nachdenklich hinzu: »Ein kleiner Tropfen Blut.«

»Soll ich . . .«

»Nein, rühren Sie nichts an. Die Fachleute sollen herkommen und selber ihre Proben nehmen. Der Fleck ist viel zu kostbar,als daß wir daran herumpfuschen dürften. Ist Ihnen klar, Mike, daß das unser einziges brauchbares Beweisstück ist?«

»Wenn es Blut ist, satmmt es von ihr.«

»Ja, ich weiß.«

Sie traten vor die Tür, wo die Sonne auf die Straße brannte, den Teer aufweichte und dort, wo der Asphalt endete und die Felder begannen, eine Luftspiegelung schuf, die aussah wie ein schimmernder Wasserschleier. Der Wagen war heiß wie ein Bachofen, an den Sitzen konnte man sich fast die Finger verbrennen. Burden rollte an seiner Seite das Fenster herunter und fuhr in Hemdsärmeln.

»Jetzt zu dem Schlüssel«, sagte Wexford.

»Welchen meinen Sie, Sir? Den, der nicht gepaßt hat?«

»Ja. Ich schätze, wir werden eine Tür finden, die er uns öffnet.« Wexford, der heftig schwitzte, klappte die Sonnenblende herunter. »Aber das ist ein simpler Auftrag, etwas für Martin.«

»Da komm ich nicht mehr mit.« Burden hielt sich hinter einem Bus, der, mit Fahrgästen aus der Sundays-Siedlung besetzt, über die besonnte Straße nach Kingsmarkham rollte. »Ich habe keine Ahnung, welche Tür Sie damit aufsperren wollen.«

Wexford lächelte. »In meinem Kopf springen nach und nach alle möglichen Türen auf, Mike. Zunächst aber habe ich es auf eine ganz spezielle Tür abgesehen, sie ist in Myringham und führt zu dem Haus, in dem Dunsand gewohnt hat, ehe er hierherzog.«

Im Lauf des Nachmittags wurde es immer heißer, und gegen vier war es an die dreißig Grad. Wexford hatte sich bei offenen Fenstern und heruntergelassenen Jalousien in sein Büro zurückgezogen. Er saß allein, wartend, in Gedanken versunken, und weil es besser ist, ein Problem, dessen Lösung sich einem hartnäckig versagte, beiseite zu legen und sich später wieder vorzunehmen, machte er sich wieder an die Richtlinie zur Verhütung von Straftaten, die seit Beginn des Festivals unbeachtet auf seinem Schreibtisch gelegen hatte.

Dann liefen allmählich die Rückmeldungen ein. Es war menschliches Blut und Dawn Stonors Blutgruppe. Der Schlüssel, den Tate ihm im Garten des Hotels gegeben hatte, paßte in das Haustürschloß von Leonard Dunsands früherem Haus in Myringham. In der Sundays-Siedlung aber, wo den ganzen Nachmittag die Hausfrauen vernommen worden waren, hatte sich niemand gefunden, der Nell Tate je gesehen oder sie bei einem Besuch in Dunsands Haus beobachtet hatte.

Der Siebzehn-Uhr-zwölf-Bus hielt vor der Baptistenkirche, die Fahrgäste stiegen ein. Aus dem Luximart kam eine junge Frau mit einer braunen Papiertüte. Sie trug nicht Lila, sie hatte nicht die geringste Ähnlichkeit mit Dawn, und sie fuhr in ihr neues Haus in der Siedlung, nicht in den Tod. Wexford rief im *Cheriton Forest Hotel* an. Ja, Mr. Vedast sei noch da, er wolle am Abend abreisen. Mehr mochte man an der Rezeption nicht sagen. Falls Wexford von der Presse war, hatte man vielleicht schon zuviel gesagt…

Er drehte seine Richtlinie mit der Schriftseite nach unten. Während es sich langsam abkühlte und die Sonne sank, wandte er sich wieder seinem Problem zu. Um sieben ging er ins *Carousel* hinüber, wo Burden und seine Kinder bei Steak und Salat saßen, während Emmanuel Ellermans Hit »High Tide« aus den Lautsprechern dröhnte.

»Schade, daß Sie schon gegessen haben. Ich wollte Sie zum Abendessen ins *Cheriton Forest* einladen.« Er bestellte ein Sandwich. »Dann trinken wir statt dessen eben unseren Kaffee bei Zeno Vedast.«

»Könnte ich vielleicht...«, setzte John vorsichtig an.

»Nein, John, tut mir leid, aber du kannst nicht mitkommen. Das ist eine Dienstfahrt und ein ernstes Geschäft.«

»Pat und ich wollten in der High Street auf ihn warten, er fährt heute abend nach London zurück.«

»Ich fürchte, so schnell wird er dort nicht auftauchen«, sagte Wexford.

20

Die Angestellte in der Rezeption fragte in der Elisabethensuite nach. »Mr. Vedast läßt Sie bitten zu warten, er ist zur Zeit beschäftigt.« Sie war jung und hätte vom Alter her durchaus zu Vedasts Fangemeinde gepaßt. »Wenn Sie inzwischen in der Shakespeare Lounge Platz nehmen möchten, sie ist drüben in...«

»Wir kennen uns aus«, sagte Wexford.

Die Lounge war leer, nur der Hund erhob sich von seinem Ruheplatz, als sie hereinkamen, bedachte sie mit einem trübsinnigen Blick und streckte zwei Meter weiter erneut alle viere von sich.

»Ich verstehe überhaupt nichts mehr.« Burden winkte ungeduldig ab, als Wexford ihm ein paar Zeitschriften offerierte. »Wollen Sie mir nicht verraten, wozu wir hier sind?«

Wexford seufzte. »Wozu wohl? Um Fragen zu stellen, Schlüsse zu ziehen, Erkenntnisse zu gewinnen, den Schuldigen zu fangen – wie immer. Nur liegen die Dinge diesmal ein bißchen anders.«

»Sie mit Ihren Rätseln und philosophischen Betrachtungen. Was ich wissen möchte, ist –«

»Moment, Mike.«

Godfrey Tate war sehr leise hereingekommen. Er war, wie üblich, in modisches Schwarz gekleidet, in dem er schmal und schlaksig aussah wie ein Halbwüchsiger.

»Zeno sitzt mit diesem Silk zusammen«, sagte er ohne Gruß und ohne Vorrede. »Ich soll Sie fragen, was Sie wollen.«

»Ich will ihm sagen, was ich von ihm halte«, gab Wexford ruhig zurück.

Tate war deutlich alkoholisiert, aber der Alkoholkonsum hatte sein Stimmungsbarometer nicht in die Höhe getrieben, sondern in grundlose Tiefen stürzen lassen, er wirkte stumpf, benommen, fast wie ein Schlafwandler. »Soll ich ihm das ausrichten?«

»Was Sie ihm ausrichten, Mr. Tate, ist mir ehrlich gesagt völlig einerlei. Weshalb ist Silk bei ihm?«

»Er hat von Dunsands Festnahme erfahren und wollte es Nell sagen.«

»Und jetzt feiern Sie?«

Tate blinzelte. Dann machte er kehrt und schlurfte zur Tür.

Wexford sah auf die Uhr. »In zehn Minuten sehen wir uns wieder.«

Doch noch vor Ablauf der zehn Minuten – Burden hatte eine Zeitschrift nach der anderen in die Hand genommen und wieder weggelegt, Wexford hatte reglos dagesessen und die Hotelhalle im Auge behalten – kam Martin Silk aus dem

Aufzug. Ältere Herren mit langen Haaren erinnern einen häufig an Staatsmänner aus dem vorigen Jahrhundert, aber bei Silk endete diese Ähnlichkeit am Hals. Er trug ein weißes T-Shirt mit einer Weintraubenapplikation. An der Rezeption straffte er sich wie ein Teenager und wiegte sich in den Hüften, aber sobald er vorbei war, verfiel er in einen raschen Zuckeltrab – ein alter Mann, der es eilig hat, sich aus einer Gefahrenzone abzusetzen.

»Mr. Silk!«

Silk blieb stehen und zwang sich zu einem Lächeln, das sein Gesicht in tausend Knitterfalten legte und die Augen in pergamentfarbenen Hautsäcken verschwinden ließ.

»Hoffentlich haben wir Sie nicht vertrieben«, sagte Wexford. »Von uns aus hätten Sie gern bleiben können.«

Silk betrat zögernd die Shakespeare Lounge und setzte sich auf eine Sessellehne. Sein Kniegelenk knackte, als er ein Bein baumeln ließ.

»Ein reiner Höflichkeitsbesuch«, sagte er. »Ich bin vorbeigekommen, um Zeno zu sagen, daß ihn jede Menge Leute in Kingsmarkham erwarten, um Abschied von ihm zu nehmen. Wir werden uns jetzt natürlich häufig sehen, nachdem er bei uns seßhaft geworden ist.«

»Wenn ich nicht irre, haben Sie ihn immer häufig gesehen, Mr. Silk. Man könnte fast sagen, daß Sie so was wie seine graue Eminenz waren«, fügte Wexford mit einem bezeichnenden Blick auf Silks lange Mähne hinzu. »Oder gehören Sie auch zu seiner Sklavenschar?«

»Was soll denn das nun wieder heißen?«

»Ohne Sie wäre er noch immer Harold Goodbody, hätte er Nell Dunsand nie kennengelernt.«

Silk sah ihn groß an. »Ich habe es gut gemeint. Wer kann denn ahnen, daß völlig harmlose Handlungen zu Tragödien führen können? Ich habe der Jugend einen musikalischen

Genius geschenkt. Wenn Dunsand ausgeflippt ist, wenn gewisse Leute... nun... entbehrlich waren...«

»So sehen Sie das also, Mr. Silk? Sie mischen sich zu viel ein, sind zu viel am Organisieren. Ich warne Sie: Lassen Sie Louis Mbowele in Ruhe, sonst tragen Sie am Ende noch die Schuld an einem Krieg.«

»Na hören Sie mal! Sie sind wohl nicht ganz dicht? Sie haben ja einen Sprung in der Schüssel, Mann. Kein Wunder in Ihrem Alter.« Er feixte höhnisch. »Typisch für die Grufti-Generation!«

»Zu der wir beide gehören«, schoß Wexford zurück. »Wir sind gleichaltrig – mit dem Unterschied, daß ich das weiß und akzeptiere und Sie nicht. Ich akzeptiere, daß es Zeit ist, auf sogenannte Jugendstreiche zu verzichten. Und wenn ich denke, was manche Leute unter Jugendstreichen verstehen, tu ich das auch gern.«

Silk verzog gepeinigt das Gesicht, als Wexford ihn an sein Alter erinnerte. Spiegel zeigen uns gewöhnlich das, was wir zu sehen wünschen, nur wenn wir in einen lebendigen, in einen Menschenspiegel schauen, hat für kurze Zeit das Wunschdenken ein Ende. Wexford war dick, Silk war hager, der eine trug einen verknautschten alten Anzug, der andere T-Shirt und Jeans, beide aber waren sie sechzig Jahre alt, und der Spiegelvergleich machte Silk sein fortgeschrittenes Alter, seine schlaffen Muskeln und müden Knochen schmerzlich bewußt.

»Was tun Sie hier überhaupt?« fragte er schrill.

»Im Augenblick rede ich mit Ihnen. Und in Kürze werden wir mit Ihrem Genius reden.«

»Und was ist mit Dunsand? Zeno war gar nicht hier in der Gegend, ich habe mit ihm und den Tates in Kensington zusammengesessen. Sie haben Dunsand doch schon eingelocht.«

»*Der* Ausdruck ist nun wirklich aus der Opa-Kiste«, spottete Wexford. »Fällt Ihnen dazu nichts aus der Szene ein? Kommen Sie, Mike, wir haben genug Zeit vertrödelt.«

Sie gingen zu Fuß hinauf. Silk sah ihnen nach, hin und her gerissen zwischen der Sorge um seinen Schützling und der Angst, weitere unangenehme Wahrheiten über sein Alter zu hören.

»Der Mann weiß nichts«, stellte Wexford fest. »Er ist womöglich noch ahnungsloser als Dunsand.« Er lächelte grimmig. Dann klopfte er an die Tür der Elisabethensuite.

Sie waren beim Packen. Endlich ging es nach Hause. Tate lag mit hochrotem Gesicht auf den Knien und bemühte sich, einen übervollen Koffer zu schließen, während Vedast mit gekreuzten Beinen auf einem Lackschränkchen saß und ihm zusah. Nell führte sie wortlos durch das Gewirr von aufgetürmten Gepäckstücken und Bergen von Kinkerlitzchen, Zeitschriften und Schallplatten.

In hohen Haufen lagen welke Blumen auf dem Balkon, die einen durchdringenden Fäulnisgeruch verströmten. Auch an diesem Tag noch, vielleicht erst an diesem Nachmittag, waren frische Blumen – Rosen, Lilien und Nelken – angekommen, aber auch die welkten bereits. Niemand hatte sich die Mühe gemacht, sie ins Wasser zu stellen.

Nell Tate, sorgfältig gekleidet und geschminkt wie immer, wirkte durch die Anstrengung in der Hitze etwas aufgelöst. Es war immer noch sehr warm, kein Windhauch bewegte die Abendluft, die Sonne stand wie ein scharlachrot glühender Ball über dem Wald. Nell sah die Polizeibeamten böse an, begegnete Vedasts unbewegtem Blick und stellte sich rasch vor einen Spiegel, um sich prüfend zu betrachten. Vedast lachte auf.

»Mach endlich den Koffer zu, Goffo. Beeilt euch ein bißchen, Kinder. Du könntest Kaffee kommen lassen, Nello.« Mit einer geschmeidigen Bewegung wandte er sich Wexford zu und fügte an, als sei Nell gar nicht im Zimmer: »Bei dieser Gelegenheit kann sie gleich ihr ramponiertes Äußeres etwas restaurieren.«

Burden, der sich, Wexfords Beispiel folgend, eine Sitzgelegenheit freigeschaufelt hatte, sagte barsch: »Keinen Kaffee für uns.«

»Wie Sie wünschen.« Vedast winkte Nell, die, noch immer vor dem Spiegel stehend, apathisch an ihrem Haar herumzupfte und dabei die Polizeibeamten beobachtete, mit einem Fingerschnippen zu sich. Sie fuhr herum, als habe er ihr einen Stoß versetzt, holte seinen Orangensaft und reichte ihm das Glas mit einem flehenden Blick. Er angelte einen Eiswürfel heraus und leckte daran. »Warum schaut ihr eigentlich alle so miesepetrig drein?« Er ließ seinen Blick über die vier Gesichter gehen. »Sie machen meinen lieben Kleinen angst, Chief Inspector. Reden wir nicht lange um den heißen Brei herum. Ich weiß, was gelaufen ist, und Sie wissen es inzwischen offenbar auch. Hat ganz schön lange gedauert, bis Sie draufgekommen sind. Aber Sie können mir nichts beweisen. Ich mache Ihnen einen Vorschlag: Beglückwünschen wir uns gegenseitig zu einem Unentschieden bei unserem Katz- und Mausspiel, und dann ziehen Sie wieder ab.«

Wexford zitierte leise: »Was soll uns Furcht vor denen, die es wissen, wenn keiner unsere Macht gefährden kann?«

Die Tates betrachteten ihn verständnislos, und Nell rückte ein Stück näher an Vedast heran. »Macbeth«, sagte der. »Manchmal reizt mich der Gedanke durchaus, ans Theater zu gehen, ein richtiger Schauspieler zu werden. Angebote hab ich genug.« Er schluckte den zusammengeschmolzenen Eiswürfel herunter. »Aber damit muß man ja nicht gerade heute anfangen. Für ein Drama sind wir zur Zeit wohl alle nicht gut genug drauf.«

»Soll das heißen, daß Sie genug haben, daß Sie Ihrer selbstverfaßten Tragödie müde sind? Auftrag der Tragödie ist es bekanntlich, Mr. Vedast, durch Mitleid und Schauder zu läutern. Lassen Sie mich das bei Ihnen – oder auch bei Ihren Freunden – einmal versuchen. Setzen Sie sich, Mr. Tate, und Sie auch, Mrs. Tate, und hören Sie gut zu.«

Die beiden sahen Vedast fragend an. Er nickte leicht. »Tut, was er sagt, Kinder.«

Nell warf einen Haufen schmutziger Wäsche und einen Stapel Fanpost vom Sofa und setzte sich. Tate schlängelte sich, ein gefülltes Glas in der leicht zitternden Hand, an sie heran.

Sie machte eine kleine, abwehrende Bewegung, wandte sich halb um und breitete den weiten, reich bestickten Rock aus, so daß für Tate kein Platz an ihrer Seite blieb. Er warf ihr aus rotgeäderten, verschwollenen Augen einen bitterbösen Blick zu. Das Glas umklammernd wie einen Schutz versprechenden Talisman, ließ er sich auf der Sofalehne nieder.

Der Popstar nahm leicht amüsiert den blinden Gehorsam der beiden zur Kenntnis. Er selbst glitt von dem Schränkchen herunter und stellte sich unter die geöffnete Balkontür. Die Sonne ging allmählich unter, und ein leichter Wind war aufgekommen, der Vedasts Haar erfaßte, so daß es seinen Kopf umstand wie eine goldene Gloriole. Die Farbe des Himmels wechselte von Blau zu einem flamingorot gefederten Violett. Das beschlagene Glas mit Orangensaft glühte in seiner Hand wie eine Lampe. Er stand da, als wolle er anfangen zu singen, das Kinn erhoben, die Hüften vorgeschoben, regungslos, aber ohne jede Anspannung.

»Es handelt sich«, sagte Wexford, »um eine Tragödie in zwei Teilen und um zwei Menschen, denen dank ihres Aussehens und ihrer Ausstrahlung geradezu abgöttische Liebe entgegengebracht wurde. Um Sie, Mr. Vedast, und um Sie, Mrs. Tate. Bitte mißverstehen Sie das nicht als Kompliment. Es ist kein Verdienst, *so* geliebt zu werden, und nach meiner Erfahrung sind Menschen, denen das widerfährt, meist oberflächlich, narzißtisch und selbstbezogen.«

»Hör dir das an, Godfrey«, sagte Nell schrill. »Muß ich mir das gefallen lassen?«

Tate hatte den Kopf eingezogen, hielt sich an seinem Glas fest und sah sie finster an, ohne zu antworten. Ein Schauer überlief ihn in dem leichten Wind, die dunklen Haare an seinen Handgelenken standen hoch.

»Das Bedürfnis, auf diese Art zu lieben, liegt im Charakter der Liebenden begründet, die sich meist an den erstbesten begehrenswerten Menschen klammern, der ihnen begegnet, und ihn nach Möglichkeit nicht mehr loslassen. Leider spekuliert das Objekt ihrer Begierde meist genau darauf und nutzt diese Neigung für eigene Zwecke – zu Grausamkeiten und Schikanen. Für den Fall, daß Mrs. Tate sich im Hinblick auf den Mann, der sie abgöttisch liebt, einem Irrtum hingibt, für den Fall, daß sie so begriffsstutzig ist zu glauben, ich spräche von Mr. Vedast, möchte ich ausdrücklich darauf hinweisen, daß ich ihren ersten Mann, Leonard Dunsand, meine. Einen törichten, intelligenten, gelehrten, langweiligen, konservativen Mann von nicht eben imposanter Körpergröße, der sie liebte, seit sie mit achtzehn Jahren seine Frau geworden war.«

Frauen wie Nell schlucken anstandslos jede Beleidigung, sofern sie – und sei es auch nur ganz leicht – in Schmeichelei verpackt ist. Auch jetzt konnte sie der Versuchung nicht widerstehen, die Nase hochzutragen. Sie schlug die langen, sehr ansehnlichen Beine übereinander und warf Vedast einen verstohlenen Blick zu. Vedast strich über seine Halskette und ließ die Perlen durch die Finger gleiten.

Wexford fuhr fort: »Er dürfte auf Dauer der einzige Mann in Ihrem Leben sein, Mrs. Tate, der ein so großes Maß an Selbsttäuschung aufbrachte, daß er Sie ehrlich geliebt hat und noch liebt.« Er wartete auf eine Reaktion von Nells derzeitigem Ehemann. Tate reagierte wie immer, wenn eine Krise eingetreten war oder auch nur drohte. Er langte, ohne aufzustehen, nach der Brandyflasche. »Sie können dem Schicksal nicht dankbar genug sein, Mr. Tate, daß es Sie mit einer größeren Portion Weltgewandtheit und einem klareren Blick ausgestattet hat. Ein Jammer, daß Sie sich ständig mit diesem Zeugs zuschütten.«

»Ich kann schon für mich selber sorgen«, sagte Tate leise.

»Mir ist noch nie ein Mann begegnet, der dazu weniger in der Lage gewesen wäre als Sie – abgesehen vielleicht von Mr. Dunsand.«

»Ich werde für Goffo sorgen.« Vedast wandte sich lässig um, die Hände streichelten zärtlich das kühle Glas. »Verraten Sie uns doch, wer mich liebt, die Neugier bringt mich fast um.«

»Tausende, möchte ich meinen. Die Frau, von der ich spreche, ist tot. Die Liebe zu Ihnen hat sie umgebracht, lange Zeit in übertragenem und zuletzt im Wortsinne. Sie waren ihr erster Liebhaber. Eine solche Beziehung soll ja für eine Frau etwas ganz Besonderes sein, und bei Dawn Stonor traf das in der Tat zu. Ich frage mich, wie weit Mr. und Mrs. Tate die Geschichte kennen...« Während Vedast den Blick wieder zum Himmel hob, an dem inzwischen blasse Sterne aufgezogen waren, wandte sich Wexford an die Tates. »Sie sind zusammen zur Schule gegangen, Dawn und ein gewisser Harold Goodbody, der sich von der Großmutter seiner Freundin durchfüttern ließ, weil es bei ihm zu Hause nur Bohnen in Tomatensoße gab, und der die abgelegten Schuhe seines Vetters trug. Harold Goodbody, dessen Vater das Haushaltsgeld beim Windhundrennen verspielte, Harold, der seine Freunde mit endlosen Streichen zum Lachen brachte und der bestimmt Dawn die Schultasche getragen hat. Eine ländliche Idylle, nicht wahr? Dawn Stonor und Harold Goodbody, ihr erster Galan.«

»Es wäre mir lieb, wenn Sie mich nicht so nennen würden.« Zum erstenmal hörte Wexford eine Spur von Ärger in der Stimme des Stars.

»Es wäre Ihnen lieb, wenn ich gehen würde, aber diesen Gefallen werde ich Ihnen nicht tun«, schoß Wexford zurück. »Die Neugier bringt Sie fast um, haben Sie vorhin gesagt. Nun gut, sie soll befriedigt werden.« Er lehnte sich zurück. Mit einiger Genugtuung stellte er fest, daß Nell Unbehagen zu erkennen gab und Tate sich duckte. »Sie verließen Ihre Freundin«, sagte er zu Vedast, »und gingen nach London. Für Sie war die Idylle vorbei. Wenig später ging auch Dawn nach London, aber an ihren Jugendfreund kam sie schon nicht mehr heran. Dawn hat Sie nie vergessen. Sie machte ihren Bekannten und sich selbst vor, Sie seien noch immer ihr Liebhaber, es gäbe eine feste Beziehung zwischen Ihnen.« Wexford nickte Burden leicht zu und zollte ihm damit Anerkennung für eine Idee, über die er sich zunächst lustig gemacht hatte. »Fast zehn Jahre vergingen«, fuhr er fort, »bis es zu einem Wiedersehen kam. Inzwischen waren Sie, Mr. Vedast, sehr berühmt geworden und hatten Aufregendes erlebt. Was Dawn erlebt hatte, war kaum der Rede wert. Sie war Kellnerin in einem Klub geworden, dort arbeitete sie noch immer. Es war ausgesprochenes Pech, daß es Sie in diesen Klub verschlug. Sonst wäre Dawn vielleicht noch am

Leben und könnte jetzt mit ihrem Verlobten Hochzeitspläne schmieden. Warum sind Sie hingegangen?«

Vedast zuckte die Schultern. »Der Typ hatte uns eingeladen, wir hatten nichts Besseres zu tun.«

»Sie hätten kaum etwas Schlimmeres tun können.«

»Ich hab sie nicht umgebracht, ich hab sie überhaupt nicht angerührt.«

Wexford wandte sich den Tates zu. Godfrey Tate hatte die rotgeäderten Augen weit aufgerissen.

21

»Ich will jetzt«, sagte der Chief Inspector, »von einem Punkt Ihrer bemerkenswerten Karriere sprechen, von dem ich allerdings bezweifeln möchte, daß Sie selbst ihn bei der Abfassung Ihrer Memoiren als einen der Höhepunkte Ihres Lebens bezeichnen würden. Ich meine Ihre erste Begegnung mit Mrs. Tate. Dazu aber muß ich noch einmal auf die andere Liebesgeschichte zurückkommen.«

Vedast warf Nell einen Blick zu, die daraufhin aufstand und die Lampen mit den rosafarbenen Schirmchen anknipste. Sie bewegte sich steif und schimpfte leise, als sie über einen roten Reisekoffer stolperte. Vedast reichte ihr sein leeres Glas, sie schenkte ihm nach, und er nahm es ohne ein Wort des Dankes entgegen wie ein Herzog, der sich beim Zimmerservice einen Drink bestellt hat.

»Eis, Nello«, sagte er.

Sie angelte mit dem Löffel zwei Würfel aus einer Schale, die auf dem Schränkchen stand und hauptsächlich Wasser enthielt. Tate saß geduckt über seinem Brandy und sah in die goldfarbene Flüssigkeit. Das rosige Licht dämpfte das harte Schwarz seiner Haare. Als Nell Vedast das Glas zurückgab, umfaßte sie es mit beiden Händen, so daß seine Finger die ihren berühren mußten, wenn er es ihr abnahm. Fremd und flüchtig streifte seine Hand die ihre. Man sah ihr an, wie gern sie bei ihm auf dem kühlen, dunklen Balkon geblieben wäre, dessen Geländer, von der untergehenden Sonne rot umspielt, in schwarzem Filigran hinter dem Berg verwelkter Blumen stand.

»Geh weg, Nello, du machst mich nervös.«

Mit gesenktem Kopf trat sie ein paar Schritte zurück und ließ sich dicht am Balkon mit schlaff herabhängenden Armen auf einen Stuhl fallen.

»Sehr gut, Mrs. Tate, setzen Sie sich so, daß ich Sie im Auge behalten kann. Sie sind eine sehr gutaussehende Frau, aber Sie haben sich seit Ihrer ersten Eheschließung stark verändert. Sie haben Ihr Haar gefärbt. Dunkelrot dürfte Ihnen heute nicht mehr stehen.

Mr. Dunsand mochte Ihre Kurzhaarfrisur, er sah Sie am liebsten in schlichten, fraulichen Kleidern. Nach dem, was ich heute in Myringham in Erfahrung bringen konnte, kannte man Sie als eine stille, durchaus sympathische kleine Frau, die gut kochen konnte, Blumen und ihr Heim liebte, sich aber in den Kreisen, in denen Ihr Mann verkehrte, langweilte. Die Kollegenfrauen waren alle so viel älter als Sie, viel lieber wären Sie mit den Studenten Ihres Mannes zusammengewesen. Die Vormittagskaffees, die leeren Nachmittage gaben Ihnen nichts. Schlimmer noch waren die Abende, denn Sie mußten, nachdem Sie Mr. Dunsand ein Essen vorgesetzt hatten, das er mochte, stundenlang allein mit ihm zusammensitzen. Der Plattenspieler schwieg, und er plante mit Ihnen den Jahresurlaub, sprach das Haushaltsbudget durch und legte fest, was Sie sich in diesem Jahr an Haushaltsgeräten würden leisten können.

Etwas Schöneres als dieses Leben konnte Dunsand sich überhaupt nicht vorstellen. Ich möchte annehmen, daß Sie Ihre Rolle gespielt haben. Frauen Ihres Schlages tun das meist, und dabei warten sie auf die Chance zur Flucht. Ihre Chance kam, als Ihr Idol Zeno Vedast ein Konzert in Myringham gab. Vermutlich wollte Mr. Dunsand Sie nicht zu diesem Konzert gehen lassen. Die Vorstellung, daß seine Frau – eine Frau, die er finanziell völlig in der Hand hatte – sich unter einem Haufen von Teenagern bei einem Popkonzert vergnügte, kann ihm nicht angenehm gewesen sein. Nein, es war ihm gewiß nicht recht, daß Sie zusammen mit seinen Studenten toben und schreien würden, aber Sie gingen hin. Wären Sie nicht hingegangen, wäre Dawn Stonor heute am Leben.

Ich glaube nicht, daß Sie sich absichtlich vor Mr. Vedasts Wagen warfen, dazu dürfte Ihnen der Mut gefehlt haben. Es war vermutlich ein unbewußter Drang, den Sie nicht beherrschen, dem Sie nicht widerstehen konnten.

Mr. Vedast zahlte das Einzelzimmer im Krankenhaus, und natürlich war es Ihr sehnlichster Wunsch, er selbst möge mit den Trauben, mit dem Konfekt ins Zimmer treten. Sie kannten ihn nicht, und Sie kennen ihn inzwischen auch nicht besser. Er schickte seinen Lakaien. Sie, Mrs. Tate, brauchten einen Hafen im Sturm und konnten nicht wählerisch sein. Aber glauben Sie ja nicht, daß Sie ein Einzelfall sind. So mancher hohe Herr hat eine adrette Frauensperson mit seinem Diener verheiratet, um sich ohne Angst vor Folgen mit ihr vergnügen zu können.«

»Sie haben nicht das Recht, mich zu beleidigen«, fuhr Nell auf. Sie rechnete wohl damit, daß ihr Mann ihr zu Hilfe kommen würde. Als er schwieg – Vedast nippte indessen lächelnd an seinem Orangensaft –, sagte sie:

»Wieso hätte ich meinen Mann nicht verlassen sollen?

Wieso hätte ich nicht wieder heiraten sollen? So was machen schließlich viele Frauen heutzutage. Ich hatte das Leben mit Len einfach satt.«

Vedast wandte sich um. »Wie heißt es in Richterkreisen doch so schön? Wir sitzen hier nicht über die Moral zu Gericht, Mr. Wexford.«

»O doch. Darüber sollten wir wohl richten dürfen, wenn wir schon auf ein ordentliches Gericht verzichten müssen.«

Nell stand auf. »Aber nicht mit mir. Komm, Zeno, er kann uns hier nicht festhalten.«

»Mach, was du willst, Nello.« Vedast warf ihr einen durchtriebenen Blick zu. Sie konnte nicht machen, was sie wollte, sie hatte es nie gekonnt. »Meinetwegen kannst du dich verdrücken«, sagte er in seinem gewohnten Ton, der samtweich und lieblos zugleich klang. »Ich bleibe. Das ist doch alles ganz faszinierend. Wie steht's mit dir, Goffo? Begleitest du deine Frau, oder bleibst du und stehst deinem alten Kumpel bei?«

»Mr. Tate bleibt«, sagte Burden scharf.

Wexford sah ihn mit erhobenen Augenbrauen an. »Machen wir eine kleine Verschnaufpause. Wenn ich eine bessere Stimme hätte, würde ich Ihnen etwas vorsingen, aber in dieser Gesellschaft...« Er zögerte einen Augenblick, dann fuhr er fort: »Sie kennen das Lied alle. Es entstand, als Mrs. Tate zum zweitenmal heiratete. Natürlich handelt es sich dabei um eine wahre Geschichte, um das Leiden eines lebenden Menschen. Jede andere Auslegung wäre naiv. Es heißt, daß Dichter aus ihrem großen Leid kleine Lieder machen.« Er sah den Mann in der Balkontür an. »Sie, Mr. Vedast, haben zu Ihrer Unterhaltung und um Ihren bereits beträchtlichen Reichtum zu mehren, aus eines anderen Menschen Leid ein Lied gemacht.«

Vedast wandte sich rasch um und kam ins Zimmer zurück. Die gelben Augen waren schmale Schlitze.

»Ich singe es Ihnen vor«, sagte er. »Meiner Stimme fehlt nichts.«

Wexford nickte. Er wußte, was Burden dachte. Daß sein Sohn, daß sämtliche Fans auf jenem Festival einen Wochenlohn, ein Monatsstipendium, einen Semesterwechsel gegeben hätten, um jetzt hier zu sein. Vedast, der Tausende für ein Konzert verlangen konnte, gab ihnen eine Privatvorstellung. Er hatte ein flaues Gefühl in der Magengegend.

In dem rosig-weichen Licht sah Vedast sehr jung aus, fast selbst wie ein Teenager. Er stand in einer Ecke, die nackten Ellbogen auf ein Regal gestützt, von dem Rosenknospen hingen, vor kurzem geschnittene Rosenknospen, verdorrt, verdurstet, noch ehe sie sich geöffnet hatten. Wie wartend blieb er einen Augenblick in der Abendstille, der Waldesstille stehen, die sie umgab. Der erste Ton kam laut, wie ein Ton, der von einer Saite schwirrt, dann wurde die klare, helle Stimme ein wenig leiser und erfüllte das Zimmer mit süßer Bitternis.

Nell betrachtete den Sänger anbetend und klopfte während der ersten Strophe, des ersten Refrains mit der Schuhsohle den Takt. Wexford sah sie stirnrunzelnd an. Sie warf den Kopf zurück und ließ sich schmollend in die Polster zurückfallen. Das flaue Gefühl in Wexfords Magen legte sich. Er horchte den Worten nach, als höre er sie zum erstenmal, als habe er die Bedeutung der Verse noch nie in ihrer ganzen Tragweite erfaßt.

Denk doch, mein Liebling, an mein leeres Leben,
Das Licht nicht mehr, das Blüten nicht erfüllt.
Kann es für uns ein Wir denn nicht mehr geben?
O komm, web mit an meinem Wunschtraumbild.

Sei mir nah, komm zu mir
Und erklär mir, wofür
Die einen
Nur weinen,
Indes andren beschieden
Die Lüge, die Not,
Das Sterben, der Tod.

Es gab keinen Beifall. Vedast senkte kurz den Kopf, dann warf er das lange Haar zurück.

»Danke«, sagte Wexford nüchtern. »Dieser Song enthält Mr. Dunsands ganzen Jammer. Er hat Sie vermutlich angefleht, nicht ganz mit ihm zu brechen, Mrs. Tate, sein Leben nicht völlig jeden Sinns zu berauben, ihm wenigstens ab und zu die Illusion des Wir zu schenken. Und Sie haben Mr. Vedast von diesen Gesprächen erzählt und ihm damit eine hochwillkommene Vorlage für einen Song geliefert.«

Tate sah mit gerunzelter Stirn auf. Ein Brandyrinnsal lief an seinem Kinn herunter. Er wischte sich den Mund am Ärmel ab. »Warum haben Sie getan, worum Mr. Dunsand Sie bat?«

»Ich wollte ihm nicht allzu weh tun«, murmelte Nell. Burden entfuhr ein bitteres Lachen ohne Heiterkeit, in das überraschenderweise Tate einstimmte. Wexford lachte nicht. »Da muß ich mich aber doch sehr wundern, Mrs. Tate. Wann haben Sie sich je daran gestört, wem Sie weh taten? Im allgemeinen verstehen Sie sich doch nur zu gut darauf, die Träume anderer Menschen zu zertreten. Wenn Sie mir den wahren Grund nicht sagen wollen, muß ich raten.«

»Sie wollte mich auf die Palme bringen«, ließ sich Tate vernehmen.

»Aber Sie haben von der Sache erst nach dem Festival erfahren«, widersprach Wexford.

»Stimmt auch wieder«, sagte Tate verblüfft. »Sie war zwei- oder dreimal im Jahr bei ihm, in seinem Haus, sogar geschlafen hat sie mit ihm. Wie sie's mir gesagt hat, hab ich ihr ein Ding verpaßt.«

»Ja, das haben Sie mir erzählt. Und Sie haben mir einen Schlüssel gegeben. Nur war es nicht der Schlüssel zu Mr. Dunsands Haus im Pathway, sondern zu seinem früheren Heim in Myringham. Mrs. Tate hat das Haus im Pathway nie betreten, sie kannte es nur aus Mr. Dunsands Beschreibung. Er hatte ihr am Telefon gesagt, es sei das mittlere Haus einer Dreiergruppe. Den Schlüssel hatte er ihr geschickt, weil er hoffte, sie würde das Spiel fortsetzen, das sie in Myringham miteinander getrieben hatten.«

»Spiel? Was für ein Spiel?« wiederholte Tate langsam. »Ich versteh nur noch Bahnhof.«

»Ich nehme Ihnen ab, Mr. Tate, daß Sie von den Besuchen Ihrer Frau erst nach dem Festival erfuhren, als ihr allmählich doch Bedenken kamen. Allerdings waren ihre Bedenken nicht so stark, daß sie es für nötig gehalten hätte, Ihnen alles zu gestehen. Sie erzählte Ihnen nur, sie hätte ihren geschiedenen Mann besucht. Ich glaube, daß Sie sich in keinem Punkt der Beihilfe zu diesem Verbrechen schuldig gemacht haben. Sie tappten, wie vermutlich in vielen Dingen, völlig im dunkeln.« Tate zuckte verlegen die Schultern. Der Pegelstand der goldgelben Flüssigkeit in seiner Flasche sank stetig. Er schenkte sich nach und schwieg. »Ich glaube auch nicht, daß Sie mitgemacht hätten, wenn Ihnen die Wahrheit bekannt gewesen wäre.

Mr. Vedast tappte nicht im dunkeln. Er wußte Bescheid. Mrs. Tate hatte ihm erzählt, daß sie versprochen hatte, sich gelegentlich Dunsand... wie soll ich sagen... leihweise zur

Verfügung zu stellen. Damit komme ich zu ihrem Motiv. Warum hat sie sich darauf eingelassen? Sie sind nicht sehr glücklich, nicht wahr, Mrs. Tate? Scheinbar haben Sie alles, was sich eine Frau nur wünschen kann – aber eben nur scheinbar. Sie haben vermutlich sehr bald nach Ihrer zweiten Eheschließung begriffen, daß sie Ihnen zwar Luxus und Abwechslung bescherte, daß diese Annehmlichkeiten aber einen hohen Preis hatten. Der Mann an Ihrer Seite war wenig anregend – ich bitte um Verzeihung, Mr. Tate! –, wenn auch entgegenkommend. Vedast, Ihr Herr und Meister, behandelte Sie herablassend und verteilte Freundlichkeit gleichsam als Belohnung, sofern Sie ihm gehorchten. Ein Besuch bei Mr. Dunsand war für Sie ein Kontrastprogramm. Die wenigen Abende und Nächte, die Sie mit ihm verbrachten, führten Ihnen immerhin vor Augen, daß Ihr jetziges Leben Ihrer früheren Ehe vorzuziehen war. Nach einer Nacht in Myringham waren Sie nur zu gern wieder in London, im alten Europa, auf den Bermudas – gestärkt durch die Erinnerung an das, was Sie als Alternative erwartete.«

»Stimmt das, Nello? Das wußte ich ja gar nicht.«

»Ich freue mich, daß ich Ihnen doch noch etwas Neues habe sagen können, Mr. Vedast. Aber Sie wußten von der Rolle, die sie dort spielte, nicht wahr? Mrs. Tate hat Ihnen gewiß alle Einzelheiten berichtet, Ihnen die Kulissen, die Kostüme geschildert, hat Ihnen von dem kleinen Stück erzählt, das dort zwei- oder dreimal im Jahr über die Bühne ging, dem Ritual, das immer nach dem gleichen Muster ablief – Eheleben à la Dunsand. Ja, ich bin sogar sicher, daß sie Ihnen davon erzählt hat, denn sonst hätten Sie Ihren – Jux – ja gar nicht in Szene setzen können.«

»Ich brauch einen Drink, Godfrey«, sagte Nell.

»Nimm dir selber was.«

Sie griff sich eine Flasche, klirrend stieß der Flaschenhals gegen das Glas, Vermouth schwappte auf die helle Stickerei des weißen Leinenrocks, der rote Fleck sah aus wie Blut.

»Sie fanden das sicher alles sehr lustig, Mr. Vedast«, fuhr Wexford fort. »Bis zu dem Tage, da das Stück Ihre Pläne zu stören drohte. Vor etwa einem Monat erzählte Ihnen Mrs. Tate, daß sie am Nachmittag des 6. Juni, einem Montag, zum erstenmal Mr. Dunsand in seinem neuen Haus besuchen würde. Das aber paßte Ihnen nicht ins Konzept, denn Sie hatten ein Konzert in Manchester, von dem Sie und Mr. und Mrs. Tate erst an dem Tag zurückkommen wollten.«

Tate schüttelte den Kopf. »Nein, das stimmt nicht. Eigentlich wollte er bis Montag bleiben, ich hab dann im letzten Augenblick gesagt, das wäre zu anstrengend für ihn.«

Wexford seufzte. »Ah so. Um so besser... oder schlechter. Als Mrs. Tate sich Ihnen anvertraute, Mr. Vedast, hatten Sie es demnach so geplant, daß Sie und Ihre beiden Sklaven am 6. Juni gar nicht in Südengland gewesen wären.« Er betrachtete Nell, die mit hochrotem Gesicht dasaß und keine Anstalten machte, den roten Fleck von ihrem Rock zu putzen. »Warum haben Sie nicht einfach mit Ihrem Ex-Mann ein anderes Datum ausgemacht, Mrs. Tate? Der Besuch hätte sich doch sicher auch um ein paar Tage verschieben lassen?«

Einen Augenblick sah es aus, als überlege sie sich krampfhaft eine Ausrede. Sie streckte eine zitternde Hand nach Vedast aus, doch der legte nur den Kopf schief, feixte und sah über Nells Hand hinweg.

»Weil das Mr. Dunsand ›weh getan‹ hätte?« fuhr Wexford erbarmungslos fort. »Oder haben Sie, wie gewohnt, blind Mr. Vedast gehorcht?«

»Ich hab alles Zeno überlassen«, sagte sie leise und gepreßt.

»Sie haben alles Zeno überlassen. Er sollte sich also mit

Mr. Dunsand in Verbindung setzen? Er, ein weltberühmter Popstar, sollte Mr. Dunsand anrufen, ihm mitteilen, daß Sie verhindert seien, und ihn fragen, ob es nicht auch am Mittwoch ginge?«

Nell Tate war den Tränen nah. Sie hatte die Hände ineinandergekrampft, so daß die Nägel, von denen der Lack blätterte, sich in das Fleisch bohrten. »Sie wissen ganz genau, daß es nicht so gelaufen ist, Sie wollen mich nur quälen.«

»Nicht jeder ist so besorgt wie Sie um die Gefühle seiner Mitmenschen, Mrs. Tate. Nicht jeder bemüht sich, so geflissentlich durchs Leben zu gehen, ohne anderen Schmerz zuzufügen, so wie Sie das von sich behaupten. Aber Sie haben recht: Ich weiß, wie es gelaufen ist.« Wexford erhob sich und ging zu Vedast hinüber, der in Yogastellung am offenen Fenster auf dem Boden saß. Er baute sich vor dem Sänger auf und sah auf ihn herunter, die grauen Augen begegneten den bernsteinfarbenen.

»Nein, Mr. Vedast«, sagte er. »Für einen Menschen Ihres Schlages war es weit amüsanter, an dem Datum festzuhalten, nicht den Tag zu wechseln, sondern die Protagonistin.«

Tate brach das Schweigen.

»Da komm ich nun wirklich nicht mehr mit. Prota... Was heißt denn das?«

Wexford ging zu ihm hinüber und sagte behutsam: »Es heißt, Mr. Tate, daß Ihr Arbeitgeber eine Möglichkeit sah, Mrs. Tate den bewußten Besuch und vielleicht weitere Besuche dieser Art zu ersparen und gleichzeitig einen famosen Ulk zu veranstalten.

Er beschloß, Dunsand statt Ihrer Frau gewissermaßen eine zweite Besetzung ins Haus zu schicken. Zunächst hat er wohl an ein Callgirl gedacht. Dann aber mag er sich gesagt haben, daß er sich den Aufwand sparen könnte, wenn er statt dessen Dawn Stonor hinschickte, die er vor ein paar Wochen wiedergesehen und am 23. Mai angerufen hatte.«

22

Wexford nahm mitten im Zimmer Platz und wandte sich direkt an Vedast. »Warum Sie an jenem Abend Dawn angerufen haben, weiß ich nicht, ich möchte aber annehmen, daß Sie ähnliche Beweggründe hatten wie Mrs. Tate für die Besuche bei ihrem geschiedenen Mann. Wahrscheinlich haben Sie im *Townsman Club* Vergleiche zwischen Dawns eingeschränkten Verhältnissen und Ihrem Erfolgsmenschendasein angestellt und überlegt, daß Sie beide einen ähnlichen Werdegang hatten, daß Sie sich mit den gleichen Ausgangschancen auf die Suche nach Ruhm und Reichtum gemacht, daß aber nur Sie das Ziel erreicht hatten.

Am 23. Mai waren Mr. und Mrs. Tate nicht im Haus, Sie langweilten sich, waren vielleicht sogar verunsichert. Da kamen Sie auf die Idee, Dawn anzurufen, vielleicht alte Erinnerungen aufzufrischen, um sich nachher um so mehr an dem zu freuen, was Sie geworden waren, besonders, wenn Sie bedachten, was unter weniger günstigen Umständen aus Ihnen hätte werden können. Das Telefongespräch dürfte Ihnen das gewünschte Erfolgserlebnis beschert haben. Dawns Überschwang allerdings wurde Ihnen bald zuviel, und Sie legten auf, nachdem Sie vage in Aussicht gestellt hatten, sich ›irgendwann einmal‹ mit ihr zu treffen – ein Versprechen, das Sie natürlich nicht zu halten gedachten.

In jener Woche hat Ihnen vermutlich Mrs. Tate von dem geplanten Besuch in Dunsands neuem Haus erzählt. Am Telefon hatten Sie Dawn gegenüber mit dem Haus bei Kingsmarkham geprahlt, das Sie kaufen wollten. Bot sich da nicht der größte Schelmenstreich Ihrer bisherigen Karriere geradezu an?«

»Ganz so«, sagte Vedast, »läuft mein Denkprozeß nicht ab. Tanz nicht herum, Nello, setz dich irgendwohin.«

Nell aber wollte nicht irgendwo sitzen, sondern neben Vedast. Sie blickte auf das Sofa, auf dem ihr Mann hockte, auf die beiden belegten Sessel und die freien Sitzgelegenheiten, die entweder in der Nähe ihres Mannes oder in der Nähe der Polizeibeamten standen. Und wie ein Insekt mit empfindlichen Fühlern und bunten Flügeln flatterte, tanzte sie ratlos herum und landete schließlich mit klickenden Absätzen fast an derselben Stelle, von der er sie verscheucht hatte. Die Motte war wieder zum Licht zurückgekehrt.

Wexford hatte nach Vedasts Einwurf innegehalten, nahm aber bis auf ein kurzes Nicken von Nell Tate keine Notiz.

»Am 1. Juni«, fuhr er fort, »hatte der Mann Geburtstag, den Dawn höchstwahrscheinlich geheiratet hätte, wenn Sie die Finger von ihr gelassen hätten. Sie wartete zu Hause mit dem Essen auf ihn, als Sie anriefen. Das wußten Sie nicht. Hätte es Sie gekümmert? Sie verabredeten sich mit ihr auf einen Drink.« Burden bewegte sich unruhig auf seinem Sessel und machte große Augen. »Sehr begeistert war sie nicht. Vielleicht war ihr klar, daß ein reicher Mann wie Sie, der Londons teuerste Restaurants besuchen konnte, ohne mit der Wimper zu zucken, eine Frau auf einen Drink ins Pub nur einlädt, wenn er sie verachtet, wenn er meint, daß sie mehr nicht wert ist. Trotzdem zog sie die Sachen aus, die für einen gewöhnlichen Verlobten gut genug gewesen wären, und machte sich sehr sorgfältig für Sie zurecht.

Später, als die Aufregung des mittäglichen Rendezvous abgeebbt war, fragte sie sich – und ihre Wohnungsgenossin –, ob sie tatsächlich verachtet wurde, ob Sie deshalb nur zu einer klammheimlichen Affäre bereit waren und sie in einem Haus verstecken wollten, von dem noch niemand wußte, daß Sie es gekauft hatten, statt mit Ihnen in ein Hotel zu gehen.

Bei dem Treffen im Pub zwischen eins und drei haben Sie Dawn Stonor den Vorschlag gemacht – sicherlich nicht, ohne ihr vorher ein wenig geschmeichelt und schöngetan zu haben –, den Montag der folgenden Woche mit Ihnen in Ihrem neuen Haus zu verbringen. Natürlich sagte sie zu. Sie hatte ohnehin eine Urlaubswoche eingeplant, sie würde ihre Mutter besuchen und dann zum Pathway gehen. Daß Dawn und Dunsand menschliche fühlende Wesen waren, ist Ihnen nie in den Sinn gekommen, nicht wahr? Was die beiden empfanden, war Ihnen völlig gleichgültig. Daß Mrs. Tate bei diesen Besuchen ihrem Mann eins seiner Lieblingsgerichte zu kochen pflegte, daß sie guten Wein und schöne Blumen mitbrachte – als Ausgleich für die Leere in seinem Leben? –, kümmerte Sie nicht. Sie brauche sich beim Einkaufen keine Umstände zu machen, sagten Sie zu Dawn, es solle nur ein schneller Imbiß für Sie beide sein, mit irgendeinem Wein, dem billigsten, den sie bekommen konnte.

Dawn sollte zuerst zum Haus gehen. Sie gaben ihr den Schlüssel, den Dunsand an Mrs. Tate geschickt und den Mrs. Tate Ihnen ausgehändigt hatte. Nur keine Verantwortung, Mrs. Tate, nicht wahr? Alles Zeno überlassen…« Wexford wandte sich wieder an Vedast. »Sie wollten um halb sieben nachkommen. Wenn sie im Haus war, sollte sie nach oben gehen, dort würde sie ein rotes Kleid finden.

Dieses Kleid hatte Dunsand aufs Bett gelegt. Es war sein Lieblingskleid gewesen, als Mrs. Tate noch mit ihm verheiratet gewesen war. Wenn sie es jetzt trug, sich mit ihm zum Essen setzte, sich erzählen ließ, wie er den Tag verbracht hatte und selbst von ihren Erlebnissen berichtete, konnte er sich einbilden, der ›harsche Morgen‹ könne ihm nichts anhaben, und er sei wieder glücklich und geborgen bei seiner Frau.

Dawn wußte das nicht, und niemand weihte sie ein. Sie, Mr. Vedast machten ihr weis, das Kleid erinnere Sie an die schöne Zeit, als Sie beide noch ein Paar gewesen waren.«

Tate erhob sich schwankend. Er sah elend aus. Alle Farbe war aus seinem Gesicht gewichen. Er ging um das Sofa herum zu Vedast. »Stimmt das?«

»Wir haben es nicht böse gemeint.«

»Nicht böse gemeint? Das darf ja wohl nicht wahr sein. Du hast die Sache eingefädelt, und sie hat davon gewußt. Ich hab das Gefühl, als ob ich euch überhaupt nicht kenne, als ob ich euch heute zum erstenmal sehe...«

»Godfrey...« Nell streckte zögernd die Hand nach ihm aus. »Ich hab doch gar nichts gemacht. Ich hab ihm nur erzählt...«

»Gieß dir noch ein Glas ein, Goffo«, näselte Vedast.

»Ich mag nichts mehr trinken.« Tates schien selbst erstaunt darüber zu sein. Er fuhr zu Wexford herum. »Los, sagen Sie schon, wie es weiterging. Was geschah dann? Der da...« Er deutete auf Vedast, als bringe er seinen Namen nicht über die Lippen. »Die beiden waren an dem Abend mit mir zusammen, ehrlich. Die können sie nicht umgebracht haben.«

»Wer mordet, Mr. Tate? Derjenige, der das Messer hält, derjenige, der ›Stich zu!‹ ruft oder derjenige, der das Opfer an die verabredete Stelle schickt? Welche der drei Parzen hat unser Schicksal in der Hand, die Parze, die den Faden spinnt, diejenige, die ihn abschneidet, oder diejenige, die nur die Schere hält?« Wexford sah an Tates ratlos-leerer Miene, daß das zu hoch für ihn war. »Vielleicht könnte Mr. Dunsand es uns sagen, er ist der Philosoph.« Er sah Burden so beschwörend an, daß der auf jede Äußerung der Überraschung verzichtete. »Natürlich hat er sie getötet. Er hat es zugegeben. Ein Mann wie er hält Ausflüchte nicht lange durch. Nur aus Ritterlichkeit hat er in einigen Punkten gelogen, um seine geliebte Ex-Frau nicht mit hineinzuziehen.« Ein verächtlicher Blick traf Nell Tate.

»Ich will Ihnen sagen, wie es weiterging. Er schloß, voller Vorfreude auf den Abend, auf die Nacht, zwanzig Minuten vor sieben seine Haustür auf. Inzwischen muß Dawn sich recht unwohl in ihrer Haut gefühlt haben. Es gab vieles, was ihr mit Sicherheit nicht recht geheuer vorkam – die bescheidene Größe des Hauses, die sparsame Möblierung, die Fülle gelehrter Bücher. Und das Kleid, das ihr zu klein und zu eng war und ihr nicht stand. Natürlich war ihr unbehaglich zumute. Natürlich kam sie, als sie das Schließen hörte, schüchtern aus dem kleinen Wohnzimmer. Wartend, wortlos stand sie da.

Statt Vedast sah sie einen eher klein geratenen Mann mittleren Alters. Statt seiner Frau sah Dunsand – wen, Mrs. Tate?«

»Dawn Stonor«, sagte sie leise und verdrossen.

»Keineswegs. Eine Dawn Stonor gab es für Dunsand nicht, er kannte sie nicht einmal dem Namen nach. Er sah seine Frau und doch nicht seine Frau, eine Frau im Alter seiner Frau, aber größer, gröber, noch stärker geschminkt, mit noch heller blondierten Haaren, die sein Lieblingskleid trug.

Vielleicht traute er seinen Augen nicht. Selbst ein ausgeglichenerer Mensch als Dunsand hätte das, was da bedrohlich in der kleinen Diele stand, für eine Halluzination halten müssen. Für ihn war diese Erscheinung nicht einfach eine Travestie seiner Frau, es war eine Art Sukkubus, etwas, was sein kluges, abartiges Hirn ihm vorgaukelte, um ihn zu quälen. Er wollte diese Erscheinung zerstören, und das ist ihm gelungen. Er attackierte sie mit der erstbesten Waffe, die ihm in die Hand fiel, mit der Weinflasche, die seine seltsame Besucherin auf dem Dielentisch abgestellt hatte.«

Vedast stand auf, hob mit einem Ruck den Kopf, wie auf dem Festival, und schüttelte die Löwenmähne. »Woher sollte ich wissen, daß die Sache sich so entwickeln würde?« Er streckte das Glas aus. »Mach mir noch einen Drink, Goffo.«

»Mach dir deinen Scheißdrink selber«, gab Tate zurück.

»Na, na, was sind denn das für Ausdrücke...« Die goldenen Brauen hoben sich, in einem andeutungsweisen Lächeln zeigte Vedast die Zähne.

»Können Sie ihm das nicht heimzahlen?« fragte Tate. »Er hat sie umgebracht, er ist der wahre Mörder.«

»Ich weiß, Mr. Tate, aber ich kann es ihm nicht heimzahlen, wie Sie es ausdrücken. Wie denn auch? Er ist in seiner Art ebenso abartig wie Dunsand – ein Größenwahnsinniger, der nur seinen Hirngespinsten lebt.«

»Kommen Sie mir bloß nicht mit so was. Umlegen müßte man ihn, der Strick ist zu gut für so einen.«

»›Denn alles auf der Welt hat seine Grenzen, und von der Lieb zum Haß ist's nur ein kleiner Schritt...‹ Niemand zwingt Sie, mit den beiden zu verkehren, Mr. Tate. Nur weil Sie Nell geheiratet haben, brauchen Sie nicht wie ihr erster Mann den edlen Ritter zu spielen.«

»Da ist was dran.« Der Schock hatte Tate jäh ernüchtert. Er hockte sich hin, griff sich ein paar Bündel Sachen, stopfte sie in den roten Reisekoffer und einen kleineren Koffer und stand auf. »Mir reicht's, ich zieh Leine.« Er wandte sich an

Vedast. »Ich krieg noch hundert Pfund von dir. Schick sie an meine Mutter, die da kennt die Adresse.«

»Du kannst nicht weg.« Jetzt endlich spielte Vedast keine Rolle mehr, die Stimme hatte ihren unbeteiligten Klang verloren. »Wir sind seit acht Jahren zusammen. Was soll ich denn ohne dich machen?«

»Häng dich auf – aber knüpf die da erst an den Nebenast.« Tate streckte Wexford die Hand hin. »Sie und Ihresgleichen waren für mich früher bloß die Bullen, und vielleicht denk ich später wieder mal so. Aber jetzt möcht ich mich bedanken. Sie haben mir einen echten Gefallen getan. Durch Sie hab ich's geschafft, von denen da loszukommen. Vielleicht schaff ich es jetzt sogar, das Saufen zu lassen.« Dann sagte er zum erstenmal, seit Wexford ihn kannte, etwas halbwegs Kultiviertes. Aber der Chief Inspector wußte, daß Tate den Satz in der Szene aufgeschnappt hatte und nur wie ein Papagei wiederholte. »Sie hätten mich gänzlich zerstört.«

»Das glaube ich allerdings auch, Mr. Tate.«

Als er die Tür der Suite lautstark hinter sich geschlossen hatte, packte die verbleibende Sklavin Vedasts Arm. »So, den wären wir los. Ich bin richtig erleichtert. Du nicht auch?«

Vedast antwortete nicht. Verdrossen griff er zum Telefon und bestellte einen Pagen. Wie aufs Stichwort stopfte Nell Kleidungsstücke in Koffer, Reise- und Tragetaschen. Machtlos sahen Wexford und Burden zu. In fünf Minuten war alles verstaut. Vedast stand mit undeutbarem Gesichtsausdruck am Fenster. Einmal beugte er sich über das Geländer, vielleicht blickte er dem scheidenden Tate nach. Der Page kam herein, nahm zwei Koffer in die Hand und klemmte sich noch einen unter den Arm. Nell warf sich einen weißen Mantel um.

»Uns brauchen Sie wohl nicht mehr...«

»Sie werden als Zeuge bei Mr. Dunsands Prozeß benötigt, vorher müssen Sie Ihre Aussagen zu Protokoll geben.«

»Ich soll vor Gericht erscheinen?« fragte Vedast. »Ausgeschlossen!. So was ist total ungünstig fürs Image. Warum mußte Goffo bloß gehen? Der hätte gewußt, was man da machen kann.«

»Ich erledige das schon«, sagte Nell zärtlich. »Jetzt komm, es ist fast Mitternacht, wir müssen langsam los.«

Er schob sie weg. »Ich fahre allein«, sagte er. »Du kannst dir ein Taxi zum Bahnhof nehmen, wenn's so was in diesem Nest überhaupt gibt.«

»Aber wir haben doch den Wagen.«

Quengelig wie ein kleiner Junge sagte er: »Es ist mein Wagen, in dem hast du nichts zu suchen. Klipp und klar, Nello: Ohne Godfrey kann ich mit dir nichts anfangen. Er war meine rechte Hand. Na ja, und dann bist du auf der Bildfläche erschienen...« Sein Gesicht erhellte sich ein wenig. »Du warst eine ganz nette Dekoration.«

Nells Gesicht verfiel. Die Lippen zuckten, um die weit aufgerissenen Augen sprangen Falten auf. »Das kann doch nicht dein Ernst sein! Verlaß mich nicht, Zeno! Schon mit zwanzig hab ich dich angebetet, ich hab nie einen anderen Mann gewollt als dich.«

»Nein, Schätzchen, ich weiß. Die anderen hast du bloß geheiratet.«

Während der Page zurückkam, um das restliche Gepäck zu holen, versuchte Vedast, ihre Hände von seinen Schultern zu lösen. »Komm, Nello, laß mich los. Ich zahle die Rechnung, und dann fahre ich.« Er trat zu Wexford und versuchte einen leichten Ton anzuschlagen, aber das, was er zu sagen hatte, und die Anwesenheit des neugierigen Pagen machten es ihm nicht leicht. »Wir brauchen diese Sache doch nicht an die große Glocke zu hängen, was?« Die lange, hagere Hand deutete eine Bewegung zur Hosentasche an. »Ich schätze –«

»Wir gehen, Mr. Vedast.«

»Ich komme mit herunter.«

»Zeno«, kreischte Nell. »Zeno, ich liebe dich.«

Die beiden Polizeibeamten waren mit angewidertem Gesicht ein paar Schritte zurückgetreten. Nell stürzte sich auf Vedast, der Mantel rutschte ihr von den Schultern. Sie hängte sich an seinen Hals, fuhr ihm mit den Fingern durch das goldblonde Haar und drückte sich an ihn.

»Wo soll ich denn hin? Was soll ich denn machen?«

Er versuchte sie abzuschütteln. »Du kannst ja zu Godfreys Mutter. Mach, was du willst, nur laß mich los. Loslassen, sage ich! Herrgott, da wär ich ja mit Dawn Stonor noch besser bedient gewesen. Läßt du jetzt endlich los?«

Es war wie beim Freistilringen. Nell kreischte und klammerte sich an ihn, Vedast, kräftig und muskulös, aber doch nicht kräftig genug, trat und stieß, zerrte an Nells Haar und riß es ihr büschelweise aus. Sie stolperten und fielen zu Boden, wälzten sich zwischen welken Blumen und leeren Flaschen auf dem Boden und stießen das Saftglas um, das in tausend Scherben ging.

»Kommen Sie, Mike«, sagte Wexford knapp.

Im Gang schauten verschlafene Gäste aus vorsichtig geöffneten Türen. Auf der Treppe kamen Wexford und Burden vier, fünf Hotelangestellte der Nachtschicht entgegen, die, alarmiert durch das Geschrei und Gepolter, nach oben eilten. Lichter gingen an, das Hotel erwachte.

Die Nacht war so klar, so sanft blauviolett wie während des Festivals, nur schien jetzt ein abnehmender Mond. Und zu hören waren keine Balladen, nicht die schwirrenden Laute eines mit beherrschter Kraft gespielten Saiteninstruments. Vedasts Stimme erhob sich zu einem hohen, irren

Schrei, einem Laut, den keiner seiner Fans erkannt hätte. Statt des vibrierenden Schwirrens der Saiten erklang das Splittern von Holz, statt einer Melodie Nells hysterisches Schluchzen, statt des Beifalls die flehentliche und völlig wirkungslose Bitte des Hoteldirektors an seine Gäste, endlich Ruhe zu geben.

»Vielleicht bringen sie sich noch gegenseitig um«, meinte Burden, als sie an dem goldbepelzten Wagen vorbeigingen.

»Vielleicht. Und wenn schon...« Wexford seufzte. »Vedast wird es im Gerichtssaal nicht gefallen. Ob das seiner Karriere schadet?«

Wieder wandte er sich an Burden als den Fachmann in derlei Dingen. »Glaube ich kaum«, sagte der, während er den Motor anließ. »Diese Popstars haben ständig irgendwelche Prozesse wegen Drogenmißbrauchs am Hals. Haben Sie schon mal gehört, daß danach der Absatz ihrer Platten zurückgegangen ist?«

»Das ist etwas anderes. Wenn man sich nicht als Dealer betätigt, schadet man mit Drogen nur sich selbst. Aber im Augenblick hat es die Jugend wieder sehr mit der Nächstenliebe, der Friedfertigkeit und vor allem mit der Forderung, im Menschen den Menschen zu sehen. Ich glaube kaum, daß unsere jungen Leute sehr erbaut sein werden, wenn sie erfahren, daß ihr Idol das vergessen oder sich darüber hinweggesetzt hat.«

»Und was wird aus dem armen Dunsand?«

»Seine Karriere ist natürlich zu Ende. Im Gefängnis wird er wohl nicht landen, vielleicht aber für Jahre in einer Anstalt. Ob das viel besser ist? Er hat einen Sukkubus umgebracht. Nur wissen wir ja leider, daß das, was manche für einen Teufel in Weibsgestalt halten, immer aus Fleisch und Blut ist.«

In Burdens Bungalow brannte nur hinter einem Fenster

noch Licht. John lag mit zerzaustem Haar schlafend in einem Sessel im Wohnzimmer, ein halbleeres Glas Milch neben sich. Das rote Lämpchen am Plattenspieler leuchtete noch.

»Herrgott, bei all der Aufregung hab ich ganz die Kinder vergessen.« Burden beugte sich zärtlich über seinen Sohn, aber der rührte sich nicht. »Er wollte auf mich warten«, sagte er verwundert.

Wexford lächelte recht wehmütig. »Armer John. Ich glaube kaum, daß er jetzt das Sundays-Album zum Geburtstag bekommt.«

»Das fehlte noch!« Als Burden sah, was auf dem Plattenteller lag, wurde er rot vor Zorn. Mit einer heftigen Bewegung griff er nach dem »Wunschtraumbild« und war drauf und dran, die Platte zu verdrehen und zu verbiegen. Doch Wexford legte ihm warnend die Hand auf den Arm.

»Nein, Mike, tun Sie das nicht. Überlassen Sie es John und... und den anderen. Sie sollen das Urteil fällen.«